O GESTO
QUE FAZEMOS
PARA PROTEGER
A CABEÇA

COLEÇÃO GIRA

A língua portuguesa não é uma pátria, é um universo que guarda as mais variadas expressões. E foi para reunir esses modos de usar e criar através do português que surgiu a Coleção Gira, dedicada às escritas contemporâneas em nosso idioma em terras não brasileiras.

CURADORIA DE REGINALDO PUJOL FILHO

DE ANA MARGARIDA DE CARVALHO
Não se pode morar nos olhos de um gato
O gesto que fazemos para proteger a cabeça

Edição apoiada pela Direção-Geral do Livro,
dos Arquivos e das Bibliotecas / Portugal

GOVERNO DE PORTUGAL — SECRETÁRIO DE ESTADO DA CULTURA

O GESTO QUE FAZEMOS PARA PROTEGER A CABEÇA

Ana Margarida de Carvalho

Porto Alegre · São Paulo · 2024

À memória da minha muito querida e sábia avó alentejana, a mulher da minha vida, que me foi ensinando, com muitos gerúndios e diminutivos, as improbabilidades da existência. E que nos buracos das tomadas de eletricidade viviam dois gigantes, vizinhos e rivais. E na casa de madeira ao fundo do quintal habitava uma vaca que aos meus olhos se invisibilizava.

"Cometi um ato desprezível, matei esta gaivota e agora deponho-a a teus pés."
ANTON TCHÉKHOV, *A gaivota*

"Uma frase honesta deve sempre poder ter vários sentidos", diz Bernardo Soares.
Inclusive esta, acrescento eu.

CAPÍTULO I
(...)
Nada mudou.

Se eu pudesse não andava nisto,
vereda abaixo, a descer custa mais, trituram-se os ossos dos joelhos, arruínam-se as articulações, estiram-se as veias e os tendões em ganidos interiores, uma junta de bois a gemer cá dentro, o peso todo da carga amparado nos cotovelos,
aspas solitárias,
que o isolavam a ele, homenzinho agarrado ao chão, raízes nos pés arrastadiços em solo árido e vermelho, sob uma luz cansada de fim de tarde, a alumiar por mera conjugação astral, nada lá em cima se compadecia do esforço do homem,
< entalado entre uma aspa de cada lado >,
braços em ângulos ínvios, o esquerdo puxa mais, o carro afunda o trilho numa só banda, é derivado da assimetria, lamenta-se o homem, sempre se ajeitou melhor com a mão esquerda, na sachola ou enfiar o fio na agulha da avó, na aldeia as mães desconfiadas sumiam-lhes os filhos debaixo das saias, não fosse ele estender-lhes a mão antípoda, ficava endemoninhada a criança, ou gaga, que vida esta, se a força se concentrava à esquerda guinava-lhe o carro para a direita,
e cada desvio tem o seu preço,

ele resvalar nas tairocas de amieiro toda a carga que o duplicava em peso e o quadruplicava em volume, quatro sacas de azeitonas transportadas em carrocinha, se eu pudesse não andava nisto, um cinto, arreios humanos a moerem-lhe os músculos precários, e a pressa dos companheiros que já cruzavam o vale, ele franzia as pálpebras e distinguia-lhes os vultos, a língua a amparar-lhe as vagarosas bagas de suor salgado,

onde não estás seguro não te demores, é fácil de dizer, sua-se muito a praticá-lo,

nunca olhes para trás, fácil de dizer, ainda mais de praticar, que o corpo vai tão moído, antes quebrar que torcer o pescoço em indagações temerosas,

continua a caminhada, faz três gerações que cumpres o fadário, quem és tu mais que os outros que te precederam, teu avô, teus irmãos, teu pai,

seja ele quem for,

na aldeia o único homem canhoto como ele, paralisado de uma queda, no alto de um telhado a remendá-lo, falhou-lhe uma telha, na vacilação jogou a mão esquerda aos ajudantes que nem no impulso da urgência a quiseram agarrar, estatelou-se lá em baixo, em cheio a espinha no toco de árvore, o que restava de um carvalho desgrenhado e oco por dentro, que ele próprio serrara, uma semana a desfazer o que dois séculos ergueram, a serra por ele construída com a pega do lado inverso, e só porque os ramos com o vento lhe desgovernavam as telhas, as costas em cheio no coto ainda rilhado, saco de ossos quebrados, aos gritos a mulher ao ver os outros tentarem compor-lhe a ossatura, o corpo desarticulado no chão, um cotovelo invertido, lascas a saírem pelo joelho, a mulher aos gritos, marioneta desarticulada, porquê tanto alarido, se ele não sentia nada,

a mulher aos gritos,
sem saber se era do sangue negro que inchava a terra, se do branco afiado do fémur, lançou-nos a mão esquerda, retorquiam os homens, como se isso os desobrigasse ao auxílio, o canhoto da aldeia não mais levantou o braço esquerdo, nem qualquer braço nem pernas, uma farpa de carvalho encapsulada na coluna impedia-o de permanecer de pé ou deitado,
o carvalho passou a fazer parte da sua anatomia, mantinha-o a família sentado numa cadeira dia e noite, de manhã os filhos despejavam o bacio encastrado no tampo e levavam-no cá para fora, o dia inteiro, hirto e escanzelado, um fuso de homem, de braços pendidos como os dos gigantones das feiras, ridículos e inúteis, frente aos despojos orgulhosos de um carvalho, que não o protegia nem do vento nem do sol, toco de árvore, toco de homem, tanto um como o outro, secos e erodidos, e interiores ocos, uma noite os filhos esqueceram-se de arrastar a cadeira para dentro, não resistiram os seus pulmões porosos, interiores ocos, a uma noite de vendaval, morreu de pleurisia, sentado, de uma tosse seca, sem seiva como o cepo, durante uns dias a tosse a interromper minutos vagarosos,
ninguém fica doente muito tempo na aldeia,
mesmo no caixão sentado, nenhum lhe quis quebrar a espinha, querem lá ver isto?, coveiros a cavar uma sepultura abaulada e com barriga, não tem jeito nenhum, é feitiço deles, os canhotos nem na morte se endireitam,
e ele seguia-me com o olhar, estranhamente ligeiro num corpo estático, e eu, o único rapaz canhoto da aldeia, passava frente à casa do único homem canhoto da aldeia, cobiçava-lhe a serra com a pega invertida, largada a ganhar ferrugem, e enfiava a mão esquerda no bolso, ganhei-lhe o hábito, como agora aceno aos companheiros lá à frente, tão distantes,

êôôôôôô, êôôôôôô,
com a mão direita, a ver se eles se importam, se eu pudesse não andava nesta vida, deixá-los ir sem fazerem caso, que culpa têm eles se fincam os tornozelos com mais acerto, e a rijeza dos braços direitos se inteiriçou a arrastar com tanto vigor, as regras são não olhar para trás, quem ficar ficou, nesse troço do caminho, está escrito, o teu destino já tem as pegadas vindouras marcadas, passar expeditos, sem ruído que nem o da respiração, larga os ares pelo nariz, não deixes que as pedras te atraiçoem, a conspiração do cascalho, resiste em deixar-se trilhar pela prensa das rodas, pelo amasso das solas, resvalam as pedras negras, unem-se em derrocadas pequeninas, trazem outras consigo na rebelião, como uma cascata enxuta e estrepitosa e quando embatem lá em baixo no precipício, ganham o conluio do eco, trovoada seca, que denuncia o homem de articulações trementes, < e cotovelos em aspas >, se eu pudesse não andava nisto,
   isso dizem todos,
verdade universal, que vida de homem é esta, feito animal de tamanho carrego, que os próprios são poupados, a ruminar nos currais da aldeia, aqui são os homens a fazer o trabalho das bestas, neste fim do mundo, de leis tresvariadas, levava-se o burro às costas se preciso fosse, mantém-te discreto na tua condição de larva frouxa e retardada, curvado e rente ao chão, é esse o teu lugar, some-te, invisibiliza-te, insonoriza-te, e, mesmo que não o consigas, homem de rastos que arrastas, porque as tamancas não silenciam as pedras, e a respiração ofega, antes aligeirar o prejuízo, não se pode dar ao luxo de perder a colheita e o animal, antes se sacrifica o humano, esse não tem préstimo para salteadores, e é mais uma boca a alimentar e a soltar suspiros de comiseração, fica onde morto tombas, além do mais tem manhas o homem

que aos animais não ocorre, julga ele que pode iludir, dissimular-se na paisagem, ser tácito, recatado, e já larga um rasto de suor e na sua marcha sísmicos desmoronamentos o traem, se eu pudesse não andava nisto, há uma hora que o atormenta um ardor no músculo da coxa, manqueja, vacila, cambaleia, mas nunca para, os companheiros levam-lhe vantagem, e a dor queima como um estilhaço fundente, a cravar-se na carne a cada passo, se a sentes quente não te apoquentes, costumava dizer-lhe a avó, para quem dor sempre foi coisa de nada,

o que não se vê não dói, o que não sangra não aflige,

finou-se-lhe a avó de morte silenciosa, sem sangue, sem dor, sem queixume algum, apenas um sussurro pela manhã,

não estou capaz,

pela primeira vez na vida não se levantou, morreu por partes, primeiro os pés que se lhe pararam gelados, encolhidos os dedos e juntos numa prece invertida, depois os joelhos espúmeos, como caracol esmagado deixado ao sol, depois a boca que se mirrou até se sumirem os lábios, e ficar só uma fresta negra e um coração a bombear num corpo em falências miúdas, a pele dos braços só escamas e veias flácidas azuis, e o bater do coração, renitente em parar, como ele agora na travessia, por mais que lhe ardesse o maldito tendão da perna, dura caminhada, e os olhos dela em fenda, poço de água inquinada, impotável, de onde jamais se poderia voltar a beber, uma semana nisto, um corpo só coração, a insistir, a resistir, a bombear,

toda ela apagada e aceso o coração,

quanto esforço, avó, deixa-o descansar, o que não se vê não dói, o que não dói não se sente, o lençol quase sem vulto por baixo, sem as ancas largas, sem o peito ancho, devorava-se a si próprio o corpo por dentro, mas o coração não desistia, até um dia, enquanto lhe ajeitava a cabeça, ficou-se num vagido de recém-nascido, morreu como nasceu, uma morte íntima e celular,

nunca ninguém fica muito tempo doente na aldeia,

velhice ali é privilégio das pedras e dos lagartos muitos velhos,

e porque lhe vem à cabeça agora a morte da avó?, a mulher que nunca o agasalhou nem lhe susteve os primeiros passos, porque o queria rijo e ele de pernas hesitantes e já ela o desamparava da sua beira, a lançá-lo ao mundo, cheio de arestas e espinhaços, e as suas mãos, como se sempre enluvadas de tamancos, enxotavam, repeliam, magoavam, não eram mãos de afago ou de aconchego, se penteou ou catou piolhos, alguma vez, às irmãs, era para arrepelar, levar atrás umas quantas madeixas e muitos gritos, cada bofetada era sapatada, onde calhasse, na cara, no pescoço, onde pousava as mãos deixava mossa e nódoa negra, com elas esganava um carneiro adulto, com dois dedos partia a coluna de um coelho, e ele amava-a profundamente, a ela e às suas rugosas mãos de cardos, e se nunca casou, se nunca desertou dali, como todos os irmãos, foi para que nada faltasse àqueles calos, onde não entrava farpa afiada, nem água fervente escaldava,

tanto me foste ensinando, nos teus sábios silêncios, mas esqueceste-te de me ensinar a esquecer-te,

ela que se oferecia para se vestir de homem e puxar a carroça pelas escarpas, e assim acudir ao marido embriagado, que se entornava pelos caminhos, inapto, se não conseguia sequer encontrar a porta de casa, e à filha, essa tão perdida da cabeça quanto o pai, mas não era do vinho, era mesmo dela, tal disposição em agradar fosse quem fosse, e faziam-lhe crianças os homens da aldeia, e ela deixava, contemporizava e aceitava, talvez se lhe pudesse chamar bondade, excesso de generosidade, incapacidade de se negar, e via a avó a casa cheia de pirralhos para criar, e queixas do mulherio e do pároco que indulgenciavam os machos, que nunca eram de ferro, mas não perdoavam à tonta, risonha e prazenteira, delicada como uma haste, mãos leves, dedos esguios de harpista, as mãos da avó levavam tudo à frente, as da filha pareciam sempre segurar a asa de porcelana de Limoges, que ela nunca na sua vida teria ao alcance, sequer da vista, quanto mais das mãos, amparava as sarapilheiras empestadas de esterco seco dos animais, entre o indicador e o polegar como quem pega em véu de seda, revistava batatas como quem apalpa o corpo de um filho febril, conduzia gado com os credos de quem ampara as passadas de um cego, amanhava a terra como quem faz a cama de lavado, tosquiava como quem raspa o último grão de arroz do prato, a quem fora sair o diabo em cara de anjo, de pescoço alçado, arrastada para algum lameiro, usada como o tanque comunitário, ao fim do dia empestado de resíduos e esbranquiçado de sabão, a mesma auréola amarelada no vestido, à filha e ao marido já não lhes pôde mais a avó acudir, perdeu-se ele sozinho e nunca mais deram com o bêbado, sacrificada a filha, que se deixou conduzir até à boca do vulcão, que não o havia nestas geografias,

é apenas força de expressão,

e, dizendo sempre, ela lá foi como uma menina radiante, puxada gentilmente pela borda do vestido,

cara de anjo, dedos de harpista, miolos de periquito,

prostituída sem cobrar nada, jogada na terra, apedrejada com os mais virulentos impropérios, e aos ultrajes respondia a tola da aldeia com um luminoso sorriso e ensejos de satisfazer os outros, a pobre, ficou a avó com um sortido de netos, cada um de homem diferente, cada um com o seu jeito e cor de cabelo, eriçados ou lisos, uns de testa estreita, outros de cabeça pontiaguda, uns já vinham de sobrolho içado de espanto, outros de cenho carregado de desapontamento,

e eu, homem raso e vergado, com uma aspa mais alçada que outra, canhoto,

a todos nós criou e encaminhou, arremessados para a frente à bruta, não fossem as suas grossas mãos, não admitia queixumes,

se tem solução, não te rales,

se não tem solução, rala-te ainda menos,

se eu pudesse não me metia nisto, e enquanto a memória da avó lhe galgava à cabeça, mais uns quantos torrões achatava debaixo dos pés, que o caminho é como um grão, tem de se esmagar primeiro para se fazer pão, na peugada dos rastos dos companheiros, avançava aos poucos, as mãos da avó continuavam a enxotá-lo, a mandá-lo para a frente, de forma tão pouco gentil que o comovia, tentava camuflar a dor da perna com outros pequeníssimos padecimentos, dores agudas, perfurantes, pedrinhas que se infiltravam nos tamancos e se embutiam na palma dos pés até deixar um trilho de sangue, vespas que lhe ferravam e ele não evitava, nem os cascalhos intrusos nem os ferrões,

quantas dores pequeninas bastam para anular a grande, é a lei da compensação, marcha, homem rasteiro que evitas a planície, faz-te ao caminho, se eu pudesse não andava nisto, bem sabemos, para de o repetir, não queiras ser a tua própria semeadura, anda, puxa, anda, anda,

desanda daí,

o cansaço é uma sofreguidão de vésperas e sonos acumulados,

às vezes desviava-se do carreiro feito de caules enxofrados, restolho amachucado e seiva vertida em vão, duas linhas de ínfimos óbitos sulcadas pelas carroças dos companheiros, e ia um pouco mais ao lado só pelo prazer de esmagar um ninho de abetarda com as rodas da carroça, sentir estalarem os ovos ou os crânios miniaturais das crias, casulos amarelos e penugentos, entretinha-o a dança desesperada da ave que, para afastar os predadores, se punha numa fuga encenada, com uma asa alquebrada, a fingir-se de ferida, presa apetecível, a sacrificar-se pelos seus ovinhos, mas tão desastrada, a mais desgraciosa das aves, aos pinchos, grotesca, escutava-lhe os piares cruciantes, quando voltava e via a sua criação feita em papa, a infeliz, quem julgava enganar, só se alguma raposa fosse na rábula da ave desvalida, a oferecer-se em penitência, fazia-lhe lembrar a mãe, que chamava para si todas as atenções, a infeliz, e assim poupou os filhos de serem esborrachados pela fúria da aldeia, mas nem a mãe tinha astúcias de ave desajeitada, nem o seu cérebro chegava para tanto,

pobre mulher,

só conseguia executar uma tarefa se a descrevesse enquanto a praticava, se lavava a roupa dizia agora estou enxaguando primeiro, botando sabão e esfregando rugosa na pedra, agora molho outra vez, até a água sair limpa, agora desamarroto, torço e ponho secando no varão, primeiro uma mola, depois esta e mais dez para o vento não puxar, o vento estica, enrodilha, embaraça, estorce, arranca e rouba a roupa, mas não a quer para ele, é maldade, só a revoluteia no ar, para a jogar fora mais adiante, surripia sem proveito, o vento é só para irritar a gente, e corria atrás dos trapos, dizia agora estou pondo um pé à frente e tudo o que lhe vinha à cabeça,

ó meu tenente, meu tenente, um passo para trás e dois para a frente, que o vento é só para irritar a gente, se parava, dizia agora estou quieta a olhar e dizia o que estava à sua frente, esquecida da roupa pela qual tinha corrido, descrevia, inventariava, enunciava, como se o presente não acontecesse senão traduzido pelas suas palavras, só então se poderia tornar passado, a pobre, era assim de manhã até adormecer, desde que acordava, começava por afirmar que abria os olhos e logo ali anunciar se sombreava ou ofuscava o dia, se empardecia ou ensolarava, descobria-se e chegava o peito a um dos filhos, e só se calava, noite dentro, quando os olhos se fechavam e as frases ficavam

a meio,

ninguém na casa estranhava, as crianças acalmavam com este rumorejar de cascata, eterno comentar do quotidiano, dos mais rústico dos afazeres, e ele, arenga, mãe, arenga, que eu caminho, estou correndo o cortinado, o calor coagula o leite e aos estômagos dos meninos faz-lhes arder o ácido, e varrendo o pó, mas ele volta todo para dentro pelas frinchas, pela chaminé, colado aos dedos dos pés, no cabelo das minhas meninas, estou limpando sempre os olhos das crianças, com o pano humedecido, atém-te aqui, menino, até os sobreiros cascarem, quedos como osgas que se julgam invisíveis, livrar-lhes os cantos das pálpebras da terra fina, senão acordam com as pálpebras coladas como os gatinhos, é preciso muito preceito e mão, a avó pouco falava e talvez lhe agradasse aquele palrar constante da filha, tarda do juízo, que dentro dos seus domínios domésticos parecia briosa e segura, pousando a bilha de água e cobrindo com a tampa de cortiça para dessedentar a gente, a ordenhar, a cabeça encostada no lombo das vacas, a sussurrar palavras, que se misturavam com os rumorejares internos dos quatro estômagos, aliviando-lhes o inchaço das glândulas entupidas, cuidando que não vazasse nenhum leite morno entre os dedos, a confortar cordeiros inconsoláveis afastados das mães, nos seus braços, porque era dia de matança

coitadinho, coitadinho dele,

e os animais parece que se entregavam dóceis, a torcer para cima o pescoço, frementes antes do golpe e do jorro de sangue escuro, se é para morrer que morrem contentes e a avó garantia que a carne vinha mais tenra,

a zelar para que o barro de calafetar as brechas do vento ficasse em lugar húmido, junto de água cheia de sapinhos, a mulher zumbido, que quando passava largava no ar restos de dizeres inócuos, na sua perpétua ladainha, talvez fosse isto que aos homens encantava, vorazes roedores, seguirem a sua voz como ao tal flautista, inebriados com os relatórios que ela fazia do que sentia, do que lhe acontecia em si, dentro de si, quando faziam amor, se eu pudesse não andava nisto, nós não morremos, matamo-nos, fazemos nós o nosso caminho orgânico e insensato e atribuímos culpas ao destino,

antes trucidar as rótulas na travessia do que esfolá-las a rezar,

pensava o homem entre aspas, às vezes reparava num carreiro de formigas, não são muitas, é uma só, estava convencido, um inseto, muito comprido, muito rente, desmantelado, com milhões de patinhas, que não terminava nunca de passar, pelo menos a si nunca fora dado ver a última formiga que encerrava o carreiro, e já ia com vinte e quatro anos de olhos postos no chão, é porque isto é um bicho sem fim, defendia junto aos amigos, noite adiantada, na venda, quando a bebedeira já o autorizava a dizer alto os pensamentos e apregoar teorias audazes, porque ninguém fazia troça, e o vinho dá autorização e o inebriamento etílico estará sempre muito receptivo à existência dos mais improváveis animais e exóticas teorias, estou-te dizendo, bicho comprido, não acaba mais, é capaz de se despegar para roer um pássaro morto até ficarem brancos os ossos, mas depois organiza-se, enfileira--se e segue adiante, bicheza em peças, vem separado, aquilo desmonta-se, não estás vendo?, e volta a montar-se tudo em linha, entra nos buracos, sobe as árvores, trepa muros, não o despenteia o vento, e os outros renitentes mas quase a consentir, é capaz, sim, aquilo é coisa para andar no mundo desde o princípio dos tempos, noite e dia, chuva e sol, sem nunca parar, alguns devem dar várias voltas ao planeta e regressam rente ao carreiro, como os homens na guerra só pisam perto da pegada para evitar minas, bicho avisado, pudera, vive para calcorrear, palmilhar o globo inteiro, e se se esmaga alguma peça, há logo outra sobresselente para a substituir, assim devíamos ser todos, interrompidos, quebrados, um comboiozinho de membros, olhem esta perna que me atrasa e prende, larga-se e logo uma outra tomava o lugar do acessório danificado, olha esta mão esquerda que se ajeita mais que a da direita, basta trocar, anular o desacerto, se eu pudesse não andava, e nisto mais um ninho gordo e agitado de pequenas vidas estalava sob as rodas da carroça, e vai uma pequena cria em estroino desajeito, ao invés de se submeter ao infortúnio dos irmãos que já se amoleciam amassados, pula do ninho no último instante, palmo de vida que não desiste dela, e segue atrás da mãe, aos saltos, imita-lhe os trejeitos, agitares de asas depenadas, piares numa aflição aguda, diabo do bicho, acha graça o homem, vivaço do pássaro, querem lá ver, soçobram-lhe as dores, espairece um bocado, este aqui havia de saltar mesmo que dentro do ovo, e a manápula sombreia a cria, que se julga já esmagada e, no entanto, empurra o chão em ímpetos de patas de aranhiço, inusitados pulos de desespero, quanto apego à vida, quanta energia desperdiçada, suspira o homem, a avó inerte numa cama, com o coração a bombear, a bombear, equivocando o tempo em cada pulsação,

mas ninguém fica doente muito tempo na aldeia,
e vê-se a pequena ave erguida ao céu, vai muito mais alto do que a sua idade poderia aspirar, é um prodígio da natureza, uma ave rara, afinal pode voar, é caso para dizer milagre, se nem a estirpe de voos modestos permitiam tais alturas, queda-se, penugem ao vento, agradecida ao Deus, Este que a protege e eleva, e é gelatinoso como a mucosa do ovo, não fosse o improvável azul e o ponto negro que dentro dele se movia, o homem dos olhos azuis e dos braços em aspas mira-a e aprova, havia de a levar com ele, o pássaro depenado, embolsado, para oferecer ao menino, vizinho, a quem a mãe nada ofertava, nem a si própria, e pouco nele atentava, tão esforçada andava a ver se reunia sustento para ir ter com o pai emigrado, mais facilmente esqueceria o descendente único, que lhe atravancava os passos, triste menino, tão desamparado, ali à porta de casa largado o dia inteiro, talvez o passaroco lhe iluminasse a existência, era ele, vizinho, quem lhe dava comida e atenção, enquanto o pequenito desviava a cabeça da sua, a espreitar se a mãe vinha chegando ao fim da rua, hábito que lhe ficou desde que jogado no sobrado, e se começou a sentar, a rebolar e a arrastar até à entrada, esperando-a, sempre de pescoço esticado, a adivinhar a voz da mãe na de outras mulheres, valeu-lhe muitas vezes o vizinho que o agasalhava quando o vento empurrava a chuva para dentro do telheiro e lhe pressentia a fome no ventre dilatado, e o menino sempre fixado no caminho, esticando o olhar o mais que podia, a tentar distinguir a mãe, em qualquer vulto, em qualquer movimento, em quaisquer cabelos errantes, o menino mais só, mais enjeitado da aldeia, tão concentrado no esperar que não se permitia brincar, só o homem lhe adivinhava o pavor

de um dia a mãe não chegar, havia de lhe levar a pequena abetarda no bolso, para o consolar, tentava limpar-lhe as crostas agarradas às raízes dos cabelos, cicatrizes tenras, amaciar-lhe as peladas com um pouco de azeite e aliviá-lo do pó, acumulado nos ouvidos desde bebé, o que o emouquecia aos poucos, e a otite crónica deixava-lhe um cheiro de queijo seco na cabeça, e o menino a tentar esquivar-se, com a mãozinha num gesto débil de quem enxota uma sombra, a proteger a cabecita, como se estivesse traindo a mãe por deixar que um estranho tomasse os cuidados que a ela caberiam, mas ele insistia falando-lhe sempre, como aprendera da mãe zumbido, e com um pano húmido limpava-lhe os ouvidos cobertos de secreções e de terra, e o menino aliviado não dizia nada, mas inclinava a cabeça como os cães, no tempo em que os cães se prestavam à submissão, agora se inclinavam a cabeça era para compor o melhor ângulo de ferrar, e o homem cheio de paciência cuidava-o, limpava-o, mimava-o, talvez um dia ele perdesse esse olhar de menino esquivo e lhe retribuísse um sorriso, às vezes julgava detectar uns ensaios retraídos, por instantes, os cantos da boca revirados para cima, quando lhe levava nozes e jogava papagaios de papel, e se atravessavam a zona de rebentação do céu, onde o vento arfava irado, e o vento das alturas mais sereno, alto-mar, apenas respirava, a guita atada ao pulso dava-lhe puxões mansos como nunca lhos dera a mãe, e quando ela chegava, porque até agora eram só premonições aflitas de menino só, ela sempre vinha ao cair da noite, ainda que contrariada e desistente, embrulhada nos seus estorvos e embaraços, desviava-o da frente, de olhos opacos, como se faz a uma madeixa importuna, e o vizinho a assistir da janela à alegria do menino por ter perto a mãe, que lhe jogava o sustento do dia, sem cuidar se ainda não lhe tinham despontado os dentes para roer duas batatas cruas e voltava a encolher a cabeça nas suas mãos sulcadas de desespero, e assim ficava o serão inteiro, ombros escanzelados, no embalo do vinho, sem dar troco ao menino que lhe tentava comunicar as pequenas descobertas do dia, a quem ela olhava como se ao longe, distante, tão distante, que nunca se cruzavam os olhos de ambos, e iam para além das serranias, onde estaria um marido ausente há tempo de mais, uma fuga, um futuro, campos verdes e não só aridez e vento, desta aldeia maldita que se fechou sobre ela, como uma catedral de dedos anquilosados, uma mão de velha, metacarpos e falanges de nódulos fibrosos como grades, amaldiçoava o dia em que se juntou ao homem desertado, agora nem um irmão lhe valia, nem uma antiga amiga a ajudá-la a transpor o serrado, bem que a haviam avisado, depois que não se queixasse, aquele era homem de terras infecundas e legumes definhados, batatas do tamanho de cerejas engelhadas, couves que já brotavam murchas e de larvas enterradas nos veios frouxos, terra tão sedenta que, se caísse pingo de sangue, sorvia insaciada, mas que podia ela fazer, já era tarde, já no ventre o peso do pedregulho que a lançava no fundo do poço, mal ela gritasse sede,

mal ela gritasse água,

o peso do filho, que lhe cirandava em redor e lhe tocava ao de leve nos cotovelos desidratados, a tentar cabriolar e chamar-lhe a atenção, só quando ela se encostava e dormia um sono empurrado pela embriaguez e pela amargura, o menino lhe compunha os cabelos, de que ela se desimportava, e se confundia nela, corpo com corpo, falando-lhe baixinho, puxando-lhe um braço que nunca foi protetor, e agora adormecido sobre ele como quem abraça, como quem aquece, mas isto via o vizinho da janela, até o petróleo se consumir, enternecido com a criança raquítica, que já vinha de pequeno com a cara de velho e com a angústia da demora, esperando um dia entrar humildemente pela vida da mãe adentro, sem choros, sem alardes, e ele crescia, pouco, enfezado e de costas curvas, mas crescia, com mãe presente, ausente a alma de tudo aquilo, o chão daquela aldeia nunca lhe beijou os pés de mulher forasteira, quem a podia condenar?, se o filho lhe era ainda mais grilheta, que a prendia forçada a um lugar hostil, onde ninguém se compadecia, e todos viviam de rostos voltados para dentro, e sim, consolou-se o homem, a cara do menino sisudo havia de clarear-se um pouco com a pequenina abetarda, ave insólita que nunca conseguiria voar-lhe, ao contrário daquela mãe que parecia estar sempre a ensaiar um voo sem regresso e sem êxito, e diziam-na bonita, quando chegou, obstinada a ajeitar o cabelo num rolo, a deixar à mostra duas orgulhosas argolinhas de ouro nas orelhas, ao contrário das outras mulheres da terra que abandonavam os adornos, e deixavam libertos os cabelos, nenhum carrapito ou trança os podia domesticar, os caprichos do vento soprado de quatro direções, e a aldeia bem na encruzilhada das ravinas, vale de ventos coléricos, punham-lhes em permanente alvoroço as madeixas assanhadas e descontroladas, içadas até ao alto, as mulheres da aldeia sempre com cabeleireiras em vertical desalinho, como se ardessem em cima das suas cabeças labaredas sem nexo, e os cabelos intrometiam-se na boca enquanto falavam, tapavam-lhe os olhos enquanto atravessavam ribanceiras, distraíam os homens que não se concentravam nelas, tal o alvoroço que ia nas suas cabeças, diz-se que muitas mulheres enlouqueciam com o vento, não havia gancho ou lenço que vencesse as rajadas constantes, por isso faziam elas ao contrário, depois de fecharem as duas portas das casas e deixarem o vento airado atrás de si, aí, sim, entregavam-se a escovar o pó da cabeleira, desemaranhavam os nós que se formavam no dia, com o redemoinho perpétuo das madeixas, e demoravam-se a penteá-lo, oleá-lo, abriam risco onde só havia tumulto, e dedicavam-se, umas às outras, a construções entrançadas e meticulosas, que o vento na manhã seguinte haveria de demolir, madeixa por madeixa, até regressarem a casa com jubas eriçadas, as mulheres mais velhas, não sabe o homem que puxa a carroça, se por superstição ou por ser mesmo assim, encafuavam a cabeça numa touca de couro tão apertada que não a conseguia o vento arrancar, desde a testa até aos atilhos por baixo do queixo, diziam que o vento lhes levava os poucos cabelos brancos que lhes restavam, prefeririam conservá-los assim, com umas calvas de couro pareciam ainda mais sinistras, mas quem era o homem da carroça para argumentar com senhoras idosas e de mau feitio, sim, todas as mulheres da aldeia acabavam ficando com mau feitio, exceto a mãe, coitada, de tão linda deram-lhe sumiço, mas nisso não pode o homem concentrar-se, o desgosto traz-lhe fraqueza às pernas, melhor fixar-se nos males dos outros, na janela da vizinha, ela que andava com aquele ar de o meu reino não é deste mundo, não sou daqui, não sou desta terra, não sou desta rua, não sou sua vizinha, apenas estou de passagem, portanto, com sua licença, senhor, desculpe se não sei o seu nome, nem vale a pena a gente acostumar-se um ao outro, nem matar a cabeça decorando nomes e apelidos,

não se atrapalhe, vizinho, amigo não empata amigo, saia do meu caminho e eu sairei do seu, que assim como assim vou de abalada,

com este vento sufoca-me de pó a garganta, e foi a única conversa que conseguiu ter com ela, com o avental levantado pela ventania, que quase só avistava uns olhos intermitentes entre as madeixas encolerizadas, ameaçadoras até, se ela se detivesse mais nele, ter-lhe-ia contado o que os outros da aldeia silenciaram, que o marido já tinha voltado e no mesmo dia invertera caminho, muitos saudaram-no, vinha de longe, menos tisnado como os moços da cidade, e a bicicleta de amolador com que ganhava a vida pelas avenidas, vinha de longe buscar mulher e filho, já se entendera com a cunhada bordadeira, mas viu o menino enfezado com cara de velho na soleira, indicaram-lhe ao longe a mulher ossuda e de vestido pendido de seus ombros murchos de cabide desconjuntado, aquela por quem tinha ido arranjar sustento, a mulher espantalho e o menino velho deram susto ao homem, e se ainda lhe estragavam o negócio, na cidade as pessoas são muito reparadiças, muitos anos andou a esmolar e a bater lata, para levar agora consigo dois estorvos, pés nos pedais, voltou de mansinho, a pedalar mas com esforço, contra todos os ventos, contra a sua própria má consciência e a deixar para trás um último olhar de cumplicidade aos companheiros para que não o denunciassem, eles compreenderam, aquela mulher quando chegou capaz de fazer gastar meias-solas, lavavam-se os olhos da poeira só de olhar para ela, agora um frangalho do que foi, um trapo velho deixado ao vento muito tempo, a acenar farrapos, ela nunca iria saber, e continuaria a desesperar por ele, as argolinhas da forasteira haviam sido entregues a um passador sem escrúpulos e há muito abandonara ela a disciplina de domesticar o cabelo, desistiu também, deixava-o tão ensarilhado, às voltas sobre si próprio, que não seria mão de menino que o conseguiria desenlear no regresso a casa, e tornava-se de dia para dia menos atraente, tufos de novelos, ninhos de musaranhos, ensebados de pó e suor, o menino tentava catar-lhe os fragmentos de palha, reboliços de penas, misturadas com mato, folhas secas, cascas, sementes e terra que ali se incorporavam numa massa suja que envergonhava a aldeia, e repudiava a ajuda e o dó, e ela já nem ia passando os

dedos pelo cabelo, para ver que ficariam empecilhados logo
à saída das raízes, a mulher de olhos intermitentes, sempre
puxados adiante, não dava conta do perto, nem do filho, nem
já dela, talvez também por isso e pela criança o homem que
puxava a carroça não desertara nunca daquela aldeia amaldi-
çoada, talvez para correr atrás da mulher quando esta se fosse enfim, e enlaçar-lhe às costas o filho esquecido, o menino
grudado a ela como uma gota de mel ressequido, não daria
conta do seu carrego, com olhos levantados de ver longe, de
se ver longe dali, e arrastaria o menino sem esforço, como se
mais um estilhaço de imundície alojado no cabelo, sim, concordava o homem, talvez fosse esta uma das suas missões que
o condenava a este degredo das pedras, do vento e do fardo,
a abetarda alegraria o menino, teria de tomar todas as precauções para que a pequena ave, acabada de sair do ovo, não
fosse desvendada por Maria Angelina, ela não iria aprovar, o
seu olhar adunco, que lhe varria a casa, canto a canto, tábua
a tábua, nenhum coração podia ali palpitar que não o dele e
o dela, e um pequeno restolhar de patinhas incautas e intru-
sas fazia despertar o seu sono leve, como uma penugem que
tarda em despenhar-se, sem alarde, não tolerava o desalinho,
desde que Maria Angelina estivesse por perto, o homem fazia de chumbo o seu sono, ela dava conta de tudo, da aproximação de estranhos, de ínfimos ruídos incomuns, soterrados pelo fragor dos ventos, noite fora, que jamais sopravam
na mesma direção, antes se digladiavam para passar primeiro, em cada rua, em cada vereda, antes depenavam árvores,
antes empenavam portadas, mais do que uma companheira,
ela era a dona da casa e da sua vida,

    Maria Angelina,

    não vais tolerar a pequena abetarda, nenhum coração a
palpitar naquela casa, que não o meu e o teu,

sabe Deus o esforço que ele fizera para que aceitasse o menino velho, que temeroso, sujo e curvado se chegava até ela,
e tantas mágoas ela removeu do seu coração, nódoas que ele julgava entranhadas, para sempre, devia-lhe a vida, não era exagero, tantas alegrias lhe tornavam os dias úteis, sabê-la a aguardar a sua chegada a casa, os seus modos esquivos de lhe dar as boas-vindas, aquele olhar arguto, uma lagrimita brotou-lhe, ainda bem que os outros estão longe, dir-lhes-ia, então não se vê logo que é suor, homens?, e os olhos avermelham do esforço, a avó censuraria, ela quereria um neto endurecido contra essas rasteiras do coração, mas são cinco anos de vida em comum, avó, não é de somenos, ter quem zele por mim, a noite toda, nem o rastejar de barata lhe escapa, que queres, avó?, viver sempre sozinho também cansa, julgas-me cobarde por me ressentir da solidão, por gostar tanto de

Maria Angelina,

és a minha mortal contribuição para a imortalidade,

Maria Angelina,

mas e que certeza tens da reciprocidade?, tu ama-la e ela deixa-se amar por ti, meu sétimo neto de coração avariado?

assim seja, é já o princípio de qualquer coisa e apeteceu-lhe cantar a moda alentejana que ele próprio inventou, com palavras distantes, dedicada a ela

Duvida que as estrelas sejam fogo

Duvida que o sol o ar percorre

Duvida que a verdade seja logro,

Mas nunca duvides do meu amor, e

faltavam-lhe sempre as palavras para acabar o canto, que no Alentejo se quer estendido até acabar fininho, como uma massa de pão comprimida pelo rolo, sempre curtas as palavras para tão longa música, sobrava-lhe a melodia, não era verdade o que fizera constar na taberna, ele não era dotado de imaginação, jamais, acreditava, conseguiria criar o que quer que fosse, estes versos chegaram até ele no dia em que Maria Angelina apareceu na sua vida, e na sua casa, por via de um hóspede que entrou sem ser convidado, misterioso homem, de muitas palavras e ainda mais saberes, e ele procurando refúgio por uns dias acabou ficando anos, ensinando as coisas do mundo mais impossíveis ao homem e seus irmãos que acabavam de enterrar a avó, um dia foi-se para nunca mais, deixou-lhe um capote e Maria Angelina não o seguiu, duvida que as estrelas sejam fogo, duvida que o sol o ar percorre, gostava de ter sido ele a compor estas palavras encantadas, apreciava o modo como se interligavam, a cadência que apetecia cantar, os companheiros a instigá-lo a continuar, verseja, homem, mas por mais que se esforçasse nada lhe saía, sumia-se a voz, vinha embora amuado com o seu próprio desencanto, de amor-próprio amarfanhado,

as coisas saíam-lhe tão bem por dentro e tão mal por fora,

e todas as noites se reconciliava com Maria Angelina,

e seu olhar adunco,

se ele soubesse converter os pensamentos em palavras ditas não andava nisto, pois então, iria calcorrear mundo, fazer sucesso, só com a voz e os termos que ela compunha, seus murmúrios, suas cumplicidades, seus enigmáticos propósitos, ele e Maria Angelina, para muito longe dos companheiros que lhe censuravam o seu amor extravagante,

se eu pudesse não andava nisto,

seis sacas de azeitona, transportadas pelo caminho mais acidentado, para não se sujeitarem às emboscadas da estrada de gravilha, suave para os pés e para as rodas, uma portagem forçada que eles deviam pagar pela benevolência do caminho, não querem pagar, então vão pela vereda das ladeiras, eriçada de pedregulhos, e de ninhos de pássaros estrambólicos e de matilhas de cães vadios, entornem-se por essa serra adentro, e ai de quem for apanhado, desde tempos tão idos, que já ninguém punha em causa, ninguém protestava, ninguém se atrevia sequer a questionar a injúria, ao povo que sempre aqui viveu, forçado a abandonar a sua aldeia, com prados e terra escura e húmida de lavrar,

habitada de vida, húmus, folhas podres, minhocas e vermes, para se irem instalar no pedaço de solo mais amotinado do Alentejo, aquele em que só as pedras são bem-vindas, a avó ainda lhe contava dos tempos da aldeia velha,

Lençol de Telhados,
onde havia árvores e aves e terrenos de regadio, e os cheiros podiam pousar, porque naquele tumulto de ventanias, onde nem os pássaros, nem os insetos conseguiam voar a direito, e todos os cheiros se baralhavam, e, se algum aroma parecia assomar-se, logo a seguir se matizava, confundia e seguia lesto nas correntezas de ar, tudo vinha, tudo ia, tudo passava, e a ele sempre lhe fez espécie que se referissem à aldeia como nova, Nadepiori,

assim se chamava,

quando chegou o homem dos registos, embargado com a papelada, que se lhe escapava das mãos, anotou à pressa o nome do lugarejo, já em ânsias de se ir dali, maldito vento, como disse mesmo que era o nome deste arrabalde?, olhe, pior é nada, mas o vento entrecortava-lhe as sílabas, sim, senhor, não se embaralhe, continue com a sua sachola a levantar poeira, e garatujava com dificuldade, com uma mão na boina que ameaçava voar-lhe e outra na pasta de registos toponímicos, que é só para maçar a gente, como era mesmo o nome da aldeia, ah sim, é isso,

Nadepiori,

raio de nome, calha bem a lugarejo mal atamancado, que lugar feio de se viver,
porque havia sempre algo que o vento rompia, arrancava e desancava, ou telha ou madeira, aldeia tão idosa, e no entanto apenas três gerações ali habitavam, e o lugar sempre sempre incompleto, com falta de peças, como uma boca desmobilada de dentes, e outros oscilantes, a aldeia periclitante, mal se tinha de pé, corroídas as vértebras, coluna de um velho,
se tosses fundo, quebras as vértebras,
e a gente continuava a ser expulsa pelos quatro ventos que se cruzavam, em fúria, naquele encontro de serranias, lugar por todos desprezado, e a comunidade inteira degredada, coagida a deslocar-se para ali e a chamar-lhe casa, e o vento tudo faria para que se sentissem mal-vindos, o que era vida secava, voava, erodia, os homens gastavam mais tempo a erguer muros para proteger culturas do que a cultivá-las, o vento encontrava sempre brecha, infiltrava-se e levava-as pela raiz, as árvores enfezadas, depenadas de folhas, se cresciam, ramos finos, vergados, em ínvias e horizontais direções, tinham as vinhas de ser enterradas, as mulheres enlouqueciam com seus cabelos em coluna desvairada, vergadas como as árvores sem conseguirem caminhar aprumadas, com chumbos nas bainhas das saias para os ventos não lhes descobrirem as pernas, dava-lhes um ar de deselegância bravia, até as galinhas daquela aldeia eram diferentes das outras, de pernas musculadas, para se fincarem ao chão e não serem levadas pelas rajadas, quase não se lhe podia meter o dente, depois de cozinhadas, e garras aquilinas, sempre quebradas, de tanto se grudarem à terra, os pintos, para não se dispersarem, e serem empurrados, tamanha descortesia para com tão frágeis seres, andavam com fios amarrados às pernas da progenitora, e as crianças lá iam desenleando as proles en-

sarilhadas, que cabriolavam sem travação, e os ali nascidos, havia notado o homem que carrega, já vinham com cabelos cada vez mais crespos, eriçados e rijos, junto ao pescoço, rente às orelhas, uma quase carapinha, era uma forma de resistência, a natureza sempre arranja forma, pensava o homem, mas para de pensar, homem, concentra-te no teu carrego, que os horizontes estão rosados, os róseos dedos da aurora a alongarem-se, como os da tua mãe, não vês?, e o homem que não, só via um tom sanguíneo no céu de mau augúrio, repara, aprecia o céu cavado e as nuvens castelãs, que isso te dê ânimo de avançar, e o homem a cismar que o perigo da noite não eram os lobos,

 a proverbial timidez dos lobos,

esses há muito se apavoraram dos homens, mal lhes sentiam o cheiro punham-se ao largo, anos de massacres, malvadezas e perseguição sem fim dá nestas precauções, piores os cães selvagens que se juntavam em matilhas e, naquela região, perderam o respeito aos humanos, vinham em frente os mais pequenos num latir desenfreado a trincar calcanhares, só para desestabilizar como peões num xadrez, e quando os homens atarantados de dor e da tontura de andar à paulada em torno deles, chegavam os mastins, feios, de focinho arreganhado, orelhas esticadas para trás, as carraças em cachos como ovas, eram capazes de ferrar as costas, e arrancar pedaços de carne,

 se estes se punham a correr,

que a seguir desprezavam anojados, agoniados com os fios de sangue humano e saliva a gotejar-lhes pelas mandíbulas, acicatavam-lhe o ódio e o asco, ainda assim, mesmo podendo nunca matavam, fincavam, rasgavam, mas qualquer coisa muito antiga os impedia no momento fatal, na carótida não tocavam, e deixavam-nos fugir, humanos empestados de mau sabor e má memória,

pelos pecados de uns, pagarão todos,
um dia, havia de acontecer, a avaliar pelos bandos de abutres que vinham de Espanha, voar em redor, lá no alto, sempre que previam um confronto entre um cão e um homem, abutres sôfregos de conflitos, a debicarem nossas angústias, eles sabiam,
havia de acontecer,
é só uma questão de tempo, ou da primeira dentada fatal, lá teriam as suas razões os abutres, é a lei das probabilidades, um remate trágico para tamanho ódio entornado naquelas terras parecia mais do que verosímil, nunca se enganam as aves de rapina, esperançosas que eram, e pacientes, ai, lastima-se, se eu pudesse não andava nisto, quanta maldição há nesta terra, cala-te de uma vez por todas, homem, não te lamentes, que não encontras salvação nas lamúrias, nem alívio nos suspiros, reúne as tuas últimas forças, depois não te queixes, olha que não foi por falta de aviso, escuta este que te escreve, se eu pudesse..., deixa-te disso, mas é a vez de o homem se impacientar, se carregar sacas de azeitona fosse tão simples como carregar teclas que compõem palavras e este meu caminhar..., que autoridade tens tu para me reprovar?, é em mim que os ossos estalam, e as feridas se esfacelam, e o pensamento sempre me vai aliviando as dores, indo às compras ao mercado Alá, bonito rapaz, num momento descuidado alguém lhe toca no cabaz, olha que já vai turvo o teu pensamento, homem imprudente, olha que não vai, não, era uma história que minha avó nos contava para nos confortar, quando nos levaram a mãe, tens razão, mas quem te avisa teu amigo é, e ele lá se ia de pescoço hirto, lustroso de um suor amarelo, como burro ajaezado debaixo de tanta carga que lhe tremem as patas, aqui o teu chicote é a necessidade, homem, e a tua vontade de viver, e ele cismava nos tempos idos, em

os homens querendo, e se negando, mas era tudo gente que baixava a cabeça, ninguém ousava resistir aos habitantes do quilombo, protegidos pela polícia, os bivaques avistados por detrás dos arbustos, os cascos dos cavalos deles a rondar por perto, a ter a certeza de que decorria metódica a abalada, que ali naquele Alentejo o importante era reinar a ordem e a obediência, vénia a gatunos, tirar o chapéu ao patrão, baixar os olhos à autoridade, obedienciazinha, estão entendendo, ou tenho de repetir? e ninguém levantava a cabeça, todos bagos da mesma mó, a serem esmagados ordeiramente, e porque uma barragem e dois rios de curso desviado fizeram de uma dúzia de paredes antigas fortaleza, ameias de águas revoltas, tudo em torno pantanoso, mas não eram os homens do quilombo que estavam isolados, eram eles no vale, entre quatro serras, que se sentiam encarcerados, sem terra, sem água, sem teto, sem dentes, sem cabelos, sem comida, sem proteção, apenas a serventia de uns terrenos junto à antiga aldeia, onde poderiam ir buscar a quota-parte ao olival, e já vão com sorte, mas nunca fiando em gente ruim, muitas vezes atiravam o acordo esfrangalhado ao vento, emboscavam-nos na estrada e ficavam-lhes com as sacas depois do trabalho feito, ali duas semanas a varar a varar, as noites enroladas nas sacas de serapilheira,

e depois a varar a varar,

a espancar sem dó as oliveiras, e a seguir puxavam as redes como na pesca, e os gatunos, raça ruim, ainda lhes levavam os animais, e não há mas nem meio mas, toca a andar para a frente,

tenente, ó seu tenente,

por isso os caminhos insensatos, longos e pedregosos que estraçalhavam os músculos, nos sopés da serra, por isso os braços em aspas a puxar em vez dos bois atracados nos currais, são as leis da força que têm força de lei, se todos acolhem, se todos baixam a cabeça,

são as leis da força que têm força de lei, está entendido ou preciso explicar melhor?

está,

e acatem com humildade, se já pais e avós se deixaram humilhar pelos estrangeiros que chegaram e disseram isto aqui é nosso, abalem, têm o tempo de um sol-posto para pegar nas vossas coisas, só o que couber debaixo de um braço, levem as vossas crianças, os vossos velhos, as vossas mulheres, o que é mais é nosso, o que é mais é nosso,

o que é mais é nosso,

se quisessem paz, tivessem-se preparado para a guerra, ó gente frouxa, fazendo a vénia à terra de cavar, quando esta vos retribui a míngua, a fome, ossos de talco e água chilra, já não conseguem endireitar as costas, e eles continuam na reverência de quem é estúpido e manso, não é bem isso, ó homem que caminhas, respeita os teus antepassados e a sua hombridade, não menosprezes a sua coluna vertebral, que tem tantos ossos como a tua, apenas mais flexibilidade, eles sabem que

a raiva ajuda o ataque, mas não ajuda a defesa,

e quando um alentejano deixa que lhe calquem um pescoço, finca o olho na outra bota do atacante, e faz cálculos rápidos de decepar o tendão de Aquiles, sabendo que tudo no final se julga pelo avesso, não condenes a inutilidade de uma faca sem lâmina, é tudo uma questão de tempo, e paciência,

e já o lastro do sangue dos que se negaram, mais por astenia do que por coragem, corria sob botas de salteador, e já aquelas mulheres ávidas entravam nas casas alheias e revistavam, com o júbilo da novidade, os roupeiros das outras, rasgavam as fotografias, disputavam os cordeiros, amansavam os cães, o cortejo de penitentes desalojados, escoltados, cada qual escolheu algo que lhe cabia debaixo de um braço, uns era a roupa de cama, outros o relógio de parede, outros a travessa da avó, outros o bebé de colo, outros uma sachola, uma pá, uma gadanha, uma foice, uma bilha de água, uma santa de altar, um torno de modelar barro, as estacas de um tear, uma panela de bronze, a perna de um presunto, um acordeão, uma cadeira empalhada, a sela do cavalo que ficou, um fardo de feno para alimentar não se sabia que cabra, que ovelha, que todas estavam sendo resgatadas para outros donos e outros fornos, uma ou outra família mais pragmática transportava tudo aquilo de que necessitava para a vindima, o pai carregava os pés das vinhas ainda de terra presa às raízes, a mãe uma canasta cheia de mosto, os filhos as tesouras de podar, outra família levava consigo a casa que habitaria, desmantelada aos pedaços, o pai a saca de terra crua para adobe, a mãe uma braçada de telhas de barro, os avós vigas e toros e cada menino o seu tijolo, o bizarro desfile de adultos e crianças, a arder ao sol, inchados, reboludos, com todas as peças de roupa que conseguiam envergar, cada qual com o pedaço de existência, o que de mais valioso podiam transportar com um só braço, o seu avô levava uma máquina de costura, instrumento do seu mister, mas de tantos tombos, tantas agruras, nunca mais o entra, fura e sai da agulha, ele com a cabeça a latejar do esforço de carregar os dois irmãos mais novos, para que a mãe e a avó se pudessem ocupar dos colchões e enxergas, os desalojados apenas se detiveram onde as armas dos ocupantes não alcançavam, e as terras se iam tornando tão pedregosas que nem arado lá entrava, caras roxas da torrina e do esforço, já exaustos os mais velhos com a caminhada, a minha terra é onde pousamos o nosso chapéu, no ponto onde todos os ventos se encontravam, e brigavam, o tempo inteiro, mal sabendo eles que ali jamais voltariam a usar chapéu, a princípio o vento pareceu-lhes refrescante, secou-lhes o suor, pensaram que era coisa de dias, caprichos lá da meteorologia, a gente sabe lá, mas nunca parou, nem um só dia, nem uma só noite, mas que se há-de fazer, pior é nada, consolavam-se, e, logo ali, homens, mulheres e crianças aspiraram a poeira para dentro dos pulmões, terra que é nossa entra na gente, um dia acordamos por cima dela, outro dia é ela lençol que nos vem cobrir,

    pior é nada,
ó meu tenente, meu tenente, um passo para trás e dois para a frente, agarra nos quatro arráteis, homem, se é que me entendes, e põe-te a andar, mas o homem dá folga aos arreios, anda sempre no gerúndio, vai caminhando e pensando no que lhe contou a avó, como em assentando o medo e a poeira, passados meses, os homens regressaram feitos vultos pela noite à aldeia,

    Lençol de Telhados,

    abandonada à força, os ocupantes tinham levado tudo o que importava e escaqueirado o restante, ficaram pedras sobre pedras, ou nem isso, tudo foi aproveitado como se faz ao porco esventrado, decepado, até as orelhas e os testículos, até ficar o cadáver oco, em cima da mesa com bordos cavos, para não escapar sequer o sangue, e contava-lhe ainda a avó, que não lhes deixaram sequer os caixilhos das janelas, as portadas, uma maçaneta, uma fechadura, as ardósias da escola, pedras milenares, os móveis, os lajedos, as madeiras do soalho, os arames das capoeiras, raparam-lhes as hortas como uma praga bíblica, a aldeia espremida até à última gota de presença humana, tudo transportaram para o lado de lá do rio, até a própria memória, aquela aldeia já não era a aldeia deles,

    Nadepiori,

era um cadáver oco de porco, de todos os interiores despojado, de todos os órgãos desapropriado, até ao osso, sem pinga de sangue, na anemia da desolação alguns escavaram onde tinham enterrado as magras economias, ínfimos tesouros, remexeram com o dedo no sítio exato dos troncos onde esconderam os brincos e as alianças, alguns conseguiram reconstituir uma vida, começar de novo, até no mais revolto solo do Alentejo, a aldeia que retomava a pulsação, só que com um quarto dos habitantes, o resto desapareceu, emigrou, abandonou, foram ganhar a vida que perderam longe dali, onde se subsistia à custa de muito pó e enxovalho engolido, muita submissão, muita cabeça baixa, não era para todos, olha o meu caso, bem sei, homem, se pudesses não andavas nisto, na angústia de que os estrangeiros do quilombo lhes barrassem o braço do ribeiro, ao mínimo indício de sublevação, eram donos do rio, do destino deles, se a terra prosperava, se as vinhas davam rebento, ainda que pouco, tinham de ocultar a alegria, mostrar sempre menos do que metade dos seus sucessos, comedimento no gáudio, nem festas, nem banquetes, nem celebrações, todos os sinais exteriores de pobreza, andrajosos, despenteados, humilhados, se era assim que gostavam de os ver, assim seria, pior é nada, ao longe o homem já começa a ver a aldeia,

Nadepiori,

encravada na encruzilhada de serras, latejava à vista, como a respiração de um tuberculoso, o próprio casario inchava e desinchava, numa farfalheira arquejante, espasmódica, e qualquer dia espirrava sangue e era o fim, mas prontos, pior é nada, admitia o homem, envolto numa nuvem de poeira dourada, parecia que brilhava e fervilhava de revérbero, lá em baixo formigavam os homens e as mulheres desesperavam a gesticular cabelos e saias desgovernadas, havia sempre uma mãe a uivar desesperada pelo filho, e se o vento nos leva os meninos?, e apelavam aos homens, queriam prender os filhos com uma cordas às suas pernas como as galinhas aos pintos,

isso não tem jeito nenhum,

respondiam-lhes, e as sílabas já a voarem-lhes mal saídas da boca, o quê?,

... sso não t... jei... nhum,

e elas, em sobressalto, labaredas revoltas seus cabelos, voltavam-se, sem perder tempo, para outro lado, senhor pároco, é o demónio, e se ele nos engravida por baixo, o vento enfia-se por todos os cantos, por todos os buracos, é o mafarrico, canhoto, porco sujo, desculpe, seu padre, que revirava os olhos de impaciente, é o pânico, não leve a mal, a sua bênção senhor, o vento põe a gente doida, os meninos daqui aprendem primeiro a imitar o uivo do vento do que a dizer pai e mãe, e o pároco que lá ia uma vez por mês a contragosto, a ajeitar a batina com uma mão e a benzer com a outra o ar revolto,

se Deus assim o fez é porque está bem feito,

a minha aldeia é todo o mundo,

gostaria o homem que caminha de poder dizer, como o hóspede lhe ensinou, bela não, bem entendido, mas mais coesa ao longe, quando ao perto tudo era desconcerto e desvario, Nadepiori, mirada da serra, o homem, até que confiante, baixa a guarda, tudo parece menos dramático quando se começa a distinguir ao longe a cor do nosso telhado, até ali, nenhum dano de maior a reportar, salvo uns rasgões na pele, picadas de abelha, rachas nos pés, tendões arrombados, mas nenhum cão raivoso se lhe fez ao caminho, nenhum salteador, nenhuma conspiração altaneira de urubus, menos mau, o pior passou, e retardava intencionalmente o passo, retomava o fôlego, coordenado com o batimento cardíaco desacelerado, enxugava a testa, no bolso a abetarda adormecida com o embalo, o céu dos pássaros era afinal o regresso ao aconchego e à perfeição exata de um ovo, todo ele era vagar e letargia, e quase suspirou de alívio, terei percebido bem?, que aliviamento é esse, agora, que te pões lesmento e não cuidas da atalaia?, não saberás tu que as maiores desgraças acontecem quando não as esperamos?, não te conhecia essa improvidência, se bem que és do género contemplativo, e tu, que me escreves, poderás, porventura, ter a pretensão de me conhecer por dentro, só porque me segues nesta caminhada?, que sabes tu do meu carácter, do meus ensejos, da minha índole?, julgas lá que por me leres os pensamentos me consegues chegar à alma? sei o que foste, e o que serás nesta história, sei o teu nome,

Simão, de nome próprio, sétimo filho de tua mãe, e Neto de apelido, como todos os teus irmãos, de incógnito pai, assim vos batizou a tua avó, que à falta de progenitor ela estaria ali, acolhendo todos, por muitos homens valendo,

e sei a marca que os teus olhos azuis largam quando lembras a avó,

e sabes que mais?, chama-se velhice a doença que a matou, tal como a descreves, o massacre das células, os órgãos em falências múltiplas, o que medra é o vazio do jejum por dentro, a fome intestina corrói os ossos, a parir uma ausência sôfrega, minguam os corpos, deslaçam os músculos, com as veias secas, rios desviados,

pouco além disto me interessa, e me basta, pareces boa pessoa, por isso te peço, não faças o que fazes neste momento, Simão Neto, não te deixes perder logo ao início do livro, olha que valoroso papel terás nesta história de aldeias de costas avessas, e de ventos arreliados, não queria perder-te, escuta-me, pelo menino com cara de velho que tanto estimas e que precisa do teu impulso para o grudares à mãe, quando esta se for,

como gota de mel ressequido,
pela tua Maria Angelina, de quem nunca te apartas,
que o mais inglório é morrer na praia, olha que em dois quilómetros de estrada ainda muita coisa pode acontecer,
é como em duas linhas de escrita,

_____

_____,

muitas mandíbulas raivosas te conseguem saltar ao pescoço, muitas aves de rapina ainda atentas, muitos bandoleiros te podem encostar a arma às têmporas, a bolsa ou a vida, e se ainda se parte uma roda da carroça, se se entornam os baldões das azeitonas, se te enrosca cobra aos calcanhares, se tropeças e cais da ribanceira, se desleixas os músculos e és atropelado pelo teu próprio carrego, caminha primeiro e pensa depois, não descanses agora, não pares, não olhes para trás, isso é erro de principiante que tu já não és, não te esqueças, bem sei, tu que escreves, só queres o meu bem, ou talvez nem isso, que um percalço trágico te daria um bom naco de prosa, não o nego, homem que caminhas, mas nesta história que escrevo já te atribuí missão, preciso que caminhes até à aldeia, são e salvo, de preferência com o carrego e as sacas de azeitona, para dar andamento à narrativa, que vai longo o teu percurso, e muitas outras coisas, para além de ti, Simão Neto, não desfazendo, estão acontecendo lá em baixo, onde os ventos se encontram e as águas se esgotam, preciso que avances primeiro, muito tempo haverá para nostalgias que só servem para quebrar o ritmo e a progressão desta andança, caminha, pois, caminha, olha que deixares Maria Angelina à companhia de um menino velho não terá sido muito avisado, Simão Neto, que sim, que já ia indo, mas não era homem para obedecer às vozes que lhe chegavam de dentro da cabeça,

mesmo dizendo elas coisas acertadas,
perdia o ímpeto, aproveitando as últimas passadas para inspirar e reconhecer os hálitos da terra e das plantas, que na aldeia todos se indistinguiam, e para sentir o silêncio turvo apenas pelas suas passadas, algum inseto estridulante, amortalhadas ainda as crisálidas, um roçagar súbito e doce ao mesmo tempo de asas, uma paz breve de início de guerra, mas ainda assim, tomara que dure, entre as vírgulas sonoras dos seus pés, as aspas dos teus braços, que na aldeia tudo era estrépito, hastes arrancadas, até as raízes berravam, portas gementes, telhas quebradas, portadas a bater, gente que gritava para fazer-se ouvir, galinhas que bradavam de susto ao ver ir na rabanada mais um pinto, rompido o cordel, engolido pela voragem do vento, o chocalho nervoso dos rebanhos badalejantes, que lhes marcava uma marcha apressada, nada pachorrenta, não admira os quadris esquálidos e as vacas pouco generosas no leite, ao perto tudo estrondeava, ao longe apenas rumorejava, os silvos pareciam menos inquietantes, e Simão gozando agora o sossego, adiando a chegada, que dentro em pouco se iria romper a placitude de fim de tarde com as primeiras rajadas coléricas à entrada de Nadepiori, ouvir o som debaixo das suas solas, a pedra que resvalava sob as rodas, e o eco que o alongava, não pares, não, homem, olha que, depois de parar, mais difícil é recomeçar, como numa orquestra,
   o mais difícil é sempre passar do silêncio à sinfonia,
do que continuar, continuar,
   continuar,
é o vento ventando, é o fim da ladeira,
   não te terá ensinado isso, o sábio hóspede?,
e Simão que não, não tinha como, sei eu lá, sem dar grande troco, tocava as pernas para a frente, mas sem embalo, sem

convicção, alquebrado de torpor, a aproveitar as últimas fragrâncias da serra, a lavanda, a lúcia-lima, o rosmaninho e a hortelã, e o ruído dele próprio a esmagar terra,
    duas passadas,
    duas passadas,
o eco certamente,
    qual eco, Simão?, para haver eco é preciso montanha e há muito que saíste dela, para homem do campo pareces bem pouco instruído, o eco precisa de um obstáculo a mais de dezassete metros de quem produz o som, repara, homem, há quantas léguas já deixaste as serranias e o precipício,
    duas passadas,
    aflitas e arrastadas,
    duas passadas,
    constantes e mancas,
    lamento muito, tem fé na minha lástima, que tanto futuro tinha reservado para ti e agora pões em causa a vida e a minha história, ao longo da caminhada fui simpatizando contigo, afeiçoei-me a ti, que posso fazer?, à tua vida rasteira, cheia de incongruentes decisões, às tuas personagens ora trágicas, ora burlescas, e teus improváveis amores, mas só porque estou falando não quer dizer que vivo ficarei no fim, não será verdade, não te desejaria tamanho azar, além disso, este não é esse género de história, ainda assim,
    e que género será esse, não morrem as personagens no final?
    pode acontecer, destino orgânico e inevitável, que este é o livro de uma caminhada,
    sem pausas?
    sem pausas, sempre a caminhar, sempre em andamento, sem descanso, sem repouso, nem alívio,
    como a vida?
    como a vida, essa grande ratoeira de homens,

escuta, que disso percebo eu, esta história, este livro, estas linhas, carreiros de formigas pretas, com intermitências, mas sempre seguindo o seu curso, o fim da última linha pegando no princípio da seguinte e assim por diante, o bicho em peças desmontadas, carreiro infinito que pode não parar nunca, porque é o mesmo bicho comprido que vem em peças separadas, basta a vontade dos teus dedos, os limites da tua paciência,

está bem, seja, Simão, acontece que gostava que continuasses formigando por aqui, e aquilo que vais temendo está a acontecer neste exato momento, alguém te segue e não deseja ser notado,

Simão desmanchou as feições, os olhos desceram-lhe para os cantos da cara, entornaram-se as rugas, largou a carroça, a abetarda retorceu-se num gelatinoso conforto de ovo, desfizeram-se as aspas, eram agora [parêntesis retos],

parecia o pai, homem toco, com braços bambos, gigantones de feira,
e imóvel, como um muro,
o homem
parou.

CAPÍTULO II
Exceto o curso dos rios,

Simão Neto a entrar na aldeia, ainda as feições desmanchadas, cara de pânico,
cara de trincheira bombardeada,
cada traço a fugir-lhe, cada olho a escorregar-lhe, cada prega a sair do curso habitual, ainda não recomposto, mas a carga da azeitona intacta, ele ainda a verter os seus lamentos, se eu pudesse não andava nisto, e a mastigar o pavor, intacto também ele, tanto tempo depois de inaugurado, tantos metros atrás, para a próxima, para a próxima, sem reparar que lhe tremiam os joelhos e, se não notava, também as mãos como varas verdes, costuma dizer-se, já que o cromatismo das varas não reduz vacilação, era porque vinham apegadas à carroça, os braços em aspas, que não mais afrouxou, mesmo depois de entrar na aldeia e já ver os seus ao perto, o perigo lá atrás, o corpo sem dano, as roupas rasgadas, salvou-se o fruto, estalou a casca, as sacas sem furto, e o contrário também era verdadeiro, se eu pudesse..., e aos poucos a ideia de que os outros haveriam de estranhar tamanho atraso, porque não o esperavam e vinham receber?, ou a fazer pouco dele, da sua lentidão, do seu desajeito esquerdino, ou a saber se era vivo, se morto, se nem uma coisa nem outra, que era como se

sentia no momento, que companheiros são aqueles que se adiantaram na viagem, nem olharam para trás na travessia, bem sei, são as regras,

no lugar que mais temes não te demores,

mas onde estão eles agora, a indagar, a querer saber, e Simão Neto, sem largar a carroça, porque os dedos petrificados do medo não se desencarquilhavam, ele a dar com um ajuntamento em torno do poço, que retinha a pouca água do canal que os homens do quilombo permitiam chegar até ali, um charco, ainda assim vital para a aldeia, que muitas provações havia passado quando por represália ou má intenção os deixavam à míngua,

a sede é um deserto comprido,

um leito de rio seco, terra estriada, um caudal enxuto, cada gota bebida pela terra voraz, por onde corriam lagartixas e outros répteis lestos e rolavam tufos de arbustos desenraizados e empurrados pelo vento, e quando, em tempos recuados, uma delegação de homens disse basta e agarrou nos chapéus para enfrentar as autoridades, pediram audiência ao alcaide, e logo os mandaram de volta, que não estava, não vinha, não se sabe quando, e ficaram os alentejanos no largo à espera, dispondo-se a passar ali dias e noites, veio a guarda, mandou dispersar, mas para ser mais convicta no seu mandar, espancou um deles, foi ao calhar, bordoadas com o cabo da carabina, na cara, no peito, cinco deles ao pontapé no homem deitado que golfava sangue pela boca, contorcido, largava lá de dentro um chiar baixinho que vem dos órgãos quando sangram e se amolgam e quebram as costelas flutuantes, à luz do dia e à vista das meninas sensíveis, vindas da catequese, por sinal filha e sobrinha do alcaide, que muito choraram nos braços da mãe, impressionadas, com o som dos ossos a estalarem e dos rasgões na carne a empaparem a camisa, e a mulher à noite que não podia ser, aquele bando de alentejanos a dar indecente espetáculo no meio da praça, e já vinha o povo a cuidar das mazelas do ferido e a oferecer pão e vinho aos restantes, que aquilo não era nenhum circo, que os homens cantavam de noite e a eles se iam juntando mais e mais homens, engrossando o coro, que as meninas mal dormiam, portanto que os recebesse de vez, para que eles voltassem para de onde nunca deviam ter saído, que se arejasse o ar da cidade, que era só suor, vinho e pestilência, onde é que isto já se viu, isto é terra de gente respeitável e não de malteses, a desencaminharem as moças e a ferirem os ouvidos noturnos das meninas, e na semana seguinte o alcaide ordenou que lhes fossem abertas as portas, disposto a ver-se livre daqueles, que era só o que lhe faltava, circo na rua, falação em casa, logo eles se queixaram das faltas da aldeia, nem escola, nem igreja e agora o rio, desviem-nos tudo, exceto o curso dos rios, como se vive sem rio?, melhor montar corda em cada trave, e acabava-se já tudo, e muito bem, entendo o que me estão contando e é de valor a vossa razão, o alcaide de palavras vagas e olhar desviado, já não esperavam muito dele os aldeões de Nadepiori, mas ainda assim não arredavam pé, mesmo não o batendo, porque não era do seu feitio, e os bivaques continuavam avistáveis atrás de cada parede e de cada porta, pois então tereis de escolher, se querem escola, igreja ou depósito de água, para vos precaverem quando vos aprisionarem o rio, pois em consenso responderam, então o depósito, senhor alcaide, sem água não há vida naquele ermo de terra e vento e de areias viandantes, não precisam de me vir com explicações, o alcaide entediado, o olhar ainda mais desviado para a porta por onde eles deviam sair e, sem demoras, damos-lhe a mão e querem logo o braço todo, esta gente não se manca, isto disse o secretário que era brasileiro e cheirava a colónia, e fez confusão aos narizes dos anciãos, que habituados estavam a outro álcool no hálito dos homens, vamos a andar, sem delongas, parece que ficaram a ver navios nesta geografia sem mar, que está o assunto arrumado, não se pode dar confianças a este povo grosseiro, põe-se logo em bicos dos pés, está a ver o senhor alcaide, como é?, mesmo que os tragam descalços e de unhas rachadas, é ouvir e calar, está escutando gente escanifrada, não bota mais desaforo, viu, que o senhor alcaide é homem de assuntos mais elevados para descer à vossa rasura, pois que lhe agradecemos e com a vossa licença,

que a gente só temos duas fortunas, o senhor está vendo, são estes dois braços que trazemos,
e enfiaram os chapéus, descrentes, e confusos com a figurinha que falava pelo alcaide e lhes parecia rosnar às canelas, com um sotaque ainda mais acentuado que os deles, vamos pôr-nos ao fresco, decidiram em desânimo coletivo, até lhes chegarem à aldeia meia dúzia de operários de cenho franzido, contrariados, que demoraram dias a habituarem-se a que naquela terra só de cabeça destapada, que o vento lhes levava as boinas e lenços e trabalhar à soleira e tisnados não era circunstância, era uma condição, e as mulheres que lhes apareciam desvairadas a ofertar-lhes merendas e amabilidades, acompanhadas às raparigas solteiras das sinistras velhas de capucho de couro, a escoltarem-lhes a reputação, e dando-lhes guarida, de noite, já vistosas e aprumadas, tranças compostas, em elaborados toucados, vestidos irrepreensíveis, sem grão de pó, mas o vento era Penélope ao contrário, de dia desfazia o que de noite compunha, uns enxovalhos espampanantes, a esbracejar desenfreados cabelos e os cadilhos dos xailes, os operários apaixonavam-se por elas todas as noites e desapaixonavam-se todas as manhãs, e talvez por esta in-

termitência amorosa, por este mau pesar que nem o vento o levava, enquanto as esperanças das raparigas se desfaziam num sopro, os homens até que se esmeraram na construção, trabalho à pressa, sem grande precisão, nem adornos, taipa e adobe e a inscrição da data, 1936, e uma caiação, a única construção sem brechas abertas pelo vento, nem fungos nem infiltrações oportunistas, a única construção branca da aldeia, tão branquinha que os meninos vinham lamber as paredes para sentir o salgado da cal, um depósito tão grande que dava para abastecer a aldeia inteira, durante uns meses, em caso de retaliação, água à vista, gritaram os aldeões e os operários saíram a bater as mãos uma na outra, não se sabe se para sacudir a poeira se também satisfeitos do trabalho cumprido, e daqueles descompassos de coração, sentiam-se ensarilhados como os pintos nos cordéis nas pernas da galinha, as moças desoladas a acenar farrapos e desgostos ao vento, os pais num gáudio maldisfarçado, assim como assim, não tinham apreço por forasteiros, e não durou muito a alegria na aldeia, os homens do quilombo não gostavam de lhes verem trocadas as voltas, afinal, quem eram os donos do rio?, e, numa investida, vieram com todas as fúrias, com todos os martelos e uma junta de bois fazer uma brecha no depósito, de alto a baixo, da largura de um homem, por onde se esvaziou a preciosa água acumulada, em golfadas, leito seco do rio abaixo, atraiçoando lagartixas, levando na enxurrada os arbustos secos, que lástima a preciosa água, quanta urgência sem freio, nunca se viu tanta pressa para se sair daqui, mais que todos os homens em fuga, agora viviam a conta-gotas, os homens do quilombo apenas deixavam passar a ração de água necessária para os gastos domésticos e os cultivos do dia, ao fim da tarde, cortavam a correnteza,

a fome e a sede são as mais eficazes formas de submeter,

assim os terás, lombo curvado, olhos no chão, dedos a esgaravatar réstias de humidade,
e o depósito, arrombado e sobredimensionado, servia agora de capela, aonde vinha o padre, de quinze em quinze dias, reunir-se com as beatas algemadas de terços, de devotas mantilhas, ali pelo menos não entrava o vento, e a acústica dava um tom religioso ao que era apenas desabafo quotidiano, ai, senhor padre, este vento arrebenta a gente, não deixa que as nossas preces se elevem, elas ficam emaranhadas umas nas outras, não ganham altura, rogai por nós, pecadores,
   como se elas tivessem muitas ocasiões de pecar,
   daqui que ninguém nos escuta, valha-nos Deus, ámen, no poço mal atamancado em que culminava o ribeiro era só o lodo e a lama do final da tarde, para onde deitavam olhares entornados os aldeões, quando Simão Neto se aproximava, ainda de carroça atrelada, como se já ela fizesse parte da sua anatomia, prolongamento dos braços,
   em aspas,
e uma clareira se abria para lhe dar passagem, até às bermas, olhares ínvios, as mulheres a andar às arrecuas, cabelos transtornados, dedos pensativos a escarafunchar ideias na cabeça, que é sempre o que os homens fazem quando não têm nenhuma, um mau pressentimento demorou a chegar à mente de Simão, ainda o medo o aguilhoava, ainda tinha de atravessar o transe do encontro inesperado na ladeira, e atingir-lhe o coração, ele que olhava lá para baixo e não via,
   não via,
não via Maria Angelina a agonizar, os pés presos um ao outro por uma corda, a lama a entrar-lhe na goela, Maria Angelina não lhe disse como a avó, não estou capaz, apenas abria e fechava a boca em espasmos como um peixe em pouca água, enlameada, enxovalhada, aviltada, lançada como um desper-

dício no poço, para quem toda a vida aprumou a altivez, a pose de rainha sem trono, liquidificava-se em lodo e limos, não estou capaz, estou sem ação, Simão, de feições desmanchadas, atirou-se ao poço, os outros a fazer que o impediam, tem lá calma homem, que ela já está mais para lá do que para cá, dedos trémulos, agarrados aos interstícios das pedras, aos tufos de vegetação que cediam vergados ao seu peso, Simão desceu lá abaixo, enterrou os pés na lama peçonhenta e ergueu Maria Angelina, como uma relíquia de mártir, um pedaço de traqueia de Santo António, uma lasca de tíbia de São Nicolau, os olhos dela fechados, e ele subiu, içado sabe-se lá por quantos, entreolhavam-se numa censura muda, os braços dele em < >,

aspas, como que a fazer um berço,
agarrado ao corpo dela, era ele o náufrago que segura a madeira flutuante, pousou-a na terra, alisou-lhe as penas, limpou-lhe a lama com as mangas húmidas do gibão, ajeitou-lhe a asa aberta e descomposta, fina e pontiaguda, agora espojada como um inseto esmagado contra a parede, tentava resgatar-lhe a dignidade, mas não sabia como, que a vida já a dava como perdida, esfregou-lhe a quilha perfeita de ave de rapina, sentiu-lhe o coração muito ténue, já lá em cima, passada a zona de rebentação da ventania, os olhos abriram-se, mas o seu olhar era de adeus, olhos embotados de traição e lágrimas, e o falcão fitou o céu com a negritude ainda mais acentuada das suas retinas, círculos exatos, mas já com o biombo da morte a velar-lhe a retina, assim morreu Maria Angelina, falcão-peregrino fêmea, Simão a tentar ver-se refletido na derradeira visão dela, mas já sem brilho, os olhos dos mortos não refletem, apenas puxam para dentro de si, negro fundo de poço, água inquinada, um homem num alvoroço de pó seco como ossos, e folhas desembestadas em seu redor, vergado

sobre um cadáver de ave de patas reviradas, os outros sacudiam-no, diziam-lhe que isso não é coisa de homem, levanta-te, já não és nenhum menino a chorar por seu brinquedo, que pensaria a tua avó, homem, se te visse nesses preparos, ela que todos na terra respeitavam, mas nunca auxiliaram, acrescentou para dentro Simão esta última parte, mas não disse, porque um desgosto soterra outro, e antes assim, porque se se acumulassem estaríamos na vida bem arranjados, deixem-no estar, companheiros, o Simão tem maus repentes, ainda se acaba virando contra a gente,

Maria Angelina, por ela suspendeu os últimos cinco anos, porventura os melhores da sua vida, por ela andava à cata de ratos e fisgava passarinhos, e chafurdava nas tripas e sanguíneas membranas desprezadas do gado abatido, por ela subia ao penhasco mais inacessível, afinal Maria Angelina tinha um trono real, orgulhosamente esbranquiçado de guano, onde aqueles dois círculos exatos de negritude detectavam quatro patitas a restolharem a centenas de metros de distância, pequenas asas a adejarem a léguas, caía sobre elas, com uma determinação sideral, outros diriam sem dó nem piedade, para Simão era misericordioso o golpe mortal, um guincho longo estendia-se no campo, agudo e lastimoso, e depois um silêncio aquietava as presas das redondezas que se sustinham no seu labor miniatural, Maria Angelina investia em mergulho aéreo com as patas amarelas, escamosas, quebrava as espinhas no embate, não era morte, era destino, as pequenas criaturas nem percebiam que estavam mortas quando o seu bico recurvo começava a puxar-lhe as carnes intestinas, e a vida só recomeçava quando ela rasgava tendões e órgãos, até deixar, saciada, uma carapaça de pelo e desperdícios para a caravana de formigas, um bicho sem fim, que dá volta ao planeta, só vasculhando o que os outros animais não querem, e o que as árvores cospem de podridão, e os vizinhos da aldeia sem compreenderem esta união, um pássaro adunco de olhar inquietante, que lhes renteava os pintos e as ovelhas recém--nascidas, ainda húmidas do parto, cria o corvo, tirar-te-á um olho, avisavam-no, era uma máquina de matar, carnívora, sedenta de sangue vivo,

olha, também esta terra gretada, querem lá ver?, suga e absorve num instante as hemorragias gordas e até os coágulos negros, ripostava Simão, numa só pena continha mais nobreza do que em todas as mãos côncavas de pedir de todos os homens da aldeia, Maria Angelina nunca pedia, exigia, preferia morrer à fome, a aceitar carne crua de um estranho, a princípio, quando chegou àquela casa, pequena cria de um palmo, envolta no casaco do estrangeiro que entrou sem pedir licença, ainda ele e os irmãos velavam a avó morta, Maria Angelina era só olhos que lhe sumiam a cabeça e o bico, o misterioso homem fechou a porta atrás de si e improvisou um poleiro na antiga máquina de costura, inútil despojo da aldeia abandonada, e com eles se ajoelhou perante a falecida que nunca havia visto mais gorda, quanto mais nesta magreza escavoncada que a corroeu por dentro, mas sempre era uma forma de captar benevolência de uma família desfeita, ele precisava de guarida urgente e sem explicações, Simão e os irmãos de consolo e preces, ficou o pacto firmado sem palavras e com rezas num sotaque difícil de identificar,

que Deus nos dê saúde, que nenhuma ave escape da tua mão, que nenhum cavalo te deixe no caminho,

e Maria Angelina muito quieta a assistir a toda a cena, sem encarar ninguém, mas Simão sentia os seus olhos a bicarem-lhe as costas, ela reparava nele quando ele não estava a olhar, foi ela que o escolheu, em poucas semanas já não rejeitava da sua mão os ratos esfrangalhados ou os pardais de cabeça pendida, os falcões são muito exigentes com as pessoas, explicou-lhe o misterioso homem, não toleram deslealdades, basta uma falha para um falcão preferir morrer de inanição a aceitar a cabeça aberta de coelho que lhe ofereces com os miolos à mostra, e a aldeia ia correndo ao seu ritmo, que era acelerado e amarfanhado com o vento, tão suspeitosos daquele estranho que lhes invadiu a terra que ninguém dava reparo à pequena ave que chegou com ele, que crescia, e que, ao contrário da aldeia, a tudo prestava atenção, dominava o território em redor, num raio de mais de cem metros, todos os ruídos, cada passagem, cada indivíduo, os rastejos do menino velho na soleira, de cada folha desprendida do seu ramo ela dava conta, cada pinto tresmalhado observava da janela, e ao fim da tarde saíam os três, o homem sem nome, Simão Neto e Maria Angelina, penas ao vento, inclinada sobre o punho de couro do forasteiro, como quilha de navio, figura de proa, bico levantado e olhar amplo, e as pessoas da aldeia viam passar através das frestas da cara, pálpebras franzidas pelas rajadas, por entre o véu da poeira e da contraluz, esta estranha composição andante, nessas ocasiões Maria Angelina não queria saber de nada nem ninguém, tão-pouco se interessava pela carne doméstica de um peru enfezado ou de um gatinho esquecido,

a pequenez daquele mundo era um insulto para ela,

o trio andava a direito, como uma flecha humana e cérebro de falcão, Maria Angelina só tinha uma coisa em mente, apenas matar, matar

matar,

em espaço aberto, carne crua selvagem, ainda de sangue quente a circular nas veias e coração palpitante,

primeiro o estrangeiro soltava-a com um fiador que a prendia com tiras de couro às anilhas das patas, Maria Angelina voava com ardor mas era rebocada ainda não tinha terminado de esventrar um coelho, despejando toda a sua raiva e horror na luva de falcoeiro, olhos coruscantes de insubmissão, delicadamente com a carne entre os dedos enluvados, o homem atraía-a até ao seu punho ao som de um assobio, um ano inteiro assim, neste equilíbrio entre a paciência e o ódio,

de cada vez o fio mais longo, mais alto a ave ia, mas isso ainda lhe aumentava a frustração, quanto maior a ilusão de liberdade, e Maria Angelina voava em ímpetos de satisfação, crocitando vitoriosa, maior era depois a irascível ira do engano, até que um dia, sem anúncio prévio, entendeu que podia largá-la,

soltou o fiador,

Simão susteve a respiração,

ela não ia voltar, vingava-se agora de todas as injúrias do cativeiro, Maria Angelina adejou as asas poderosas, subiu, subiu ainda mais, olhou para eles cá em baixo com o desdém de quem se eleva perante aqueles dois pedestres, tão pequenos e caricatos,

insensatas criaturas,

despojados de tudo, sem asas, sem pelo, sem força, sem visão, sem olfacto, sem bravura, sem rapidez, sem graciosidade,

apenas técnica,

quem são eles agora sem o fiador que me encurta a largueza do espaço, os horizontes da minha visão,

cá em baixo Simão e o estrangeiro seguiam-na com o olhar, era evidente para Simão que o dono da ave não estava seguro da sua decisão, sem se aperceberam deram as mãos como quem ata um nó, bem apertado, Maria Angelina saía do campo de visão, voltava a aparecer minutos depois com as penas no meio dos olhos empapadas em sangue, e tornava a partir, os dois homens ouviam o vento a sulcar-lhe as asas, como tiras de pano a rasgar-se, depois um embate breve e mudo, e um guincho de dor que alastrava no ar e arrepiava os homens, aquelas pequenas criaturas que levavam a vida entre o medo e a precaução não escapavam à sofreguidão de Maria Angelina, tão ocupada em matar e em esventrar que nem gozava a sua liberdade, cativa que estava da sua obsessão, nas serranias, faisões, perdizes, crias de raposa, cachorrinhos, coelhos, abetardas, quando olhavam para cima a indagar que sombra seria aquela que de súbito se derramava sobre elas, já só tinham tempo de verem garras reptilianas e um bico adunco que desabava sobre eles, a seguir as suas vísceras estavam a ser puxadas para fora, sem dar tempo para um último suspiro, uma oportunidade para dizerem ao mundo que um dia também lhe foram pertença, embora vistos desta perspectiva, deitados de barriga para o ar, expostos assim os seus âmagos sangrentos, ficavam com a desoladora sensação de que, se só tinham vindo ao mundo para provocar sujeira e alimentar um dinossauro voador insaciável, que estranha força de vida esta de viver para ser dado a comer,

que bom proveito nos vos faça,

Simão corria atrás de uma rocha, ou de uma murta ou de um loendro, e nem sombra da presa que Maria Angelina levava para debicar no alto de penedos, lá estavam os despojos do impacto,

uma poça vermelho sangue de boi, penas como que caídas de uma explosão, terra revolta, uma ou outra perna decepada, renitente, com as unhas fincadas no chão,

Maria Angelina lambuzou-se a tarde inteira,

lançou o pânico em famílias de perdizes que ainda corriam num desvairo sem rumo nem direção, crentes de que as suas pintas pardas em movimento as camuflassem na paisagem, e escapassem até àquele olhar que via de perto o longe e que vinha, em picado, do céu,

dragão de São Jorge, sem os arreios do santo,

os seus olhos matavam mais e mais longe do que balas de carabina,

e as raposas, incrédulas, de regresso ao covil, a angustiante certeza de que estava um a menos na ninhada,

no lusco-fusco, Maria Angelina postou-se, enfim, saciada, em lugar avistável,

naquele instante, o silêncio coagulado da carnificina pesava sobre os campos, uma nostalgia apoderou-se de Simão, uma sensação, um peso, como se Maria Angelina se fincasse com todos os seus selváticos tendões, suas garras, navalhas de ponta e mola, suas patas de réptil, suas asas abertas, abafantes, toda ela em cima do seu peito, toda ela um luto, o luto que deixara de fazer pela avó, já vinha, com o bico recurvo, corroendo-lhe o fígado e outros órgãos tão interiores que Simão não lhe adivinhava a existência, e chorou de saudade pela primeira vez, tendo como testemunhas um homem estrangeiro, uma ave enfartada de carne crua, e a morte tão óbvia naqueles campos como o sabor a sangue na boca,

o estrangeiro pouco habituado a lidar com manifestações exteriores de desgosto, tanta gente na flor da idade, vidas paradas no ápice de uma bala a seu lado, a partir de cem mortos deixamos de contar, tantas vezes teve de dar a notícia da morte de um filho a uma mãe, que se convulsionava por dentro, mas junto com a dor vinha a raiva e a fúria e o desgosto transformava-se em combate, e empunhavam armas, agora este alentejano fraco chorava água de sal,

se der o vento forma onda,

por uma pobre velha que morreu porque tinha de ser, ainda por cima uma senhora que nunca esboçou um gesto de carinho, muito mais adepta do safanão, tentou por várias vezes colocar a sua mão no ombro sacudido de Simão, mas o braço detinha-se no último instante, num desajeito confrangedor, irritado consigo próprio mas também com a atitude daquele alentejano homem feito, num choro desabalado de boca aberta como as crianças,

de joelhos prantados no chão,

¿estás bien, compañero?, a veces hay que caer con el fin de saber dónde estamos,

para que o lhe havia de dar, ensaiou dizer umas palavras de consolo, mas o idioma que não dominava travava-lhe a língua, com medo de parecer ridículo ou de dar um passo em falso na sintaxe, do que ele sabia era de treinar aves indomáveis, herança ancestral de família, e combater os falangistas, aprendeu a montar revólveres tokarev tula, a lançar granadas de mão, fuzilar clérigos, sabia o som de uma bala extraída depositada no prato de malte, recuou batalhando trincheira a trincheira, casa a casa, depois da derrota, pisou milhares de cadáveres na retirada,

os mortos da carretera,

engoliu a amargura da desilusão, atravessou a fronteira de olhos encharcados de sangue, o desmantelar da brigada internacional fê-lo fugitivo, e a traição dos homens do quilombo fê-lo vagabundo e entrar pela primeira porta que encontrou aberta, onde não habitava nem hostilidade nem surpresa, apenas um desgosto desamparado a dissolver-se em apatia, era algo que ele não julgava encontrar do lado de cá da raia, que em Espanha, camponeses, por mais humilhados, esmifrados até aos ossos, traziam a fúria nos dentes e a raiva presa ao sabugo das unhas, bastante mais parecidos com as suas aves, quebravam osso por osso se fosse preciso, mas ceder isso é que nunca, por isso também ele apreensivo quando chegou o momento de assobiar para Maria Angelina, sobranceira e intacta como um samurai, que inclinava a cabeça para interpretar lá de cima um choro humano, que ela só conhecia guinchos de horror, que antecipavam a morte rápida, ou eram mesmo coincidentes com ela, e o estrangeiro assobiou, Simão calou-se, estancou-se o choro, a tristeza parecia agora remota e aplacada, não se sabia se era ele que tinha o desgosto se o desgosto que o tinha a ele, tal o silêncio que se podia ouvir as membranas nictitantes de Maria Angelina, quando pestanejava,

clique, clique, clique...,

Maria Angelina alheada, quando na realidade estava concentrada em ínfimos acontecimentos distantes, um galho que se quebra numa passada, umas patinhas que tentam esgaravatar a terra para desencalhar um grão, o gemido recém-nascido de cão selvagem a meio quilómetro de distância, um pássaro que brigava no regresso ao ninho, novo assobio, Maria Angelina focou os homens com a arrogância no bico, não gostava de ser importunada, quando se ocupava de assuntos realmente importantes, talvez nunca mais lhes voltasse, atreveu-se a verbalizar Simão, ainda com a tremura na voz depois do choro convulsivo, o estrangeiro parecia tão imperturbável como a ave, defronte dela, tensos os músculos dos maxilares que pareciam morder o ar, o braço enluvado de couro à espera de ser pouso, Maria Angelina abriu as asas perfeitas para mudar repentinamente de direção e atingir uma aceleração em poucas batidas, deu uma volta, piou de satisfação, algo que paralisou de terror os animais rasteiros dos campos em redor, e veio assentar com toda a sua força esmagadora, patas amarelas, no braço do seu treinador, que chamar-lhe dono era de uma soberba tão intolerável e de tamanha pretensão quanto dizer-se que se parava o vento ou se pastoreava nuvens, sem pressas ela arrepiava as penas, a sacudir destroços, bocadinhos de osso e sangue seco, e deixou docilmente que lhe enfiassem o caparão, o estrangeiro com aquele peso, ufano, como se lhe tivessem restituído o braço depois da amputação, uma ave que não voltava costas à lealdade, explicou a Simão, nem esquecia aquele que quando ela ainda mal segurava a cabeça lhe enfiava bolinhos de carne moída, por ele próprio mastigada, pela goela abaixo, o trio regressou, cada qual reconciliado com os seus temores, em direção à aldeia atormentada pelo vento de Nadepiori, desta vez esquecidos das lebres e perdizes que sempre traziam para ofertar a algumas famílias e assim comprar o seu silêncio e resguardo, que nunca fiando, e o estrangeiro pouco falava e dormia de mão na navalha, mas era uma característica da aldeia, o vento varre tudo, até as pegadas no chão, e os habitantes iam-se esquecendo das alcoviteirices, calados eles também por natureza, vinha uma camada de pó que tapava a anterior, nenhum fuxico dura muito tempo na aldeia, é como os enfermos,

ninguém fica doente muito tempo na aldeia,

ninguém chega a velho,

porque chegam velhos de nascimento, os de vinte como se trinta e cinco, os de quarenta como se cinquenta e cinco, os de cinquenta e cinco como se setenta, e não muito mais por aí adiante, ninguém parecia centenário porque nunca nenhum habitante avistou outro nas redondezas com essa idade, centenários só os carvalhos,

oblíquos e depenados,

de troncos carcomidos e bichados, e não deviam ser muito diferentes da cara de um velho muito velho,

de maneira que as intrigas iam com o vento como as demasiadas coisas, a curiosidade sobre o estrangeiro acabou por ir em duas ou três rajadas, a estranheza pela ave de rapina foi em quatro ou cinco, mas com desconfiança, sempre,

os alentejanos não estavam acostumados a aves que não se alvoroçassem de pânico ante os seus passos, pelo contrário, esta fitava-os com um interesse rapace, arrogância de abade gordo, eles iam-se com a desagradável impressão de que Maria Angelina lhes seguia os pés como se fossem pequenos animais que pudessem ser caçados e estraçalhados pelo seu bico assassino,

mas os homens tinham tanto com que se ocupar,

era o vento,

eram as telhas,

eram as colheitas mirradas,

eram as vinhas arrancadas,

era a água embargada,

eram os homens do quilombo,

eram os homens da guarda,

era o alcaide e o seu jactante conselheiro,

as mulheres tinham tantas aflições,

as mesmas que os homens,

mais os cabelos empecilhados que as infernizavam,

e os chumbinhos nas bainhas das saias que acabavam por romper,

pouco espaço lhes sobrava para outras inquietações, não era gente de olhar para o lado, antes o chão,

curvada de obedecer e não fazer perguntas,

tal como as árvores da aldeia, em permanente vénia,

ainda assim, o estrangeiro tinha as suas precauções, encarvoava o cabelo, que um ruivo naquelas paragens é como um ponto luminoso que até de dia brilha, tentava ser útil em pequenos serviços sem que ninguém lhos pedisse, sem nada cobrar, não frequentava a taberna com receio do vinho lhe escancarar os segredos, passava rente às casas, confundia-se com a própria sombra, deixava pequenas ofertas nas soleiras, falava pouco, o indispensável, sim e não, pouco mais, trancava-se no seu silêncio para que não se metessem a decifrar o seu bizarro linguajar, a sua dificuldade em pronunciar os erres, e os ditongos nasais, assim transacionava a sua própria invisibilidade e abafava falatórios, só precisava de ganhar tempo, porque o tempo é esquecimento,

e há duas boas maneiras de esquecer uma pessoa, uma é ignorá-la, outra substituí-la,

o estrangeiro contava com ambas, e havia ainda Maria Angelina, precisava de tempo para enrijecer, e aprender a lidar com os humanos, às vezes tão óbvios, às vezes tão imprevisíveis, que se tornam impossíveis de ensinar a aves, que tudo liam pelos olhos, ao longe, e os homens têm de se ler por dentro, e por perto,

e eles, regra geral, são escuros em seus interiores,

é preciso muita experiência, e talvez ajude um bocadinho ser homem também,

porque só um humano entende tanta desumanidade, enfim, Simão era um homem de olhos limpos, Maria Angelina conseguia espreitar lá para dentro, mas a maioria tão turva como a água do poço, onde ela iria parar cinco anos depois, inesperadamente, após chegar à aldeia naquele dia de luto, tudo era imprevisível na vida de Maria Angelina, aquelas mãos húmidas que a resgataram do ninho, num motim de penugens e de piares desesperados, o estranho ser a que ela se habituou à força porque lhe consolava o estômago, primeiro a casa tão alagadiça em que cresceu, que adormecia exausta no poleiro só de seguir com olhos os insetos e bichos rastejantes, osgas e pequenos sapos que pulavam no chão, que se envolvia numa neblina de rio condensada nas suas penas e a penumbra ainda se povoava mais de pequenos rastos insidiosos, depois esta aldeia triste da secura, o vento que assobiava, punha tudo de pantanas em sinfonias díspares e lhe assarapantava a plumagem, os seus olhos de tirar fotografia tinham de virar muita cabeça para encontrar algum ser que lhe despertasse os instintos assassinos, só aves reboludas e desastradas que paralisavam quando ela lhes fisgava a atenção e um novo humano que a acompanhava, de olhos limpos de ver por dentro, mas não tinha a firmeza de braços e de carácter, Maria Angelina subalternizava-o, não lhe encontrava ameaça mas também não autoridade, não o julgava capaz de a proteger, e a prova estava aí, no fundo de um poço, de novo a humidade e o lodo a imergi-la de agonia e morte, Simão pressentia o desprezo da ave, quase nunca voava para o seu punho enluvado, nem aceitava comida da sua mão sem ser na presença do estrangeiro, apenas lhe tolerava a existência, apenas lhe admitia a proximidade, nunca o toque, e quando Maria Angelina caía numa nostalgia cavada, como se pressagiando o poço onde acabaria os seus dias, e não respondia a assobios, nem a acenares de carne crua, imune a qualquer aliciação ou sedução, indiferente a rogos ou ameaças, simplesmente se deixava ficar no alto do penedo, esbranquiçado de guano, o estrangeiro de punho levantado, e Simão em incitamentos vãos, os dois homens lá se iam conformando, era uma questão de tempo, paciência,

a

penas,

parece tão pouco, e à conta destes amuos ambos podiam ficar horas, dias, cá em baixo à espera dela, Maria Angelina conseguia aguentar uma semana sem comer, ela nessa taciturnidade altiva, compondo a silhueta, numa espécie de êxtase, arroubo, ou em místicas comunhões com o deus lá dos falcões, e eles ao frio, à torreira, à chuva, à fome e à sede,

se eu soubesse não me metia nisto,

folgando os coelhos e as perdizes que lhe decifravam a letargia, passeavam-se por perto sem qualquer temor, onde noutras ocasiões todos os sinais de alarme se ativavam, onde se soltava desalmado pânico, havia agora descaro, a Simão irritava-o, como se as presas faltassem ao respeito ao predador, que em poucos segundos acabava com as suas vidas, se preciso fosse, da forma mais sanguinária, e agora passavam por ela como se por uma rola

inocentinha,

amaldiçoava a ave, armadilhava os coelhos, pois não se haviam de ficar rindo, caçava-lhes nas tocas as ninhadas ainda de nenhum préstimo comestível, só pele e ossos moles, sentia-se excluído desta comunicação silenciosa do reino animal, pacto tácito de não agressão, pois se a ele Maria Angelina lhe parecia com mesma postura de sempre, apenas alheada, como é que bicheza de diminuto cérebro captava que não estava o falcão na disposição de caçar, o estrangeiro também não dava grandes explicações, são desentendimentos com a vida, talvez solidão, cogitava, não é fácil ser espécie única naquela serra,

e nisso, eles compreendiam-na bem, ambos eram espécies únicas naquelas paragens,

ou talvez ela se apercebesse da sua miserável realidade,

fora feita para alto voos,

mas, mesmo sem o fiador, a sua liberdade não era real, para sempre atracada àqueles seres que ela considerava inferiores, que não se elevavam nem dois centímetros acima do solo,

não é fácil, aventava o estrangeiro,

não é fácil, admitia Simão,

e ainda assim, na sua imobilidade de gárgula de catedral, dava-lhes indicações úteis quando arrepiava as penas do pescoço, sinal de perigo que punha os dois homens em fuga, podiam ser matilhas de cães selvagens ou os habitantes do quilombo nas proximidades, de resto, para quebrar a monotonia da espera, o tédio da inércia, o vácuo da fome, o estrangeiro contava histórias, tão longínquas das fábulas a que Simão estava acostumado, falava-lhe de um certo génio da margem sul do Tamisa, de um príncipe atormentado da Dinamarca, que muito intrigava Simão e dava-lhes horas de discussão, porque é que ele não matava de uma vez o padrasto usurpador do trono e da cama da mãe, e demorava

5 atos,

7 mortes,

20 cenas,

7 solilóquios e

29 mil palavras

a concretizar a missão a que um pai fantasma o incumbiu, e a um morto nada se recusa,

mas acabavam os dois a concordar, talvez o tal príncipe estivesse preso na sua hesitação, porque não tinha vocação para a vingança, e Simão inquietava-se, e se Maria Angelina também lá no fundo não tivesse vocação para matar e no entanto fosse refém do seu próprio instinto, e estas ausências que lhe davam fossem angústia atormentada de quem não suporta o gosto do sangue,

oh Deus, eu poderei estar encerrado numa casca de noz e considerar-me o rei do espaço infinito, não fossem os sonhos que tenho,

já vinha aprendendo alguns trechos precariamente traduzidos pelo amigo,

e não, sossegava-o, Maria Angelina matava por gosto,

o gosto férreo do sangue,

o arrufo acabaria por passar, mais hora menos hora, mais dia menos dia, ela chegaria àquele braço enluvado já com cãibras, que muitas vezes Simão ajudava a suster, portanto eles os dois ali, insones e aturdidos, ao relento, matar, só mesmo o tempo, era deixar que passe, homem, como uma chuvada,

se não és capaz de mudar alguma coisa, espera que ela mude,

mas não foi isso que fizeste, estrangeiro, não te reconheço nessa demissão, que da tua ilha longínqua do norte, onde poderias esperar a mudança, quem sabe, um dia, sem colocares a cabeça na forca, o peito aberto ao fuzilamento e a veia a rebentar num grito, vieste aportar ali a Espanha, embrenhar-te até ao pescoço, viver o pavor dos bombardeamentos, suportar a dureza da miséria, derramar sangue, o teu e o dos outros, dinamitar carris, assaltar quartéis encarniçados, incendiar igrejas, tu, filho e neto de falcoeiros ingleses, com nenhum treino militar, e ainda menos equipamento, pegando nas armas dos que caíam, sem conheceres a língua nem os caminhos, meter-te em assuntos que não te diziam respeito, enganas-te, alentejano, diziam respeito à minha consciência, e esses apelos têm carácter de urgência e não admitem olhares para trás, Espanha era o último sítio do mundo onde um homem livre poderia lutar, a luta de um povo nunca é a luta de um só povo, e se aqui, neste ermo de moleza, em que as gentes não lutam porque lhes faltam las ganas, a morte é desvalor, lá, morrer era valor, morrer por algo que vale a pena é um ato de vida e de liberdade,

mas a terra ensanguentada não se recusou a abrir-se em sepultura para milhares, arguia Simão, que da situação de Espanha só ouvia os ecos das rajadas de metralhadoras,

dizia-se do lado de cá, faz trovoada em Espanha, e fechava-se a porta de casa,

e do que em surdina lhe contavam os fugitivos, já sem pão, já sem armas, já sem recuo, que antes integravam as fileiras das milícias anarquistas,

ali fuzila-se como quem sacode o pó dos sapatos,

o teu sonho tornou-se o pior dos pesadelos, centenas de brigadistas e camponeses vencidos, gretados pelo sol, acossados como gado, na arena de uma praça de touros no Alentejo, que seria de ti e de Maria Angelina, se não tivesses saltado da camioneta de caixa aberta,

com risco de esmagar com o peso do teu corpo o da pequena Maria Angelina,

e se as balas dos carabineros não te tivessem rasado o teu cabelo ruço, se os homens do quilombo não te tivessem recolhido, se a minha porta não estivesse sempre aberta para ti,

o estrangeiro não gostava de suposições,

¡no pasarán!, fascistas, hijos de puta, rematava e dava a conversa por finalizada, às vezes cantava, e Simão desagradado com o ritmo galopante,

Viva la quinta brigada
¡Rumba la rumba la rum bam bam!
Que se ha cubierto de gloria,
¡Ay, Carmela, ay, Carmela!
Luchamos contra los moros
¡Rumba la rumba la rum bam bam!
Mercenarios y fascistas,
¡Ay, Carmela, ay, Carmela!

não lhe soava bem, uma canção tem de ser um choro para a noite, uma marcha sem sair do sítio, áspera, vagarosa, com pausas, fundura e amplidão,

Se a morte por mim viesse
Morria com muito gosto

El furor de los traidores
¡Rumba la rumba la rum bam bam!
Lo descarga su aviación,
¡Ay, Carmela, ay, Carmela!

Pero nada pueden bombas
¡Rumba la rumba la rum bam bam!
Donde sobra corazón,

Nasce o sol, torna a nascer,
Pra mim é sempre sol-posto
Simão enredado na ficção, e o estrangeiro arrependido, que não conseguia tirá-lo de lá, por mais que lhe lançasse cordas, anzóis, chicotes de o enrolar pela cintura, nem confiando-lhe as atrocidades da guerra,
lá vinha ele com o seu espanto que vagueava desnorteado pelo seu corpo, a fazer um turismo errante, ora lhe parava no estômago, ou passava para as pernas trementes, ou lhe davam uma pontada no coração, era o menino vizinho, que gemia o dia inteiro na ausência da mãe, Simão temendo que quando chegasse fosse tarde de mais, encontrá-lo dormindo, num sossego mortal, as histórias do estrangeiro traziam-lhe pavores que ele nem conhecia, ficava remoendo nelas,
se é verdade que a vida imita a ficção,
pedia-lhe quase num sussurro para enumerar mais uma vez as ignomínias e atrocidades de Tito Andrónico, como é possível tanta maldade junta?, e decepamentos, sangramentos e canibalismo?, e o estrangeiro que tinha vivido a Guerra Civil de Espanha continuava a surpreender-se como Simão ficava bem mais arrepiado com as mortes e torturas em cena do que com as mortes e torturas reais a meio quilómetro da fronteira, detinha-se pormenorizadamente na história, ainda mais antiga que a história antiga, a das irmãs Procne e Filomela, e de Tereu, marido da primeira, violador da segunda, as irmãs serviram o filho e sobrinho, Ítis, morto e cozinhado, ao próprio pai, sem este saber, por ter ele violado e cegado Filomela, Simão tremia de terror, e o menino velho sozinho,

sem ninguém que o defendesse, tinha pesadelos acordado, e as coincidências, acreditas em coincidências?, e o estrangeiro nem que sim nem que não, e ele sempre notando semelhanças, o menino cozinhado e servido à mesa do pai, só pele e ossos moles, como os coelhos recém-nascidos, reparando nos nomes, a mãe chamava-se Patrícia, o pai Tereso e o menino Isidro, e havia, sabia ele, uma irmã Filomena, bordadeira, e que tateava cega as ruas da cidade, estás avariando, é do cansaço, do sono, do tédio, da tortura que Maria Angelina nos está infligindo, homem, recompõe-te, e além do mais tu conheces Tereso, sabes que é bom homem, apenas cobarde, porque suspeitas que ele cegou e emudeceu Filomena depois de a violentar, e Simão acenava que sim, mudava de assunto, depois regressava a ele, a cabeça do menino velho, ainda mais enrugado e perplexo, a ser exibida ao pai que, de súbito, põe a mão na garganta por onde acabara de passar o corpito cozinhado, são enredos, mitos tão velhos como o penedo de Maria Angelina, servem para isso mesmo, para nos elevarmos muito acima da vida espumosa, onde tudo vai e nada fica, para estar acima do real, para o medo ficar preso ao mundo da ficção e não atravessar a ponte da realidade, bem sei, respondia Simão, e, mesmo assim, suspendia a respiração sempre que saía vapor de carne cozinhada da janela da vizinha, o estrangeiro sem olhos para a desgraça daquele menino Isidro, ele que vira infantes a serem arrebatados dos colos das mães roxas, assim lhes chamavam, para, diziam, não serem contaminados, alguns arrancados dos próprios úteros esventrados das gestantes, que guardavam os últimos suspiros para dar vivas à República, quantos meninos desaparecidos, quantos corpos amontoados, quantas mulheres violadas, que enfrentavam alcateias esfaimadas dos falangistas nos pueblos, entravam nas mulheres como quem arromba casas, tombadas no chão, possuídas à vez, por turbas em charcos de sangue e cuspo, elas largavam um olhar seco, sem lágrimas, a ver se os seus homens tinham conseguido escapar pelas traseiras dos quintais, nunca se esquece um olhar assim, deitado, já coalhado pela humilhação e pela dor, fica-nos como um estilhaço de granada alojado na carne, e andamos para sempre a coxear pelo mundo, qual quê?, se tu não coxeias, isso depende de quem olha, além disso, Simão, coxeio por dentro, e o alentejano sem parecer muito convencido com o coxo por dentro, não tens ponta por onde se te pegue, e aí ele fazia aquela cara de luto súbito que não autorizava indagações, Simão aproveitava e virava costas à veracidade, voltava à mitologia clássica, como uma obsessão, tinha passos na sua cabeça, o lúgubre caminhar das duas irmãs, solenes como num enterro, largando o visco frio das serpentes, falando por baixo das pálpebras da sua inconfessável conspiração, o menino dorme com os odores do refogado a aconchegarem-lhe os sonhos, só desperta perante a pureza da faca, indecisa entre o refolgo da luz e a mancha do golpe, e o destino daquele menino foi mais espanto do que morte, nem medo, nem terror, nem choro, nem dor,

nem ui nem ai,

espanto apenas, os olhos da mãe, brancos como uma enfermaria desativada, o estrangeiro já arrependido de ter enchido a cabeça do alentejano de tragédias clássicas,

há histórias que não se contam nem sob tortura,

e ele sempre a dar-lhe, porque foi então salvo pelos deuses este trio demoníaco, Procne transformada em andorinha, Filomela em rouxinol, Tereu em poupa, só Maria Angelina dava sentido e justiça à história quando fazia estas doces aves sincopar em pleno céu, numa explosão sanguinolenta de penas e asas destroçadas, pois sim, respondia-lhe o estrangeiro, se até para fazer a catarse ele convocava a ave assassina, só me dói a criança, porque não foi protegida, porque são sempre levadas ao sacrifício para que outros cometam os maiores sortilégios, a culpabilidade rejeitada e nunca expiada?, porque são fracas, tão leves que não deixaram pegada neste mundo, porque são transitórias, breves e efémeras, faz parte da natureza das coisas diminutas, estão de passagem na vida, acabam na vala comum das histórias, ninguém lhes guarda os nomes,

ninguém sabe como se chamam os dois filhos de Medeia,

tu também não sabes qual é o meu nome, volvia o estrangeiro,

porque se me dissesses Pablo, ou Iuri, ou Charles, tinha a certeza de que me estavas mentindo, e eu prefiro o anonimato à mentira,

está certo, assentia o estrangeiro, nunca o saberás,

tal como, prosseguia Simão, nunca ninguém se afeiçoa aos frangos de capoeira, nascem para a penitência, nados-mortos com um prazo um pouco mais dilatado, morrem às mãos de quem mais amam e confiam, atravessados por uma angústia desde o nascimento, que é a de não serem chamados, porque entram as crianças na culpa que é a dos pais?, caramba que já é teima, Simão indignado, e a Medeia, a dor cresce, desmedida, indomável, já matara com opróbrio o próprio irmão, Apsirto, despedaçando e espalhados os restos mortais para que o pai ao colhê-los se retardasse na perseguição à fugitiva, dando cobertura a Jasão, futuro marido, que paixão é essa indomável, sede de vingança, que tem a força da espada silenciosa enterrada no coração dos filhos?, e o estrangeiro encolhia os ombros, como poderia auxiliar Simão na sua inquietude, não era ali naquele fim do mundo, na raia alentejana, que iriam decifrar um dos maiores enigmas da humanidade, que angustia os mortais há milénios, aterroriza os homens, estamos perdidos, se a um mal antigo juntamos um novo, antes de aquele ter murchado,

e que culpa tem Eurípedes se nos atormenta com a ira de uma mulher, estrangeira e diferente das outras, que, humilhada, vexada, substituída por outra mais nova e formosa, não se contenta em envenenar a rival, espumando da boca, revirando os olhos, o corpo exangue, as carnes a escorrerem--lhe, despegando-se dos ossos, gotejando, tal a resina dos pinheiros, faltava-lhe tornar o supremo poder de dar vida no supremo poder de dar morte,

a sua maior fragilidade é o seu mais dilacerante massacre,

como eu preferiria mil vezes estar na linha de batalha a ser uma só vez mãe,

sabia bem o estrangeiro que Simão transferia todo o desespero insolúvel que esta história carrega para o menino velho que deixara desprotegido na aldeia, ante a ira de uma mãe em delírio e de olhar turvo, ele culpado de lhe ter transmitido angústias que vinham em livros antigos, Simão negava que a sua mais que insípida erudição, a sua imensa insabedoria, o seu desconhecimento

de Medeia, ímpia entre os demais,

de Procne, pérfida desalmada,

lhe trouxesse mais apaziguamento, se ele tinha visto salamandras a comer a própria cauda, se as gatas de Nadepiori se assanhavam tanto com os uivos do vento que comiam as crias, de tanto amor, de tanto querer protegê-las de perigos medonhos, envolviam-se nelas, engalfinhavam-nas com as próprias unhas para não serem levadas pelas rajadas, e concluíam que melhor ficariam as crias dentro delas outra vez, e lá do alto Maria Angelina meneava a cabeça, a tentar decifrar porque esbracejavam miniaturais os homens, e jogavam as mãos à cabeça, e ainda bem que não lhes percebia a linguagem, era algo difícil para uma ave entender, algo que ficasse aquém do medo, além da crueldade,

é preciso ser-se humano para entender tanta desumanidade,

ainda para mais entender o sofrimento por antecipação, por alguém que nunca existiu, por algo que nunca aconteceu e poderia não vir a acontecer, é preciso ser muito humano mesmo, há coisas na vida que nunca acabam, estão lá, ainda que adormecidas ou expectantes, como as larvas das carraças nas árvores à espera do primeiro ser de sangue quente que lhes passe por debaixo, é uma questão de oportunidade, e Simão e o estrangeiro acabavam por regressar à aldeia, esfalfados da espera, da tensão, das conversas inquietantes que se geravam entre os dois, porque há coisas que não acabam,

mas o corpo está e está e está, sem ter outra saída,

Maria Angelina interrompia-lhes as deduções, sem prestar contas, com o ar imperturbável de sempre, voava sem pré-aviso do penedo e aterrava no braço enluvado, e aceitava pacífica o caparão, ir embora era tudo o que mais desejavam, aquelas esperas destruíam-lhes o corpo e o espírito que sempre deriva em conversas lúgubres, não diziam ir arejar a cabeça, porque era expressão muito desvalorizada naquela zona, o estrangeiro corria a casa, a cuidar das mazelas e rasgões de Maria Angelina com unto de carneiro, Simão acudia às mazelas na lavoura negligenciada pela sua ausência, corria a verificar os estragos no menino, tateava-lhe o corpo, para ver se havia danos, feridas, ossos machucados, como dantes a sua mãe palpava batatas, achava-o mais franzino, os braços sem força, mortiço, desalentava-se com o abandono, quanto desamparo, fazia-lhe um pouco de companhia, alimentava-o e tentava ensinar-lhe o movimento dos músculos ascendentes da cara quando se ri, mas o miúdo, de olhinhos desviados, pouco se esforçava, o máximo que conseguia fazer era uma careta, acentuava ainda mais as suas rugas de ancião, pobre criatura, Simão não sabia mais o que fazer por ele, levava-o a visitar Maria Angelina, para desagrado do estrangeiro, que não confiava em meninos decrépitos e arredios, que não encaram de frente, mas Simão, por ténues rugas, apercebia-se de um leve ânimo surgindo-lhe diante aquele pássaro altivo, ela com um olhar fixo na sua direção como se o analisasse dos pés à cabeça, pouco amistosa, é verdade, mas para estas crianças um minuto de atenção exclusiva, nem que seja de uma ave de rapina, é precioso, e, com o caparão posto, Maria Angelina tolerava um fiozinho de toque das suas mãos sem peso nas lisas penagens, claro que assim que Simão saía a atender às suas aflições do quotidiano, o estrangeiro dava uma sapatada no miúdo, ala daqui, julgava reconhecer as pessoas pela forma como olhavam, até pela mira de uma espingarda, olhos fixos, diretos, certeiros, focados, olhos que apontavam à cabeça, no espaço entre as duas sobrancelhas, de resto gostava de alentejanos de olhos lavados como Simão, cheios de questionamentos e angústias, pouco mais, e da sua Maria Angelina acima de todos, por isso Simão estranhou aquele desaparecimento súbito, uma bela tarde, ventosa e desagradável, como todas as outras, chegou a casa e o gibão abandonado atrás da porta, a navalha debaixo do travesseiro e o olhar indignado de Maria Angelina, custava-lhe a crer, o estrangeiro não era pessoa de deixar ficar ninguém para trás, quanto mais o seu falcão, na aldeia ninguém sabe, ninguém viu, quem poderia testemunhar alguma coisa, o menino em frente ainda não se sabia explicar, Simão esperou uma semana, esperou duas, Maria Angelina a dar sinais de inquietação, não comia, não bebia, neurasténica, a palavra é nova, o mal antigo, recusava os pedaços de carne da mão de Simão, aquela casa tinha cheiro a podridão, bocados de animais trinchados abandonados e ganhando larvas pelos cantos, Simão sentia que estava a perdê-la, o aspecto dela era deplorável, baças as penas, hálito quente de ave presa, se não conseguia que ela pousasse no seu punho, muito menos poderia levá-la lá fora, caçar reanimá-la-ia, apanhar ar livre, voar até ao alto do seu penhasco branco, sentir o sangue das vítimas a correr nas veias, e não o estagnado de ratos esborrachados, uma guerra de nervos e paciência, pela noite fora, dois seres insones, ele agarrava nela e colocava-a sobre o seu punho esquerdo, com carne crua entre os dedos, ela recusava o pouso com repugnância e dramatismo, atirava-se de cabeça, dependurada das patas presas à antiga máquina de costura, grotesca, despenteada, numa teimosia insana, Simão atordoado do sono voltava a segurá-la, com a delicadeza possível, o menino velho a assistir a tudo com assombro, ela só penas desbotadas, ossos, tendões e um coração a bater acelerado, um cheiro a pedra queimada vindo das bocas esfaimadas de ambos, Maria Angelina estava disposta a morrer, Simão lutava contra esta insubmissão, vergá-la era uma questão vital para ambos, exausto, vencia-a pela exaustão, impedi-la de dormir enquanto ela não renunciasse ao orgulho, assim que as membranas nictitantes começavam a rasar-lhe os olhos ásperos, biombo translúcido, um estrondo do pé de Simão sobressaltava-a, e recomeçava o duelo até que a casa caía, sem cuidados nem calafetagem, as correntes de ar entravam pelas fendas, pelas telhas quebradas, desmanchavam a cama, dessossegavam as cortinas, levantavam penugens e excrementos secos, ventava tanto lá dentro como lá fora, pela noite toda dois seres cobertos de poeira, curvados de rancor, ela resistia, ele tornava a arrancá-la do poleiro, em movimentos mecânicos e tensos de cólera, os dois parecendo-se cada vez mais um com o outro, o mesmo sobressalto de precipício que lhes antecedia o sono, não um homem e um pássaro, eles dois um, réptil ancestral, fossilizado por uma lava antiga e azeda, cobertos de tempo, alienação e várias camadas de devaneios cinzentos, destecendo mínimos avanços, esboroando ínfimas reconciliações, despontando urdiduras, desfiando torpezas, encapsulando-se sobre si próprios, com um veio retinente em madeira talhada, Simão num aturdimento interceptava os seus dedos de esganar, a mão colocada atrás do pescoço de Maria Angelina, fazer-lhe como a avó em duas torceduras, quebrar-lhe as vértebras do pescoço, era tão fácil acabar com aquele delírio tormentoso, tão fácil, ponderava Maria Angelina, a calcular-lhe com precisão a jugular, duas bicadas súbitas, quando ele caía num átimo no sono, nuca para trás, garganta desamparada, aqueles seres unidos por se odiarem profundamente, era um ódio perfeito, a competir, a ver quem chegava primeiro à madrugada, numa luta de sombras, feridas que corroem e nunca saram, membros decepados em redor, células mortas, pedaços de sol esquecidos no chão e varejeiras verdes, que abandono tão intenso, que ódio tão correspondido, que hibernação tão longa,

o menino velho, trazedor de mantimentos, restos de vísceras, ratos amputados, pintos aterrorizados, enrolados pelo vento, e ainda mais pó cheio de susto, o menino a assistir a toda aquela abominação e a aprender,

não fazem ninhos os milhafres na caverna dos leões,

os habitantes de Nadepiori a desistirem de chamar por ele, Simão, ó Simão, é o escaravelho que está mastigando tuas batatas, o vento dando nos cachos, despegam-se as pepitas verdes, tombando uma por uma, a trupe dos descascadores de árvores passou por aqui e o patrão não espera, e, ao assistirem àquele ódio tão inteiro, tão exato, abalavam para não estilhaçarem a perfeição do momento,

Penélope espera por mim, bordando,

entre aqueles dois seres insones, um silêncio cheio de hálitos e texturas, todas as manhãs anoitecia, e todas as tardes amanhecia, a escuridão esgueirando-se virulenta por debaixo das portas, as pálpebras de ambos de tanto se manterem abertas asperavam nas retinas como areia, Maria Angelina decaía, curvada, anémica, olhos de passa murcha, penas que se desprendiam, folhas de árvore sem seiva, Simão com as costas das mãos em carne viva, de tantas bicadas consecutivas, golpes abertos em cima de crostas tenras, as faces arranhadas do espanejar das asas, Simão via a vida a minguar na ave, as suas próprias forças a esvaírem-se, a vontade indómita de enfiar a cabeça no feno fétido da cama, inspirar aquela pestilência de humidades, suores e pó de osso, cair suavemente no seu abismo de fraqueza, ou a deixava ir-se ou impunha a luva, o seu braço esquerdo, a carne crua estraçalhada entre os dedos, a qualquer momento o estrangeiro podia entrar-lhe pela porta a reclamar a sua ave, escutava-lhe o ranger das botas no soalho, aconteceria daqui a dias, ou daqui a anos, não suportaria a ideia de lhe entregar uma ave cadáver, despojo de penas definhadas, mas tratava-se de uma questão de honra, manter o seu orgulhoso braço canhoto erguido perante Maria Angelina era quase uma religião, falhar seria um pecado, punido com a penitência que atacava toda a aldeia, murchar-lhe-ia a alma, esta certeza era a parede-mestra da sua força, se a demolisse tudo o resto se desmoronaria, desfazendo-se os alicerces, amontoado de escombros, cada fragmento de entulho levado pelo vento para qualquer aleatório monturo,

quem brinca com o fogo urina cinzas,

a sua sanha incendiária prosseguia, Simão lembrava-se da história do pretendente que prometeu esperar cem dias ao relento, faça chuva ou faça sol,

faça ventania da rija, cacimbe gafanhotos ou troveje labaredas,

até que a amada se enamorasse dele,

e ali, frente à sua janela, suportou ele chuva, sol ardente, ventanias, granizos, pragas de gafanhotos e ribombares de trovoadas,

no nonagésimo nono dia, o homem seco e esquálido como caruma, pele roída pelo caruncho das intempéries, camisa salpicada de lama e dejetos de mosca, ervas daninhas começavam a crescer em redor dos pés, alimentadas pelo seu suor, visgo entre os dedos, formigas forçavam trilhos pelos seus ouvidos e pela boca, no nonagésimo nono dia, abandonou o posto, quem o deixou pregado ao sacrifício da espera durante noventa e nove dias, sem se apiedar por um momento que fosse, não o merecia, era porque ela não lhe tinha amor suficiente, a mulher não era um bom partido, Maria Angelina não era um bom partido, era um corpo estranho há muito enterrado debaixo da pele, como um espinho, inútil espremer, ou queimar com a agulha, só sairia para fora na ponta da faca, e, talvez pressentindo estas reflexões profanas, Maria Angelina, numa pulsão mortal, saltou para a luva, um ímpeto esmagador, e devorou com raiva e esganação o rato estropiado que ele segurava, despedaçou, na verdade, mais do que comeu, Simão, a transbordar ânimo e gratidão, tanto desesperara por este momento, buscava-lhe restos de carne pela casa, desde que não tivessem larvas brancas ela aceitava, o menino reabastecia numa roda-viva lagartos esmagados à pedrada, ainda de cauda ondulante, uma ninhada de ouriços de ventre inocente, uma placenta de carneiro, numa semana Maria Angelina recompôs-se, bem mais depressa do que Simão, o homem tem fraquezas, porque à exaustão do corpo soma uma alma exangue, dormiu três dias seguidos, cabeça enfiada no feno fúngico do colchão, entre os seus cheiros primitivos, sob os piares de protesto indignados de Maria Angelina, ela queria sair, subir alto, matar a pique, postar-se no seu penedo a vigiar os ínfimos tumultos do mundo, e ele retomou o seu quotidiano de sempre em Nadepiori, remendou a casa, calafetou as brechas, acudiu aos cultivos, cavou muito debaixo do sol a prumo, arou muito, botou muita semeadura, praticou muita caminhadura, ceifou muito, puxou muito bezerro entalado no nascimento, arrancou muita erva daninha, descascou de graça muito sobreiro para o patrão o aceitar de volta,

se eu soubesse não me metia nisto,

curvou muito a espinha, olhou muito o chão, pediu muitos empréstimos, saldou muitas dívidas,

se eu soubesse não me metia nisto,

aguentou muitas demoras de Maria Angelina ensimesmada no alto do penedo, perdoou-lhe todas, se preciso fosse daria o braço direito,

o esquerdo não, que lhe trazia muita utilidade,

para soltar, tudo igual a antes, muitas tardes, Maria Angelina a fisgar com o olhar distante perdizes na terra de penhascos que ninguém desejava e onde raramente os incomodavam, passou fome, para que nada faltasse à ave, para que o estrangeiro a viesse buscar ilesa, tal como a havia deixado à sua guarda, e dar o quase nada que lhe restava ao menino, que crescia em anos no mesmo corpo enfezado, e já com muita experiência de abandono, era o seu único aliado, em quem ele confiava, até nas suas ausências, porque ele olhava por Maria Angelina, os outros companheiros de Nadepiori a desprezar estes apegos bizarros de Simão, não eram perguntadeiros, cada um sabe de si, mas ainda assim, é só um

pássaro, Simão, é o que há mais por essas serranias, pássaros batendo asa, que diria a tua avó se te visse nesses preparos, a chorar sobre um cadáver molhado de ave, de patas arreganhadas, ajoelhado no chão como um menino, entre o alvoroço do pó, folhas despegadas e restos de escaravelho seco,
    não tem jeito nenhum,
    é só uma ave, diziam-lhe,
a minha ave nunca é só uma ave,
sentia-se traído, abandonado por todos, o ser mais desprezado da aldeia, não menos do que o menino velho, ele a cumprir o seu dever, a arriscar o couro pela comunidade, numa travessia cheia de riscos e de um encontro melindroso de onde saiu com vida só Deus sabe como, dura caminhada, ainda os músculos retesados e a cobardia da sua gente, aproveitava-se da ausência para lançar Maria Angelina no poço, não há direito, mas como se arremete contra o culpado quando o são todos,
    o que faço ao meu punho quando abro a mão,
já com a ave estirada sobre a cama, de asas abertas, e cabeça tombada, como um cristo negro, enquanto a limpava pena a pena, sem qualquer ideia de que destino havia de dar à defunta, tentava regressar ao momento em que não viu Maria Angelina dentro do poço, dos olhos ínvios, desviados, todos lhe pareciam culpados, às arrecuas, a dispersarem-se pela aldeia, entre nuvens de pó e ventos ásperos, porventura um conluio, por se ter atrasado, por não ter puxado o carrego com tanto afinco, por ser canhoto, por conhecer tragédias gregas e dramaturgos ingleses,
    da margem sul do Tamisa,
por saber que existe um rio chamado Tamisa e outro Ganges, por se afeiçoar a um falcão-peregrino, que, por acaso, nem era seu, e a um menino desprezado, que também não era seu, por ter albergado um estrangeiro misterioso e de poucas falas, colocando em risco a aldeia inteira,

por nunca ter tido coragem de se ir embora, não o prendendo filhos e mulher,

por repudiar todas as pretendentes com receio de que pudessem ser suas meias-irmãs ou primas,

por o seu espírito desamarrado não criar raízes nos pés, e vaguear por zonas longínquas e estranhas, tão estranhas que talvez nem existissem,

seja como for,

não havia direito, turba de homens traiçoeiros, enquanto ele no seu trabalho forçado, o carrego que lhe estraçalhou o músculo, o encontro que quase lhe custou a vida, executaram Maria Angelina, que culpa tinha ela se despertava invejas, se com os seus olhos de ver ao longe matava mais do que uma carabina, que culpa tinha ele se nenhuma das mulheres de cabelos alterosos lhe despertou os mesmos cuidados que ele dispensava à ave, e nenhum outro menino o mesmo dó que tinha por aquele seu mirrado vizinho, reparou nele, muito de relance, também lá estava entre o amontoado de gente que espreitava a agonia de Maria Angelina no fundo do poço, a cabeça dele entre as saias ondulantes, com uma expressão diferente, que ele já havia visto antes, mas não lhe vinha agora à memória quando, o menino enfezado, também ele tão apegado ao falcão, havia de lhe dar grande desgosto, mais uma mágoa na sua tão magoada e curta vida, aquela sua expressão não lhe saía da cabeça, era uma cara sem verbo aquela, e, no entanto, embaralhava-se de adjetivos contraditórios, não lhe era fácil decifrar, tinha atónito ali, mas também tinha absorto, alheado, deslumbrado, aflito, desapiedado, torpe, meticuloso, selvagem, inocente, indiferente, tanta coisa numa cara tão pequena, e também sombrio e ao mesmo tempo incendiário, era cara de menino sem nome, de filho de Medeia, agora sim, reconhecia a expressão, numa vez em que o observava da sua janela, ele muito compenetrado, deitado no sobrado da casa, as horas espreguiçando-se em cima dele, o menino não fazendo caso, mantinha-se imóvel, talvez mais de cem minutos, foi quando espreitou cá para fora uma cabeça de ratazana, julgando a espera suficiente para dissuadir este tenaz predador, ou a ninhada de ratinhos sedentos forçasse a progenitora a procurar mantimentos, e o menino da imobilidade,

apenas movendo os olhos, imovendo as pestanas, talvez nem respirasse, deixou que a rata averiguasse que estava livre o caminho para abandonar a toca,

transitou para uma agilidade conjecturada, com precisão de relojoeiro, esperou que a ratazana saísse com todo o corpo pardo, desencolhendo-se da exiguidade do buraco, e despejou-lhe um líquido no dorso, importunado, o animal recolheu-se para a toca, outro par de horas talvez menos, a imobilidade do menino, a mesma posição, fundindo a sua inércia nas tábuas toscas,

talvez nem respirasse, imovendo as pálpebras,

a rata ensaia nova saída, da quietude à destreza o menino risca um fósforo e lança-o sobre a rata molhada com petróleo, o animal desvairado, a correr incendiado, guinchava e rebolava, mas o vento acirrava, e as chamas já o consumiam por dentro, e ia-se finando, mas lentamente, mesmo assim recuperando forças,

a sobrevivência tem muita teimosia,

na vã tentativa de fugir do seu próprio corpo,

mas o corpo está e está e está,

sem ter outra saída,

e a cara do menino a assistir àquela coreografia macabra com cheiro de pelo e carne de rato queimada, o animal a contorcer-se, a procurar uma evasão de rumo incerto, aos círculos imperfeitos, como um bêbado cada vez mais trôpego, que tomba, e torna a levantar-se numa teimosia insana, atropelando-se nas suas próprias pernas, até expirar um longo e agudo chiado, uma espiral de fumo negro, e a cara, aquela mesma cara sem verbo, mas cheia de adjetivos,

cara de menino sem nome, cara de filho de Medeia, Simão virou a mesa, olhou o sanguíneo reverso das pálpebras, no chão espojou-se toda a sua decepção, que quando cai parece um ovo que estala primeiro e depois a mancha alonga-se num lastro de visco, que leva consigo pedacinhos da casca, e inundou a casa toda, cada canto, cada cómoda, cada esquina, cada sombra, cada esteio de soalho de uma fuligem negra, o menino que amarrara e atirara Maria Angelina ao poço só para ver o que acontecia, observara-a no seu sufoco de morte, com olhos de anatomista, tal como o observou a ele, desesperado com a perdição da ave, com o mesmo olho clínico, o mesmo interesse cruel e desnaturado de quem pega fogo a uma ratazana, de quem decepa um carneiro ainda vivo, separando os membros, os cascos, a pele, os rins, os olhos, a bexiga, sem cuidar que o coração ainda lateja, não foi bem uma decepção ou um desgosto, analisou mais tarde, foi, sim, outra palavra derivada por prefixação,

um degelo súbito, sem retorno,

e, no entanto, algo palpitava de vida naquela casa, demasiado débil, muito vago, uma forma de vida, não totalmente vida, o menino não se atreveria, e um estremeção no bolso do casaco, a pequenina abetarda que apanhara pelo caminho, ainda julgando-se no ovo, demasiado tumultuoso para seu gosto, o que rebolara, agitara, vibrara, amotinara, balançara aquele estranho invólucro sem gelatina, Simão esquecera-se por completo do passaroco que trazia de presente ao menino, aconchegou-o na velha máquina de costura, entre os excrementos, fragmentos de ossos devorados e a penugem de

Maria Angelina, Simão maquinalmente esmagou um grão e, misturado com cuspo, enfiou-o pela goela da avezinha agora consolada,

nessa mesma noite, carregou o cadáver limpo e luzidio de Maria Angelina para cima do penedo, lá onde só as formigas e os homens sem vertigens chegam, achou que era uma boa última morada para Maria Angelina, o seu posto, e ser levada pelas formigas,

bicho infinito,

em ínfimas partículas pelo planeta fora, até os seus ossos ficarem brancos e se pulverizarem ao sol, e se diluírem à chuva,

do menino pouco ou nada soube, deixou de reparar nele, como toda a aldeia, aliás,

como a própria mãe, aliás,

tempos mais tarde, haveria de saber, pela última vez, do menino, em contraluz, sem saber se estava mais crescido ou menos esquálido e curvado, ele e a mãe, e uma mulher do mar, de bebé ao colo, assistiam à sua casa em chamas, enquanto os vizinhos diligenciavam com muito esforço para que as bolas de fogo levadas pelo vento não atacassem os estábulos e outros telhados em redor, um emissário foi enviado de urgência ao quilombo, para que deixassem passar uma ração extra de água para essa noite, todos molhavam as paredes de suas casas, enquanto ardesse aquela não ardia a deles, diz-se que a mãe se foi quando o último barrote ruiu incandescente, e o menino já tinha forças suficientes e enganchou-se nas suas saias em andamento, até não mais serem vistos em Nadepiori, desde aquela noite de céu rubro,

Simão continua à espera de que o estrangeiro lhe entre pela vida adentro,

até hoje.

CAPÍTULO III
a linha das florestas, dos desertos e glaciares.

Dizem que ele lá está trancado em seu silêncio, naquela casa que cheira a carne podre,
que sabes tu do cheiro da casa do Simão?, ou será que já lá entraste, queres contar à gente, sua desavergonhada, que não fui eu, minha tia, quem cheirou, mas meu irmão que lá entrou a oferecer-lhe o serrote do pai canhoto, sempre lhe fazia serventia, foi a mãe quem o mandou, estava ganhando ferrugem, além disso um moço sozinho precisa de companhia, de sentir que não está só, ora querem ver?, está sozinho porque quer, porque tem uma cabeça de mula, e só lhe interessava o demónio do pássaro com nome de mulher, bendita a hora em que alguém o mandou pelo poço abaixo, só se perdeu a água que inquinou com o bicho morto, não digas isso, Carolina, que metia dó vê-lo a passar, nesse dia, levar a avezinha de pescoço tombado, nos braços, e de asas abertas,
como um cristo negro,
tu não te me atrevas a blasfemar, que isto é sítio de oração, onde é que já se viu isto, as moças de agora dizem a primeira coisa que lhes vem à cabeça, de onde te saiu essa do cristo negro, Maria Augusta, com que coisas vais entretendo a tua

cabeça, o amanho da terra não te chega?, além disso, bem me lembro, como se te arrepiavam os pelos dos braços de cada vez que te seguiam aqueles olhos aduncos vindos de trás da janela do Simão, a mirar os teus pés como se fossem duas perdizes, e agora mesmo lhe chamas avezinha, um passaroco de meter medo, rodeado de pedaços de ratos mortos desfeitos, amolecidos pelo calor, que dava nojo entrar naquela casa,
    olha outra?,

    querem ver que também tu já lá foste ou terá sido teu irmão, Maria Luzia?, não senhora Rosarinho, isso são coisas que a gente sabe de ouvir falar, mas também vos digo que o Simão é um desperdício de moço, com tantas solteiras na aldeia, muito tinha por onde escolher, naturalmente dizes isso porque querias ser tu a escolhida, Casimira, pois sim, não me dava por rogada, se o teu pai que Deus tem ouvisse o teu descaramento, ó rapariga despudorada, deixa o moço, dizem que ele chega aos cultivos antes de lá chegar a luz do dia, e depois é só casa trabalho, trabalho casa, mais me ajudas, pelo menos não é como os vossos maridos que se entornam todas as noites na taberna, ela tem razão, Maria Adelaide, os nossos homens são a razão do nosso tormento, servem para o trabalho pesado, para a monda nas lonjuras das herdades do patrão, para a frota na raia, para o que os nossos braços não alcançam e a nossa força não permite, mas quando se tratou de defender a aldeia, Lençol de Telhados, deram-na de mão beijada, não foi bem assim, Carmelinda, que já não te alembras que duas de nós enviuvaram na ocasião, seja, Emilinha, podemos ir atirando com os nossos lamentos ao vento, que o senhor prior nos toma por parvas, e deixá-lo estar que há mais de um ano não põe os pés no nosso depósito, é deixá--lo estar, sim, que só ganhamos com isso, o homem de nos ouvir enfadava-se, que aquilo não era homem não era nada, nem de saias o queríamos, quanto mais, nós entendemo-nos melhor com Deus sem intermediários, falas bem, Maria Alzira, é só que uma aldeia sem padre não nos dá tanta proteção, mas tu não vês, Marcelinha, que tudo o que estamos tendo fomos nós que conseguimos, deixai lá os homens entretidos a lutar contra o vento, fazei-vos sempre passar por mais parvas do que sois, se eles pensam que aqui vem padre e com ele estamos reunidas no depósito de água rachado, e tudo o que se diz aqui tem mais ressonância, que nenhuma de nós os desengane, esteja descansada, são túmulos as nossas bocas, túmulos não direi, já íamos com sorte se fossem jazidas de porta batida, não se riam, não, que eu bem vos conheço, ai, Maria Alzira, só não me consigo rir, porque é o que mais me espreme o coração, vocês, novas, não guardam na lembrança a torrente de lama que inundou o nosso cemitério, quando desviaram o curso do rio, levou tudo à frente, jazidas, pedras, santos, cruzes, até ossos, tíbias e queixadas com os dentes intactos vi boiando na enxurrada, a muita malfeitoria contra vivos tenho assistido a minha vida inteira, mas para atentar contra mortos é preciso uma ruindade de demónio,

não fales dele na casa do Senhor,

olha-me o que me saíste, criatura, se isto é um depósito rachado, porque te pões com quezilices,

que não há quem te ature, Laurindinha,

e ver vadiando, num jorro de café com leite, pernas ainda de carne agarrada, pois, que estavas esperando, amiga, gente que não teme este mundo, ainda menos teme o outro,

não viram por aí um pintainho tresmalhado, tinha uma mancha na cabeça e uns botõezinhos de crista já a despontar?,

os mortos não podem defender-se, os mortos não podem morrer, não te iludas, que o que eles fizeram foi matar os nossos mortos e deixá-los insepultos a serem tragados pelos bichos à vista de todos, a Maria Ramires andou à procura do corpito do seu menino, ainda estava feita de lavado a sua campa, ela no meio da lama, coitadita, não encontrou mais que um bracinho, benza-o Deus, e uma bota com o pezito arrancado lá dentro, a pobre, não voltou a ser a mesma, engelhou como um harmónio, da noite para o dia, porque lhe mataram o filho uma segunda vez e a ela mataram-na viva, mais me ajudas ao que eu estava dizendo, terra é coisa que não se larga, nem se deixa roubar de mão beijada sem deixar sangue a adubar sementes,

era um pinto muito redondo da minha galinha poedeira, o vento levou, não viram?,

se o sangue adubasse a coragem dos homens, com aquele que lá se verteu, já teríamos colheita a esta altura, Maria Alzira escuta o que estou te dizendo, nem tudo se resolve abrindo veias, quem age assim são as gentes do quilombo, não queiram ser como eles,

dizem que por lá se vive muito melhor, têm joias as mulheres, há bailaricos e homens solteiros em barda, aqui é um deserto de homens,

valha-me a virgem, casar com um homem do quilombo, antes passar a corda pela cabeça e dar um pontapé no banco, dizes isso porque já estás casada, olha para nós, tiazinha, o tempo passa à pressa através do nosso corpo, como o vento, áspero e grosseiro, e ninguém nos olha, o útero engelha-se como as passas ainda nos cachos, até termos a cara sulcada de rugas pelo arado do vagar, parecemos viúvas ainda antes de casar, não sejas trágica, rapariga, ainda muito homem chorará por ti, que as tuas irmãs te compõem o cabelo que é uma beleza cá na terra,

mas são de estopa grossa nossos vestidos, com chumbos nas bainhas para o vento não nos alevantar as saias, esgrouviados nossos cabelos, que homem nos desejará?, e quando entram em casa sacodem-se, penteiam-se, vestem-se de lavado, são tão bonitas como outras moças do Alentejo, e o atavio é a última coisa que se pode perder na desdita,

carregamos esta terra às costas como tartaruga, mas sei também de quem diz que é a tartaruga quem carrega a vida inteira o seu caixão,

seja como for, cada panela tem seu testo,

ai, sim, Marcelinha, repetes o que te mandam repetir, sem cuidares no buraco negro que no teu ventre se vai abrindo, talvez te enganes, Ana, mas se bem me conheces sabes que eu não sou de discussões,

que urgências são essas?, além disso, não sei para que querem vocês um homem, para vos ajudar e vos proteger estamos cá nós, que a única coisa por que os homens lutaram foi por este depósito quebrado, e deixaram-se ir no esmorecimento com a água que se verteu, nada mais, tudo o resto fomos nós que remediámos, cozinhámos, costurámos, conferenciámos, negociámos, permutámos de cá para a outra margem do rio,

já não sei se essa é a verdade, se é sempre a mesma história que contamos a nós mesmas,

Casimira, conheço-te desde que abriste o olho, e não te levo a mal, a isso se chama cálculo, mas não precisas de sabê-lo, que as mocinhas de hoje são intransigentes, também eu era assim na tua idade, o certo é que nunca vos falhámos, é verdade ou mentira?,

sim, Maria Alzira, somos ovinhos dos vossos cestos, grãos das vossas semeaduras, convosco aprendemos que o trabalho é a nossa religião, mas antes o matamos a ele do que nos rasgamos a trabalhar, que em caso de perigo contamos mais umas com as outras do que com qualquer homem, aprendemos a ter sentido prático, a separar os assuntos importantes dos assuntos do coração, que andamos sempre em trios, duas para se ajudarem uma à outra, a terceira para correr a pedir ajuda, aprendemos a acertar os passos umas pelas outras, aprendemos a nunca abandonar esta aldeia porque um dia o vento se entediará de tanta tirania, se cansará de tanto sopro, vai abrandar, como um cavalo cansado, e esta terra de encruzilhada terá muito valor, e que as sementes lançadas, vivendo imersas na obscuridade, irão germinar todas ao mesmo tempo num prado fértil e verdejante, de que falam os antigos, e aí poderemos caiar de branco as nossas casas e ter floreiras à porta, aprendemos que até voltar à nossa terra pode demorar um dia ou dez anos e devemos ter sempre as malas prontas para a abalada, aprendemos a ouvir os apelos da água que corre muitos metros debaixo dos nossos pés, os lamentos das raízes que não lhe conseguem chegar, os caprichos dos ventos que nos querem expulsar, mas um povo só se deixa escorraçar uma vez, por isso ficamo-nos neste chão até que se nos esfolem as unhas,

aprendemos a transplantar rebentos como quem entrança os cabelos da nossa irmã, a manejar a foice, a afiar a navalha e a apontá-la de baixo para cima, num gesto rápido, para rasgar de um só golpe as carnes dos forasteiros mal-intencionados, aprendemos a expulsar vermes purulentos das nossas hortas e a catar piolhos transparentes e a fazer estalar lêndeas gordas entre as unhas dos polegares, resgatando-as de cada fio de cabelo dos nossos meninos, a debulhar o trigo sem desperdício, a descascar o feijão, sem que se perca uma só vagem, com cuidados de bordadeira, aprendemos que a larva no casulo é mais sábia do que a frágil borboleta, e todo o nosso infortúnio se vinga, toda a nossa desforra se expande, toda a nossa razão se perpetua, aprendemos que, de toda a água que cabe a cada família, retiraremos sempre uma porção para o canecão de nossos banhos, aprendemos que, vivendo no meio da poeira e da imundície, estaremos sempre limpas, imaculados nossos vestidos de linho branco, e penteadas à hora do jantar, aprendemos que vaidade não é sacrílega, mas se for estridente ofende as mulheres do quilombo, que o filho de uma de nós é de todas, que devemos prover de alimento a todas as nossas crianças, aprendemos que a mesa da família é o nosso altar, aprendemos a reversar-nos para que nenhuma grávida fique sozinha no momento de dar à luz, porque parir na solidão é desamparo bárbaro, aprendemos a fazer novelo com a linha das florestas, dos desertos e glaciares, aprendemos a puxar o fio com nossas agulhas recurvas,

nem um dia sem linha,

aprendemos a dobar adversidades, aprendemos a não deixar nenhuma para trás a menos que mereça ser deixada para trás, aprendemos a ler, apesar de só haver cinco livros na aldeia, de páginas puídas e recosidas, e todas os conhecermos de cor,

ó Pedro, que é do livro de capa verde que te deu o avô,

mas se vierem cá os oficiais do recenseamento assinamos todas em cruz, como os nossos homens, aprendemos que o que se diz aqui neste sagrado depósito não sairá lá para fora, aprendemos a enviesar o olhar, espreitando para cima, de cara voltada para baixo, aprendemos a dissimular, e que fazer cadências,

não é cadências menina, é cedências,

sim, tendes razão,

que fazer cedências não é traição, é negociação,

estás ouvindo Casimira,

sim, tiazinha, mas não é de tanto nos ensinarem essa ladainha que conquistam mais razão,

silêncio Casimira, continuem meninas,

aprendemos que é da madeira que nasce o caruncho que a consome e corrói, aprendemos que a lagarta e a galinha acabam se reconciliando dentro do estômago dela, aprendemos a amassar o pão juntando-lhe nossas lágrimas e saliva, e a golpeá-lo com fermento até formar uma bola do tamanho da cabeça do nosso filho mais velho e só assim chegará para todos, e não sobejará nem criaremos esbanjamentos, aprendemos a espancar o barro com os punhos até ele estar dócil e maleável às mãos, e a tapar as frinchas das casas, por onde nos entra o vento e fiozinhos de poeira intrusos, aprendemos a pôr parafina nas pernas das camas para afastar as formigas, aprendemos a enterrar as nossas placentas nos fundos dos quintais e plantar coentros por cima para temperarmos as sopas da família e todos continuarem comendo de nós, aprendemos a não estender a mão a um estranho, pois este pode não ter a sua mão levantada para a receber, aprendemos a deitar a correr quando pressentimos um cão vadio ou um homem do quilombo, e a correr ainda mais quando for homem da guarda, aprendemos a estar alegres por dentro, aprendemos a gritar em silêncio, aprendemos que mais rende a mudez do que o murmúrio, aprendemos a contenção, aprendemos a desconfiar das gentes de fora, aprendemos a confiar nas nossas presunções, aprendemos a costurar chumbinhos nas nossas bainhas para não se levantarem as saias ao vento, aprendemos que a maior felicidade não é colher frutos, mas enterrar sementes, aprendemos que a lição que se pode levar desta vida é que é fraqueza ser lobo único entre cordeiros, sendo a erudição máxima saber esperar, e a paciência é o nosso bocado de luz, que falta às gentes do quilombo, aprendemos que Deus é pai de uma infinita misericórdia, como diz o pároco das saias,

 mas por aqui nunca passou tão importante Senhor,

pois sim, que temos um coro de gaiatas bem ensinadas,

era um franguinho pequerruchinho levado pelo vento ainda de cordel amarrado,

ó Maria Armanda, porque estás sempre interrompendo quando falamos de coisas principais?,

desculpem, não estava arreparando, é que dava muita fé naquele pintinho,

dizem que ele tem outra ave dentro de casa, e cuida dela como uma criança, credo, onde foi Simão desencantar mais um desses passarões ávidos de carne crua?, não é desses, não senhora, parece-se com um pequeno peru, mas sem carúncula engelhada no pescoço, parece-se com uma pavoa mas sem penachos no alto da cabeça, parece-se com uma rola mas sem medos nem precaução, parece-se com uma codorniz mas mais rebolada e com voz campainhada e está sempre pincharolando atrás dele pedindo milho e grão, arrastando a asa desembainhada,

estranho moço esse Simão,

além de canhoto,

aquela é uma casa ou uma capoeira?, qualquer dia faz-lhe poleiro em cima da cabeça, porque coras, Casimira, sempre que falamos dele?, não corei, Maria Alzira, vossemecê há de ver que sempre trago as faces rosadas à vinda da barrela, tenho oito irmãos mais novos, não é tarefa pouca, mas uma coisa vos digo, depois do que fizeram à mãe do Simão não admira que ele não tenha olhos para nenhuma de nós, sabes bem, Casimira, que ela era bonita de mais, atraía problemas, não era bom para a nossa aldeia, ainda por cima todos os anos tinha um filho dos nossos maridos, cada qual mais lindo que o anterior, não era justo para nós, nem para ela, os vossos homens é que se lhe achegavam, a mulher não tinha maldade, era doce como uma avezinha, ora depende do pássaro, há-os bem afincos,

qual o mal de o rapaz ser canhoto?, quando embicam com uma coisa não há prego que vos revire,

então boa tarde a todas as presentes, arranja-se um cantinho?,

pois vai entrando, Marianita, sobeja sempre espaço para mais uma,

tu não me desmereças, Casimira, que ela até é bem tratada pelas gentes do quilombo, foi a melhor oferenda que lhes poderíamos dar, era ela ou uma de nós, demos-lhes a melhor de todas, a melhor parideira, a melhor amansadora de animais, a melhor apascentadora de crianças, e por acaso consultaram o rol de filhos e a mãe dela antes de a entregarem?, cuidado, Casimira, que estás remexendo em águas turvas, podes não gostar do lodo que virá ao de cima, além disso, Simão não quer saber se a mãe está viva se está morta, a avó na verdade é que o criou, separaram uma mãe dos filhos, uma mãe duma filha, e isso não vos fica atravessado?, Casimira, a repetir tornarei, conhecendo o teu feitio reverso, fica sabendo que foi a decisão ponderada e de comum acordo, um dia a aldeia amanheceu e a mulher já não estava cá, é só o que precisas de saber, para teu bem o digo, mas não há direito,

pergunto-te se andas à procura de sarilhos, Casimira, e vossemecê, Maria Alzira, quer ajudar-me a encontrá-los?,

calma lá, vocês as duas, que há uma coisa de que preciso falar, senão arrebento,

diz lá, Marianita, somos todas ouvidos atentos e bocas fechadas, é que há noites que nem prego olho com isto que está se passando, que anda roendo-me por dentro, se não falar sufoco, pois diz, então já viram que a menina da Laurindinha tem cinco anos e anda com o cabelo rapado como um rapazinho, isto tem algum jeito?, mete-me dó ver a criança calva daquela maneira, porque não deixas crescer o cabelo àquela menina, como às tuas outras filhas, Laurindinha?, mas vossemecês não perceberam ainda que ela é branca como a cal deste depósito, que se veem as veias à transparência, que se a deixo ao sol não tisna como as outras, mas avermelha, arroxa e esfarela-se-lhe a pele em migalhas que é pior que broa seca?, vossemecês não veem que tem sardas pelo corpo todo e cada fio de cabelo que nasce vem sempre ruço e não enegrece como os nossos?, faz como o estrangeiro de quem engravidaste, encarvoa-lhe os cabelos, o meu marido há de perceber, diz-lhe que foi o vento que te emprenhou por baixo, se fosse assim tão fácil, mas a menina, pensem nela, que está parecendo uma pobre de pedir, pobres somos nós todas, igual a uma orfãzinha do asilo, o cabelo só nos traz ralações, Marianita, melhor não tê-lo do que andar desgovernado a espantar pardalada, credo, nem morta, mulher, isso tem algum jeito?, tosquiada não é menos mulher, ora que ainda tendes muito a aprender,

moças novas esticam a corda até romper, mulheres velhas enrolam a corda no punho fechado,

que queres dizer com isso, Carolina?, que nós somos o que somos, mas para os outros somos aquilo que eles veem, mulher sem cabelo é considerada abaixo de bosta de cobra,

mas, ó Laurindinha, e triste que vai a menina entre as outras, sinto-me amarrada, não sei que faça, calma que não vale a pena ficar chorando sobre leite derramado, o mal está feito, feito está, e a aranha ainda não se chegou à mosca,

o trato é sempre o mesmo, cair, bater a poeira e levantar de novo,

cuidado, Laurindinha, que ainda te entregam a menina no quilombo,

Casimira, toma este como o último aviso, moça abusada, respeita as mais velhas, ou estás-me desafiando, rapariga incauta?, não estou, não senhora, e mais vos digo, o primeiro a reparar que a catraia tem cabelos ruivos como o amigo estrangeiro será Simão, assim acontecerá, Maria Alzira, roubam-lhe a mãe e depois dão-lhe sumiço ao amigo porque a Laurindinha cometeu um desvio,

não foi um, foram vários, a bem dizer, uma das vezes descuidámo-nos, não sei que nos deu, talvez quiséssemos que acontecesse, e ainda suspiras, Laurindinha, por esse estrangeiro do Norte, que só te traria problemas, a ti e a todos nós da aldeia, se ao menos eu tivesse tido coragem e o avisasse, talvez ele fugisse, talvez ele tenha fugido e alcançado a terra dele, diz que é uma ilha distante, cheia de prados, e que o frio faz nascer uma lama alva nos campos que denuncia os nossos passos, e envidraça os rios, que palermices, Laurindinha, que vêm a ser essas invenções?

ele tinha um falar que não é de cá,

necesito hablar con usted,

vaitarreca, que modos tão feios, mais parece que vais mastigando a própria língua,

foi o que ele disse, sei de o ouvir dizer, que a gente pouco falámos, ou seja, entendíamo-nos de outra maneira, sem palavras, nunca lhe soube o nome sequer, ora Laurindinha, essa gente que vem dessas vidas da guerra nunca tem nome e nunca regressa,

que te sirva de emenda,

o mais provável é estar fazendo tijolo com outros como ele numa vala qualquer, partes-me o coração, Maria Alzira, não te ponhas agora com lamentos, Laurindinha, que mal tem o teu marido?, é um homem como os outros,

pois, é esse o problema,

foi com um recado em meu nome que o atraíram para a cilada e ele correu sem cautelas, é para veres como são imprevidentes os homens, não podemos contar com eles, se ele soubesse que eu estava grávida, talvez, talvez..., mas já passaram cinco anos, mulher, e o estrangeiro não te sai da cabeça, Laurindinha?, de cada vez que reparo nos olhos claros da minha filha, a minha saudade amplia-se, a partir de agora será assim,

o pintinho era a modos que empertigado, fazendo já que era galo, e diferente de todos os da aldeia,

que desatino de mulher, ó Maria Armanda, para quieta, presta atenção ao que estão falando, escuta a Maria Alzira,

a partir de agora sai a menina das vistas do teu marido, fica vivendo com a Carolina que não tem filhos, dizes ao teu homem que ela a ajudará a criar, quando ele a for visitar dentro de casa, usará um lenço,

e depois quando crescer?,

depois logo se vê,

porque nunca tiveste filhos, Carolina?,

sei lá eu, menina, que o meu corpo os cuspia, não estava na minha sina, eu queria muito, mas o meu útero não concordava comigo,

as coisas são como são, deixa lá isso agora, Domingas,

ai, não sei se consigo afastar-me daquela menina, tenho muito apego nela e as irmãs também, não te estamos falando de conseguir ou não, vê se compreendes, Laurindinha, estamos dizendo-te como será de agora em diante,

não será a primeira ruiva nestas paragens, no quilombo vive uma rapariga ruiva,

não admira, aquilo é um buraco de estrangeiros, excêntricos, loucos, foragidos da guerra, ciganos, malteses, desertores, refratários, contrabandistas, presidiários e gente do circo,

mas num buraco vivemos nós, este é o nosso fim do mundo,

não, Ana, este é o fim do mundo deles,

eles é que vivem numa ilha, e nós aqui encurraladas, parece que nós, sim, cercadas por espantos e medos por todos os lados,

a moça de cabelos de pôr do sol, sempre sorrindo quando a gente lhe acena do lado de cá da margem, que moça tão graciosa, também de corpo níveo e sardas, parece que ri com a barriga, mas reparaste, Carolina, que a ela lhe rapam o cabelo, assim que se encontra crescido pela cintura, desde pequena que a vejo ou de farta cabeleira ou de cabelo escanhoado, tão rente que se lhe adivinha o escalpe, sim, mas isso porque a mulher do tenente está ficando careca, e manda tecer perucas com o cabelo da outra, ela não admite ser destronada, continua mentindo a si própria, acreditando que é a abelha única da colmeia,

que solidão essa de ser a abelha única da colmeia, imagina o zumbido ecoando no vazio, não admira que os fantasmas se acerquem dela, eles têm predileção por almas solitárias,

olha, queres ver, triste sina é ser-se ruiva neste Alentejo perdido,

cada um é para o que nasce,

Bia,

hã?,

chama-se Bia, a menina ruiva a quem rapam o cabelo para a peruca da tenenta,

cruzes, que aberração, uma peruca com cabelos da moça, ainda dizias tu, Maria Augusta, que se vive bem no quilombo, há casos tão verdadeiros que parece que nem inventados, seja como for, nunca mais cortas os cabelos à tua filha, Laurindinha, é deixá-los crescer até se entrançarem, Carolina tratará de os pôr sedosos desenleando-lhe cada nó,

porque estás roendo essa tarrafinha, Ziza?, que já não és mais uma catraia chupando erva, é para enganar a fome, minha mãe,

ora, a fome só se engana pelo hábito,

dizem que a mulher do tenente era tão bonita que se aprontava toda antes de sair, banho de essências, perfumes estrangeiros, então isso é que nem nós, só que ao contrário, nos aprontamos quando entramos em casa, não, nunca nenhuma mulher poderia rivalizar com ela, vestidos de seda fina cheios de preguinhas, a roçar os joelhos, sapatos brancos de saltinho que nunca tirava nem para andar a atolar-se no lodo,

shlop, shlop,

e ainda assim, quase deslaçando no visgo, tropeçando nos sapos, escorregando no lodo, nunca os descalçava, e pisava altiva, de chapelinho enfiado, que quase não se viam os olhos debruados a preto, cara de pó de arroz, o biquinho da boca vermelho-escuro a condizer com o esmalte nas unhas,

em casa tinha umas chinelas douradas, recamadas com pérolas,

meus Deus, que pecado usar pérolas nos pés,

Maria Berta, que até metemos dó a nós mesmas, aqui a gente andamos descalças e os pés alargam como barbatanas, temos um par de botas que duram para a vida e é sempre arremendando, arremendando, e algumas uns sapatinhos de domingo, que nunca usamos para não estragar, e passam de mães para filhas e das mais velhas para as mais novas, ela sempre de sandálias de meio saltinho no meio dos limos,

shlop, shlop,

mas dava-lhe um andar esquisito, de pernas abertas para não se desequilibrar, escuta cá, Maria Berta, com uns sapatos como aqueles, quem quer saber do andar esquisito, muito me contas, e o que ganhava ela nesses preparos no meio deste Alentejo no fim do mundo?

eles estão no centro do mundo, já vos disse,
ganhava a admiração das mulheres e a paixão de todos os homens, que muitos morreram por ela,
ganhava poder e autoridade,
ganhava crédito e influência,
a isso também se chama instinto de sobrevivência, nós somos camponesas, não precisamos, ela teve vários abandonos, por dentro e por fora, colecionou muitas solidões, viveu demasiados relentos, cada uma tem os seus métodos, seus limites, suas derrotas, suas mágoas, seus horizontes,
os meus horizontes são as cercas do meu quintal,
não desanimes, Alicinha, os muros do teu quintal tolhem-te, mas não te podem fazer mal, enquanto o tempo é um inimigo cruel para as mulheres bonitas, é uma luta perdida, e elas, desafortunadas, continuam numa corrida insana, a ver se ficam à frente dele, nunca ficam, ele espezinha-as, humilha-as, rebaixa-as, o tempo foge e arrasta-as com ele, caramba, mulher, que tu, Maria Alzira, arrenegando o que é bonito de se ver, falas-me assim porque sabes que nada devo à beleza, e é verdade, a ela estou desobrigada, quando era nova espalmada de formas, nunca sabiam se ia, se vinha, e no entanto o meu marido que adoecia se eu o não aceitasse, a mais deselegante das irmãs, e agora os netos brincam, alisando os meus cabelos cor de cinza, fogueira apagada, o tempo vence-me nas dores nas juntas, nas cruzes, nos ossos, vence-me no que esqueci e não me lembro que esqueci, vence-me nas pernas que não me obedecem quando quero correr, vence-me na coluna que empena, nos dentes que vacilam, nas mãos que me tremem, nos bicos das mamas que mirram, nos olhos piscos, mas não me vence na beleza, pois já fui feia de nascença, mas escuta, Maria Alzira, todos os rostos bonitos têm qualquer traço feio, a perfeição contém

a imperfeição, depois é como numa rega de gota a gota, a gente nem damos conta, e esses traços feios vão tomando o lugar dos outros, todas as incorreções se avultam, todas as fealdades sobressaem, é verdade pois, Alicinha, crescem as orelhas e os narizes, apequenam-se os olhos, cai-nos a pálpebra por cima, abatem-se as maçãs do rosto, é por isso que todos os velhos parecem iguais, sim, Maria Luzia, tal como todos os recém-nascidos parecem iguais,

uma cara sem rugas é uma terra sem caminhos,

chega de conversa fiada, que já vos não posso ouvir...,

o que andavas fazendo tu ontem à noite pelos lados do ribeiro, Maria Alzira? ora, pois se já estava começando a minha manhã, a tua noite, Maria Berta, é o meu dia,

porque se levantam os velhos tão cedo?, é para terem dias mais compridos, já que se esgotam os anos, o quê, Maria Berta?, nada, nada, estávamos só aqui conversando entre nós,

mas ser cobiçada por muitos, tiazinha, que pode trazer de mal?, então no quilombo, que é um vaivém, entram e saem homens a todo o momento, parece avenida de cidade, rapariga, olha que muitos se vão para debaixo da terra e a tenenta à noite sente os fantasmas desses homens a cochicharem contra ela aos pés da rede de dormir, e não a deixam pregar olho,

como sabes tu isso, Maria Armanda?,

muita coisa se sopra entre as duas margens deste rio, as palavras chegam-nos incompletas entre os solavancos das águas no embate às pedras, só temos de ir remendando as palavras comidas pelo vento e pela correnteza,

e a paciência é a especialidade das mulheres de Nadepiori,

nenhum dia sem linha,

quem disse?, um senhor antigo,

a paciência tem mais poder que a força, quem disse?, um senhor antigo, o mesmo?, não, outro, quando acorda, a tenenta vê marcas de pés molhados no chão em redor da sua rede, às vezes vários pares de pés diferentes, em marchas desencontradas, repisadas, maceradas, de tanto calcorrearem em seu redor durante a noite, outras marcas são sulcos fundos, como se os pés descalços se tivessem mantido na mesma posição, ficando horas a fio imóveis, balançando o corpo, fitando a coitada,

porque é que os mortos andam descalços?,

ó Domingas, com franqueza, que não tens dois dedos de testa, se os fantasmas usassem sapatos fariam muito barulho,

credo, mulher, pelo teu modo de falar até parece que tens dó dela, tu não me digas isso, por nada deste mundo e do outro, Emilinha, não é dó, bem sabes, é desforra, todas nós fervemos a graus diferentes, se ela está assim acabada, descabelada, e a sua cara coberta de pó de arroz parece hoje casca de sobreiro, não é da idade, é da ruindade,

ela o nosso maior pesadelo, ela a nossa maior aliada,

já nos auxiliou em momentos de aflição muitas vezes,

já nos levou à beira do precipício ainda mais vezes,

vossemecês voam depressa da gratidão à submissão, pois se não há meios-termos no quilombo, se Jesus por aqui passasse teria muito que se explicar, mas se eu te digo, Emilinha, que isto não é da Sua invenção, então quem nos deixou em testamento este mundo avariado, querem lá ver..., tudo de mau que nos acontece cá em baixo está escrito lá em cima, dizem que usava um fatinho de saia às riscas de tomar banho no rio, nisso somos mais afortunadas, que para nos banharmos no rio temos a pele e duas sentinelas a vigiar, não procurem pulgas para se coçarem, moças novas, ninguém se desnuda impunemente, ora tiazinha, comemos todas do mesmo prato, pois sim, mas se vos reprovo, é porque é muito fácil encalhar nesses baixios do rio, e nos da vida,

olha a Patrícia, mulher do Tereso, anda aí a catar as migalhas que as outras mulheres sacodem para o terreiro, nunca se adaptou a estas paragens do vento e da poeira, nenhum forasteiro se adapta, mais cedo ou mais tarde, e à menor oportunidade esgueiram-se daqui para fora, essa é a nossa força, conseguimos subsistir onde os outros fraquejam,

se bem que mal,

se bem que mal,

a mulher do Tereso, coitada, não tarda enlouquece, se é que não perdeu já o juízo, o aprumo foi-se, aquela desleixada, e o instinto maternal também, não, esse nunca teve, Isidro, o menino enfezado, veio ao mundo indesejado, que é o maior mal que pode acontecer a uma criança, a Patrícia foi ingrata, recusou a generosidade de quem partilha o quase nada que tem, tens razão, Alicinha, a Patrícia foi arrogante, rejeitou o nosso apoio, desdenhou da nossa irmandade, julgou-se mais do que nós, insistia em dobrar o lenço sob o queixo e em cruzar o xaile entre os peitos, não fez caso da ventania, riu-se da gente, agora andraja por aí, as rajadas a farejarem-lhe os farrapos, a enterrarem-lhe destroços no cabelo, não a largam até lhe ensarilharem os passos e a derrubarem, e o menino a puxar por ela, mas o pó entra-lhe nos olhos, e na boca, ela já não pede por ajuda, Marcelinha, porque nesta terra não se pode ter orgulho, não merece a nossa comiseração,

chegou altiva e agora, de ombros murchos, parece que decresceu dez centímetros,

é gente de fora, lá das planícies, onde o ar se estagna, e é tão quente que o leite coalha nos estômagos, dizem que o Tereso já passou por aqui, com bicicleta de amolador da cidade, mas assustou-se à vista da mulher tão escalavrada e do menino enfezado e virou costas, isso são patranhas, mulher, alguém o viu?, são os homens que contam, e tu acreditas?, criatura inocente, que alguém aqui possa chegar a Nadepiori sem nós darmos fé, nenhuma barata entra e sai de alguma frecha das nossas casas sem que nos apercebamos, nós que estamos treinadas desde pequenas a olhar para baixo e espetar os olhos para cima, a estar sempre vigilantes, a montar sentinela em cada cotovelo da aldeia, nada nos passa despercebido, isso são coisas que eles dizem, não ligues, Catarina, o Tereso é um fraco homem mas não é cobarde, um dia vai chegar e levar esta desgraçada para a cidade como prometeu,

dizem que está amanteado com a irmã dela, a cega tecedeira, não me acredito, ele vem buscá-la, escutem o que vos digo, e o Isidro há de ir também,

o Simão é tão apegado ao menino, vai-lhe sentir a falta,

lá está tu, Casimira, que não deslargas a tua lembrança do moço canhoto, isso que dizes é fábula, se ainda ontem o menino lhe alçou a mão do seu alpendre, todo ele olhos baços de poeira, e o Simão passou como se nem tivesse visto sombra,

é cruel de mais deixar uma criança de mão alçada, má rês esse moço, é o que vos digo,

se já não pões a tanta insânia freio,

não esperes de mim daqui adiante,

que possa mais amar-te, mas temer-te,

que amor, contigo, em medo se converte,

que sussurras, Maria Alzira?,

nada, um poema,

de um homem antigo?,

sim,

mas nós, Maria Alzira, não deixámos a Patrícia para trás?, Casimira, lá estás tu eriçada de indignações, não sejas assim, tu não me afrontes, que foi ela quem se perdeu no caminho, quando nos voltámos já não estava lá para a apanharmos, e mais te digo, tu que estás sempre duvidando e criticando, pondo tudo em causa, o nosso esforço, a nossa cautela, os nossos amparos, foi a Alicinha, a quem o Tereso se tinha prometido, quem mais cuidou de abrigar a Patrícia e o menino, solteira para sempre e de coração destroçado, e mesmo assim a ingrata fez-se de fidalga, gente de planície, acham que nos ficam devendo muito em probidade e honra, olha essa, mas se nós damos parte fraca, porque todos sabem que nos submetemos aos caprichos da tenenta, aceitamos o seu ódio e represálias, as suas regras e castigos, acatamos todas as suas desonestidades, é como termos uma doença, rapariga, mas a doença não nos tem a nós, cometemos vícios, estás falando verdade e mentindo ao mesmo tempo, Casimira, pecamos e nos confessamos umas às outras todos os dias, assim nos penitenciamos e fica anulada a desvirtude, sofremos as represálias, sim, mas é o nosso modo de ir seguindo a vida, dissimulando fraqueza, ser mulher de têmpera é ter a valentia de um leão por baixo da lã do cordeiro,

diabo do pinto que ninguém lhe pôs a vista em cima, não me consolo,

shiu,

está bem, já não aqui está quem falou, mas que era da minha criação,

vossemecês, novinhas, que zombam da gente, vão ver que irão acordar para melhores dias, elas intrometem-se no nosso rebanho e saem tosquiadas, e têm os habitantes do quilombo por adversário, um bando de bravas que eles tomavam por apoucadas, aí quem sabe não somos nós que lhes invadimos as casas, arrombamos as portas, os despojamos de tudo o que nos agradar, deitando a quinquilharia sentimental pela janela, as fotos do casamento dos pais, a aliança, a medalhinha com o nome do filho, a afundarem no lodo, e vê-los seguindo em fila, só segurando o que lhes cabe num braço, porque somos magnânimos,

e o que é mais é nosso,

e o que é mais é nosso,

o que é que ela está dizendo?, não entendo nada, mas a Maria Alzira lá que fala bem, ela fala bem porque estudou para professora na vila, mas depois veio socorrer a família quando ameaçaram Lençol de Telhados e aqui ficou, mas faz-me um favor, nunca lhe perguntes sobre isto, sim, Luisinha, que isto fica só entre a gente,

esse dia está tão longe, tiazinha, está e depois?, o caminho que desce é o mesmo caminho que sobe, a nossa principal virtude é saber esperar, sem que ninguém perceba, estamos indolentes como o morcego, empoleirado nas traves de cabeça para baixo, hibernado, quando os tempos virarem, viraremos com eles, apenas aguardamos o melhor momento, de resto estamos fazendo como esses ratos alados, carregando energias, dispensando o mínimo, estas são as nossas munições, só que eles não sabem que as temos,

pita, pita, pita, pita, pintinho...

porque gritas, Maria Armanda, acaso pensas que o pinto se esgueirou aqui para o depósito?,

porque não?, é um pinto atrevido, o meu, pita, pita, pita, pintinho...,

mas se nos chamam as bruxas de Nadepiori, se só de nos olhar, nossos cabelos em cascata ao contrário, notamos repulsa nos olhares dos homens, ora se ainda estamos mais protegidas, deixá-los falar, deixá-los olhar, chamam-nos bruxas por acharmos que não é poesia dizermos que é nossa pátria aquela onde o vento passa, e onde não deixam rastro as aves,

outras duas coisas te devo dizer, Casimira, que te estás fazendo esquecida, apenas nós fazemos as nossas regras, mais ninguém, e não somos, não, o maior alvo do ódio da tenenta, há alguém que ela odeia mais do que a qualquer habitante de Nadepiori,

quem?,

o filho,

o sétimo filho de sete irmãos,

tu sonhas, Juliana, ninguém odeia acima de todos os próprios filhos, antes sonhasse, que por sonhos se sabem as verdades completas, porque é Deus quem as sustenta, sussurrando para nos não acordar, Juliana tem verdade no que diz, conheci um homem que ia dormir para a igreja quando tinha de tomar decisões difíceis, casar ou não uma filha, matar um bezerro, iniciar a semeadura, na esperança de que Deus durante os sonhos lhe soprasse a decisão sábia,

mas e soprava?,

o quê?,

a sábia decisão?,

sei lá eu...,

bem, em tempos de paz enterram-se os pais, em tempos de guerra enterram-se os filhos,

não é caso para proverbiar, não é segredo para ninguém, nem sequer para o próprio,

onde andará ele?,

o sétimo filho de sete irmãos,

agora, isso ninguém pode saber, sumiu-se para sempre, de um dia para o outro,

como a mãe do Simão,

ela matou-o, a desnaturada, má como as cobras que lhe habitam o piano, não, não me acredito, desde menino que ele conhecia as nefastas intenções daquela que o deu à luz, uma morte limpa, sem vestígios nem sujidade, ele nunca aceitava comida da mãe, aprendeu a detectar-lhe os passos silenciosos enquanto dormia no berço, desatava num berreiro, que acordava o pai, a Séfora e os criados e o irmão que desatava em pranto idêntico, foi a mãe do Simão quem o amamentou, e carregava sempre o bebé com ela, de trás para diante, enquanto lamuriava coisas sem nexo, a tenenta não se atreveria, seria o seu fim, se o pai descobrisse, mas o menino corria riscos nas longas ausências do tenente,

de aparecer a boiar na água, caído no fundo das escadas, atrás de um muro, a ser lançado fora junto com os despejos, na manjedoura dos porcos, com espuma de veneno azul a sair-lhe da boca e do nariz,

diz-se que quando nasceu, nem cinco minutos depois do irmão gémeo, a mãe logo o renegou, não esperava que a sua barriga brotasse mais um, igualzinho ao anterior, pareceu-lhe um abuso, uma usurpação do útero, a mãe estava disposta a provocar o ato, a mão sacudida de repulsa a tapar-lhe a boquinha, ainda antes do primeiro vagido, mas entrou-lhe um pássaro negro pela janela, e a mulher espantou-se e interrompeu a ação, mas não a sua determinação de ver aquela criança morta, a Séfora logo pegou nele, vendo o branco dos olhos da tenenta escurecerem, inundados de lodo, valha-me Deus, e é com essa mulher infame que vós fazeis vossos tratos e mercancias, calma, Casimira, que as pessoas se julgam pelos atos, não pelas intenções, que se saiba, ela não matou ninguém,

mataram-se homens pelo amor dela,

isso é lá com eles,

morreram homens bons que ela entregou à polícia e à Guardia Civil de Espanha,

isso é o negócio deles,

mas o que eu ia dizendo, o filho fez-se homem, abalou há sete anos, diz-se que o mandaram para o mar do Algarve, para um arraial da pesca do atum, valha-nos a Virgem, que isso é pior do que a morte, o mar é um olho de defunto que às vezes engole a gente,

a tenenta só faz a vida negra a quem lhe recusa as vontades, e faz-nos a vida negra a nós, e às mulheres em quem manda e tem por perto, à Séfora que lhe entregou a vida e se curva a todos os seus caprichos e faz curvar quem não se lhe submete,

toda a tirana tem um braço direito de faca alçada, que é o tenente, toda a tirana tem um capataz, que é a Séfora,

misteriosa mulher, essa Séfora, que mal chegou ao quilombo se enlutou dos pés à cabeça, uma virgem negra, refratária aos machos, nunca se lhe conheceu homem, insiste em dormir em cama estreita, deixou os pais ainda nova, o conforto modesto de uma casa na vila, para se ir enterrar num pântano, naquela ilha, cheia de pestilências e más intenções, o pai telegrafista ainda passou por aqui, depois de longa viagem a tentar resgatar a única filha do quilombo, daquele antro de bandidagem, chegou aqui a Nadepiori amargurado, com lama até aos joelhos, alembras-te disso, Maria Armanda?, então não havia de me lembrar?, o homem tão apavorado, e ainda assim delicado, agradeceu-me muito o caldo que lhe ofereci para ganhar forças para vencer o desalento, mas ia já de abalada de olhos vencidos, balbuciou qualquer coisa sobre a filha, uma menina, dizia, educada com tanto carinho, o que haveria de dizer à mãe, que definhava de dia para dia de desgosto e de saudade?, que a querida filha, alegria daquela casa, era agora uma sinistra mulher de negro, com molhos de chaves à cintura, às ordens de uma louca sedenta de vingança e sangue, rodeada por malandros da pior espécie,

pior que piratas, dizia, segurando a faca entre os dentes cariados, acercando-se do pobre homem, que recuava, atolado no pântano, por pouco não se afogava, perante o olhar de indiferença da filha, que, sem uma palavra, lhe virou costas, entregando-o aos vilipêndios da corja a caçoar dos seus modos delicados, lhe puxavam os atacadores, faziam-o escorregar na lama, saltaram-lhe os óculos e tateando chegou às arrecuas à berma do rio, despojado da carteira e do relógio, apanhando do chão as partituras que levara para a filha, virtuosa no piano, e que ela abandonou no chão com o maior desprezo, ele a acenar-lhe com as pautas e claves de sol e de fá, das coisas lindas que outrora lhe saíam de baixo dos dedos, esperando que isso soltasse o lado bom dela que ficara sepulto num qualquer lugar escuro da alma, mas ela nem se sobressaltou, o homem vinha um farrapo de desconsolo, nem o amor do pai, nem a música, nem a saudade, nem uma lembrança lhe chegou à alma couraçada de tanta ruindade, os papéis ainda estão em minha casa, cinco linhas com uns tracinhos e umas redondinhas muito graciosas, a Maria Alzira disse que não jogasse fora,

mas não há música na aldeia,

o vento rouba-nos as melodias no seu uivo furioso, mal abrimos a boca,

para que querias tu música, rapariga?, olha, porque com música podemos falar todas ao mesmo tempo, que todas nos entendemos, e até fica mais bonito, se divergirmos em harmonias, sem música é esta algaraviada que ninguém se ouve,

e com música podemos dançar em conjunto, que tão bem nos entenderíamos, ora também se dança sem música, onde?, que eu nunca vi tal coisa, olha aqui ao lado em Espanha, como eles marchavam todos juntos, acertando o passo, dando aos braços, e a desgraça que lhes caiu em cima, que durante dias o rio correu vermelho, Jacintinha, que estás fazendo pouco de mim?, não estou, não, é coisa que já tenho andado a pensar, que a dança e o canto são usados para o melhor e para o pior, para a paz e para a guerra, para a alegria e para a atrocidade,

fizeste muito bem em guardar as partituras, nunca se sabe o que nos aparece pela frente, guardem as pedras que encontrarem pelo caminho, um dia apedrejaremos os invasores, como tu falas bonito, Maria Alzira, parece que as tuas palavras dão ânimo na gente, sim, enquanto ela põe boniteza no discurso vocês não se alembram que era a tenenta quem comandava o bando de mulheres no dia da grande pilhagem à nossa aldeia Lençol de Telhados,

foi no primeiro dia de sol depois de duas semanas em que não parou de chover, e nessa manhã as gentes tinham pressa de sair do bolor das casas, de enterrar as botas na lama, de consultar os estragos da lavoura, de esmagar as larvas que apodreciam as espigas, de deitar ao ar a roupa bafienta, de raspar a humidade a enegrecer os tetos, de esmagar os cogumelos pequeninos que nasciam debaixo do alpendre, estava toda a gente ocupada e desatenta, foi quando eles apareceram, sempre aparecem quando não se espera,

eram sete horas da manhã e trinta e sete minutos,

e o que não roubaram, destruíram, patifas, farsantes, só pelo prazer de nos fazer miseráveis, de posses e de alma, a esfrangalharem os nossos pequenos ínfimos tesouros, os brinquedos dos meninos, a esborracharem os nossos pombinhos, a levarem pela corda os nossos cães,

mas os cães que nos odeiam,

nessa altura não nos odiavam ainda, menina,

como sabes tu, Maria Alzira, a hora e o minuto tão precisos?,

porque fui eu que carreguei nesse dia o relógio de parede debaixo do braço, ficou com os ponteiros parados até hoje, não lhe voltei a dar corda, tenente, ó seu tenente, dois passos para trás e um para a frente,

é por isso que a chamam tenenta? por ser mulher do tenente, qual quê? ele não é tenente não é nada, é um bandoleiro, bruto e analfabeto chamado Manuel Joaquim, que se fez chefe de um bando, por onde Manuel Joaquim passava deixava estrago, arranho, invasão, vestígio, lenda, alvoroço, desordem, pele rebentada, sangue, filho na barriga das mulheres dos outros,

quando se punha em nós levantava-nos as saias até nos abafar a cabeça, e ficávamos ali, naquela escuridão sufocada de solavancos, e por acaso vos fazia um favor?, como se cobrindo-vos carinhosamente a cabeça anulasse a violência que vos fazia por baixo, é verdade Celinha, poupava-nos a humilhação ao não nos fitar a cara, o olhar dele queimava, o sorriso feria,

ganhou o respeito de muitos malfeitores, contrabandistas e desertores por nada temer,

nem a Guarda,

muito menos a Guarda,

nunca ninguém o viu correndo, escapava-se sempre, mas sem pressas, olhando para trás com um sorriso de esguelha,

e seus dentes de lodo,

até no falar não mostrava pressas, o que petrificava quem o afrontava eram os seus silêncios, fixava um pássaro ao longe, seguia-lhe os círculos com o olhar, cuspia para o chão, manejava a faca com uma lentidão ímpia, retalhava a pele com vagar, prolongava a tortura com prazer,

e as mulheres estavam loucas por ele,

estranhas, as mulheres de antigamente,

não nos julgues por sermos desses tempos, Celinha,

há coisas que não se explicam, Celinha,

ele vos lançava ao chão e vocês deixavam-se ficar quietas e caladas, ainda se deliciavam por serem daquela vez as escolhidas, mesmo sabendo que ele se servia de uma como de outra qualquer, obedeciam-lhe sem se debaterem, sem lhe esfolarem a pele com as vossas unhas, sem lhe atingirem os olhos com torrões de terra, sem lhe trilharem a língua com os vossos dentes, como querem que nos comportemos se vocês se apraziam com a brutalidade do tenente, um homem que vem acumulando sangue dos nossos debaixo daquelas garras de predador com fome,

é o que eu estou tentando dizer desde o início, Celinha, como podemos tomar de exemplo as vossas almas tão infectadas?,

cala-te, Casimira, que já muito falaste e parece que nos tens nojo,

eram silêncios onde não cabia o não, Celinha,

era uma dor com uma alegria breve dentro, Celinha,

eram outros tempos, Celinha,

não somos perfeitas, Celinha,

são rasgões na nossa existência, instantes vazios, não voltaremos a tocar nesse assunto, Celinha,

também tu, Maria Alzira, que dizes para nos abrirmos convosco e contarmos as nossas mais íntimas inquietações e agora renuncias à palavra, temos direito a perceber

e a saber se somos filhas do tenente,

ele quando se punha em nós e tapava-nos a cabeça com as saias,

a estopa a enfolar com a nossa respiração acelerada, e o que tem isso de misericordioso?, poupava-nos à vergonha, mas se era ele que devia sentir vergonha de vos derrubar, esmagadas contra o chão, a raspar os traseiros nas pedras, a arranhar os vossos corpos contra o matagal e as urtigas?, poupava-nos a humilhação de lhe vermos o esgar de deleite?, mais humilhação sentiria ele se visse que também era de deleite e não de medo o vosso esgar, poupava-nos a vida, Celinha, não calculas o medo, o sangue gelava-nos nas veias, pois sim, mas depois continuava a correr, como se nada fosse, sim, como se nada fosse, limpávamo-nos por baixo e enxugávamos as lágrimas, éramos furadas por balas perdidas, como na guerra de Espanha, aqui ao lado, mas nós não estamos em guerra, é porque andas distraída, Casimira, nós ainda não saímos dela,

mas ele violava as nossas mães, as nossas tias, cala-te, Casimira, e é já, que há palavras que nos arrancam pedaços de carne, como se tivessem boca,

espera lá se agora nos detemos em minudências, querem lá ver isto?

Celinha, se me conheces bem, sabes então quando eu digo que o assunto está terminado, não há mais apelação, além disso, as crianças aqui não têm pais, têm mães,

a quantos meses vais?,

talvez seis ou sete, que a barriga vai bem empinada e ainda não sinto o peso na bexiga,

que seja breve a tua horinha, Domingas,

obrigada, Maria Armanda,

a tenente agonizava de tédio, mas as malvadezas do marido botavam-lhe riso no dia, ele mata primeiro, pergunta depois, mas se os mortos não respondem, não lhe dizem o que ele não quer ouvir, gosta sempre de deixar a sua marca, cicatrizes nos homens, sangue pisado nas mulheres, é sua assinatura, daquele que não sabe escrever, diz-se que ganhou todas as rixas em que se meteu, mas quem ia obedecer a um homem chamado Manuel Joaquim, ficou o tenente, por se ter casado com a mandante das operações, ela sabe falar, tem estudos, e tática, conhece bem em que pedras pisa, nunca calca em pavimento incerto, mesmo com as sandálias de meio saltinho, sim, mesmo com as sandálias de meio saltinho, e em resvaladiço terreno,

dizem que mandou vir um piano, e o homem da jangada tanto penou quando viu carregado por cinco homens aquele monstro entrapado, que gemia e gania notas amotinadas a cada guinada nos rápidos do rio, dizem que partiu duas costelas para equilibrar o instrumento na embarcação, era para agradar a Séfora, mas ela nunca lhe tocou e logo a tenenta se enfastiou, a sua coluna lânguida já não se acostumava à postura de antigamente, e os dedos arrastavam um braço húmido, por cima do teclado, e em seguida a bela cabeça pousava bocejante sobre o marfim,

sim, senhora, que bela coisa, a sua marquesa tenenta, acudi aos seus caprichos, que vossos desejos são ordens, vossas cismas música celestial, e, se não tocava ela, mais ninguém haveria de o fazer, nem a Séfora, a pobre, a pobre?, se a mulher é uma megera, olhos de brasa, coração em cinzas, pena tenho de nós, que nem concertina, que aqui o vento é que é orquestra,

e o piano?,

lá está emudecido, a ganhar bolores nas pernas e fungos entre as teclas, a humidade enferruja-lhe os mecanismos, uma vez levantaram-lhe a tampa e era ninho de cobras-d'água, ai valha-nos a virgem santa, antes os nossos escorpiões amarelos, nem me fales disso, que vêm presos nas couves e a picada é mortal,

ó Marcelinha, então vais de fugida, foste a última a chegar e a primeira a abalar?, pois vou tão pesada, que as mamas me incham de dores e o leite sai pingando, os meninos sugam muito, tanto o meu como o outro, lá devem estar a bradar à desgarrada, com as pancinhas vazias, não dão folga às gretas que sulcam meus mamilos, adeusinho que já lá vou, vai com Deus, Marcelinha, e não te esqueças de botar membrana de ovo para te aliviar as rachas, quantos meninos do rio temos na aldeia?, perguntas bem, Maria Alzira, mas contando com o da Marcelinha, todas as grávidas e mulheres com bebés pequenos têm alguns a seu cargo, mais de dez?, muito mais, ultrapassam a vintena, no quilombo há uma praga de malária que as mães, de pavor, enviam os seus bebés para aqui até que robusteçam e aguentem a pestilência lá dos pântanos, mas que mulheres cobiçosas e imprevidentes, quantas vezes já vos dissemos que aceitar mais de dez meninos é muito arriscado, e se a morte nos leva algum, e se algum acidente?, garotos pequenos sempre acabam se metendo em avarias, põem em risco a aldeia inteira, tenta compreender, Maria Alzira, os tempos estão maus, por cada bebé que aceitamos, recebemos mantimentos a cada mês que passa, dá para sustentar uma família, não é coisa que se recuse, por cada um deles que nos morre, cumprimos o trato e entregamos um dos nossos, mas têm observado as regras, ao menos isso, querem cair numa armadilha?, aquelas mães são ardilosas como qualquer um do quilombo, têm manhas e embustes, pois sei, mas verificam se a criança não vem já de lá doente?, geralmente sim, mas tens razão no que dizes, às vezes as mães mostram-nos os seus filhos que do lado de lá da margem nos parecem roliços e rosados, e depois lançamos o cestinho na roldana do tronco, e chegam-nos crianças enfermiças, cheias de roupa a disfarçar a magreza, com o sangue das mães a pintar-lhes as faces, e esse tronco, essas cordame e esse cestinho vão bem seguros?, é que o rio corre tão revoltoso nessa zona, os calhaus tão escarpados, e tantas transações já aconteceram por ali, não temem que o tronco ceda?, sim, temos muita precaução, porque as crianças se revolteiam no cesto, querem-se pôr de pé, se assustando com os roncos do rio, e com os prantos das mães na margem, já chegámos a passar na cestinha um menino de dez anos, e o tronco vergava e rangia, nessa altura ninguém falava, eram só as nossas respirações, as mães do lado de lá e as nossas, e o sopro das correntezas pelo meio, tem de ser a Maria Alfreda a fazer esse serviço, ela leva muita prática, não lhe tremem as mãos e leva segurança nos braços, ai, mulheres sem consciência, que ainda vos cai uma criança em baixo e uma desgraça em cima, depois queixam-se dos bicos dos peitos rachados, amamentam aos três e quatro de cada vez, é muito escrava a nossa vida, mas os meninos do rio são a nossa ventura, triste de quem não tem leite, sofre a família inteira, todos os meses à hora marcada lhes levamos os filhos e elas os ficam admirando, do lado de lá, e acenando, alguns meninos já sentem as mães e choram, mesmo com o rio pelo meio, outros lacrimejam nas primeiras vezes e depois deixam de querer olhá-las, e, perante os incitamentos das mães a gritar por eles, a suplicar por um reconhecimento, um sorriso, uma mãozita estendida, escondem a cabeça no nosso pescoço, entre os nossos cabelos revoluteados,

parte-se-me o coração, vê-las de joelhos na beira do rio, de olhos pingados, a levar as mãos à cabeça, a arranharem-se na face, num grande alarido, ora se são umas bandidas, assanhadas, oferecidas, é ver se elas querem abandonar o quilombo e vir para o nosso lado trabalhar, nem digas isso, quando é hora de ser mãe, bandida ou não, pouco interessa,

e vocês não têm medo?, que com tanta algazarra, mães gritando o nome dos filhos, os meninos do rio chorando, vocês prestando contas, não têm medo de que algum homem vos descubra?, não, é coisa de mulheres, eles não frequentam a passagem desse volteio do rio, elas tapam a cova por onde se afundam, por baixo das raízes de um canavial, vêm esfoladas e cheias de terra nos cabelos, e nem cá nem lá fazem perguntas, os homens tratam da sua frota na raia, nós da nossa, e outra coisa, Maria Alzira, nos últimos tempos tem vindo sempre com elas a nora da tenenta, quem?, a mulher do gémeo que não partiu, a Maria Albinha, vem sempre carregando o seu menino nos braços, primeiro pensámos que nos vinha entregá-lo, mas que se arrependia no último momento, depois continuou a vir, o seu menino pequenino já andando por ali, sem sinal de doença, ouvi dizer que ela própria é uma menina do rio, a Maria Albinha, como pode lá isso ser?, ora, são histórias antigas, dizem que a paga eram roupas finas e sapatos de cidade, não foste tu, Maria Alzira, que foste comprando um a um estes presentes, e os tens guardados no teu armário?, já não tenho a lembrança...,

às vezes, jogam uma medalhinha ou uns brincos dentro da cestinha dos mantimentos, é para nos presentear a nós, porque julgam que assim tratamos melhor os filhos delas, e não tratam?, tratamos pois, quantas vezes deitei lágrimas por ver ir na cestinha um menino rechonchudo e roliço, que dantes era enfezado, pernitas de coelho esfolado, é uma dor de alma, e mais vos digo, quantos mais meninos do rio viverem aqui connosco na aldeia, menos nos cortam a água no dique, ou julgam que é por acaso que não nos têm havido falhas nos últimos tempos?,

estou desejando que o meu pequeno nasça para que possamos ter um ou dois meninos do rio, temos passado muita fome, não fazes senão bem, Domingas, a Patrícia que nunca quis acolher um menino do rio, porque achava indigno oferecer sua mama para os filhos dos outros, metia-lhe repulsa, e agora anda catando batatas greladas e respingando grão miúdo, após as colheitas, em campos de hastes partidas e espigas secas, coitada, a fome ainda lhe abre espaço para orgulhos,

no dia em que a tenenta e a Séfora descobrirem essa vossas artimanhas é que quero ver, achamos que elas já sabem,

Maria Alzira, ela, a Maria Albinha, terá certamente contado, mas fecham os olhos, a mortandade de crianças era tão grande no quilombo, só os meninos fortes sobreviviam, os que vinham mais frageizinhos sucumbiam ao fim de uma semana, não é fácil viver numa ilha onde se cruzam os cortejos de caixões do tamanho de um braçada de feno, várias vezes por semana, a fazerem viagens na barcaça para o cemitério, e o uivo das mães que deslizava no arrepio da neblina do rio, gritos suspensos, a hesitar entre uma margem e outra, mas que cortavam a água dilacerados, demorados, no véu das correntes que remansavam para acolher aquela dor, uma lástima, os mosquitos não dão tréguas, alguns meninos são picados mal a cabecita desponta no parto e depois é uma questão de dias, aquilo é um veneno que se deita no sangue, qual quê?, alguns já vêm de mães infectadas, pequenos, sonolentos e molinhos, cheios de febre, vomitando a cada mamada, merecemos bem pelo trabalho que temos com eles, que às vezes deixamos os nossos esquecidos e passamos longas noites com os meninos do rio, a tentar que algumas gotas de leite permaneçam no estômago, tentando baixar a febre, eles sempre tremendo de frio,

e as mãe do quilombo sabem que vocês os deixam amarrados o dia inteiro a uma estaca como se fossem cabras?, pois então, é para os proteger, crianças que são nossas vêm para debaixo das nossas saias, as outras são capazes de sair por aí andando, empurradas pelo vento, e nunca mais ninguém as via, perdidas nas serranias, alcançadas pelos cães vadios, tens alguma coisa contra isso, Casimira?, se é para o bem delas,

talvez me faça espécie ver crianças amarradas como animais e só noto o vosso esmero em limpá-las no dia de levá-las a ver as mães, mas ó Casimira, que te opões sempre a tudo, explica-me lá uma coisa, o que é que percebes tu afinal de crianças, tens alguma?, alguma vez pariste?, estão saudáveis ou não?, ninguém pode dizer o contrário, saem daqui uma riqueza de meninos, e pomos tanto amor nas argolinhas que costuramos para as agarrar ao tornozelo, com muito algodão e carinho, para não deixar marca,

o que vale é que o vento nos azucrina, mas areja, limpa tudo, afugenta mosquitos e demónios, é curativo, os meninos medram de cabelinhos encarapinhadinhos, resistentes às pneumonias, que é uma beleza, há vinte anos que não há um tuberculoso em Nadepiori, dizem que a malária nem é a maleita mais grave no quilombo, então que pode ser?, a sífilis, que os deixa loucos e lhes cega as crianças, é no que dá andarem sempre se cruzando uns com os outros, como cães, credo,

mas ninguém fica doente muito tempo aqui na aldeia,

quando é para ir é para ir, esta terra não está cá com meias-medidas, quando alguém se despede da vida, até parece mal voltar a aparecer, é de mau tom, um morto nunca se alevanta,

vocês, as mais velhas, ajudam a que isso aconteça, bem o sabemos, geralmente os doentes morrem depois que as velhas da aldeia acabam de velar o enfermo, bonito serviço também esse,

Casimira, lá estás tu fazendo juízos, há doentes que não têm cura, estão marcando passo, são um peso para a família e para a aldeia, como a avó do Simão?, sim, Casimira, como a avó do Simão, o coração a bater num corpo falido, e o teimoso do moço nunca mais nos deixava entrar, teve de ser pela calada e um serviço incompleto, isso tem algum jeito?,

é isso, mulher, como se costuma dizer, ninguém dá valor a este pedaço de terra, os velhos não podem o que sabem, os novos não sabem o que podem,

pi pi pi pintinhoooo,

ouve lá, Maria Armanda, desde o início que andas nesse escarcéu, se fazes favor, vai lá para fora, mais o teu tumulto, que pareces uma gaiata que não se tem quieta,

mas qual tumulto?, então se não me queriam aqui, tivessem dito antes, há coisas importantes a tratar, não é só botar falatório a tarde inteira, mas já não cá está quem falou, vou-me andando, passem bem,

vai pela sombra, que o sol esquenta,

porque foste tu bruta com a Maria Armanda?, tem as suas coisas, mas já passou muito, isso passámos nós todas, mas vocês não sabem a história toda, nunca ninguém sabe a história toda, pudera, mas eu quero lá saber do pinto,

o Simão encontrou alguém lá em cima, quando vinha a acarretar a azeitona pela serra, como é isso possível, Casimira?, se encontrasse bandido do quilombo ou a Guarda não voltava intacto, pelo menos de certeza as azeitonas não chegariam com ele, vocês que reparam em tudo, tão atentas que andam às entradas e saídas das baratas de todas as frestas de todas as casas da aldeia, não notaram que vinha sem casaco e com as calças em fiapos quando se jogou ao poço atrás daquela ave sinistra, que sucumbia de boca aberta,

calha bem, Casimira, moços esfarrapados é o que mais se encontra em Nadepiori,

pois, mas aqueles não eram os rasgões do tempo e do vento,

que dizes então, mocinha?,

eram rasgões de raiva, de ódio, de quem não se limita a agredir o tecido e a macerar a pele, e quer atingir os tendões, a carne e o osso, eram rasgões com saliva,

os cães,

pois, uma matilha de cães selvagens saltou-lhe ao caminho, e como se defendeu ele lá nas serranias sozinho?, é como eu vos digo e não me querem escutar, ele não estava sozinho, explica-te de uma vez, Casimira, que me estás derretendo os nervos,

tanto querem que eu me silencie, quanto querem que me declare, pois sim, ofereci-me para ajudar o Simão a remendar as calças, mas ficámos ambos olhando aquela lástima, numa das pernas um rasgão descobria-lhe o joelho, noutra os frangalhos de tecido desfaziam-se em tiras, penso que envergonhado, abanou a cabeça, disse que não, já não tinham as calças serventia, só para trapo de limpar o chão, e foi então que me contou que lá na serra tinha sido assaltado por uma matilha, que dos pequenos que lhe atacavam as canelas ainda se defendeu a varapau, mas dos maiores que lhe saltavam à garganta só com a ajuda do outro,

mas qual outro?,

o homem do arpão,

diz que rachou o crânio de um dos cães grandes de alto a baixo, como fazem lá nos arraiais, com o atum, o quê?, o que é que tu sabes disso, do mar, dos arpões, do atum e dos arraiais do Algarve, rapariga?, nada, foi o Simão quem mo disse, o desconhecido mostrou-lhe o arpão que usou para se defender, é recurvo, mas aguçado, diferente das nossas armas da terra,

um arpão?,

porque vem um homem do mar aqui matar saudades da terra?,

porque se calhar não são apenas saudades o que ele vem matar,

Casimira, que mais sabes desse estranho?, que era coxo, bonito e amável, e também corajoso, porque rachou a cabeça de um cão raivoso e depois ele e o Simão lançaram o cadáver sangrando contra a matilha, que uivou de dor, mas logo se engalfinhou para o esquartejar e devorar, e foi assim que os dois escaparam, e o homem do mar, Casimira?, que mais posso dizer?, não sei, foi à sua vida, o Simão não é de muitas falas, está de mal connosco, desconfia de todas nós e eu não o censuro por isso,

Casimira, responde-me a isto com tento, tens a certeza de que esse homem desconhecido coxeava?, sim, Simão referiu isso, que arrastava um pouco uma das pernas,

o sétimo filho de sete irmãos,

que dizes, Maria Alzira?,

não era um desconhecido, aquele homem que ajudou Simão lá na serra, nem sequer era um homem do mar, o quê?, se a Casimira acabou de dizer que ele vem dos arraiais da pesca do atum, e esborracha cabeças de cães com um arpão de apanhar peixe grande?, hã, Maria Alzira, agora vais-te tão pensativa, sem dizer água-vai?, Maria Alzira, escuta a gente, aonde vais?,

vou dar corda ao meu relógio.

CAPÍTULO IV
É nestas paragens que vagueia a alma,

Um homem vem para a terra matar saudades do mar..., ninguém te disse que ia ser fácil, as saudades voltam-lhe, uma pontada aguda, um cheiro familiar que surge sabe-se lá de onde, um pássaro súbito que roça a passagem, um restolhar suspeito de folhas que pode ser apenas um ramo seco a despenhar-se, as espumas do mar a desfazerem-se na areia, um bater seco e persistente que se revela afinal tão íntimo e interior como o próprio coração, agora em dueto, os dois homens ofegam menos do esforço, mas ainda do susto que se prolonga, apesar de já anulado o perigo, o sobressalto ainda não lhes saiu dos rostos, palpitalhes no peito, batidas desaustinadas,
vespas de um cortiço incendiado,
os olhos não repousam, erráticos, ainda a rever os movimentos bruscos de há instantes, ainda a buscar mazelas, rasgões na pele, inchaços, a vasculhar a origem do sangue, à procura de mágoas, úlceras, chagas por onde ele tenha brotado e empapado as calças de um, a camisa de outro, apalpam-se como quem tateia um caminho na escuridão, procuram reconhecer-se, se os ossos se mantêm por debaixo dos dedos trementes, arquejam enfim, um de cócoras, o outro apoiado

na carroça de azeitona, que milagre, naquela amotinação de há pouco nem uma se derramou, os olhos de Simão vagueiam pelo chão, à procura de alguma tresmalhada, nada, nenhuma, apenas a poeira a assentar após a convulsão, os rastros de unhas fincadas na terra, a gravilha arrepiada, manchada de sangue, acumulado em poças ou a formar trilhos vermelhos que se apagavam na vegetação, tudo revolto, uma orelha cortada, ainda sangrante no chão, e essa amputação, Simão tinha a certeza, saíra da sua navalha, apesar de ter dado mais golpes no ar do que nos cães que os atacaram à traição,

sempre se ataca à traição, e se defende por obrigação,

ou por instinto de sobrevivência,

vai dar no mesmo,

o silêncio depois do caos, a avó não iria aprovar o desalinho da sarrafusca, mas quem iria compor agora o caminho, era andar e seguir assim que as pernas lhe obedecessem,

se eu pudesse não andava nisto,

murmurou Simão, tão baixinho que talvez fosse antes um pensamento alto, quem ousaria ser o primeiro a quebrar aquele silêncio tão intacto, depois dos gritos, dos rosnidos, dos ladrares, dos chiares, como furar com um alfinete uma vidraça, o vidro começa a ceder, a abrir caminhos improváveis, que bifurcam noutros e estes noutros, e daí a nada uma teia de aranha feita de sílica transparente, sem flexibilidade nenhuma, que se suspende na sua imponderabilidade até ao desabamento final, e ao inequívoco estrépito de vidros quebrados, estilhaços aguçados, mas aqui o estrondo não está para vir, Simão apenas abre a boca para recuperar o fôlego, o forasteiro que o seguia tem mais autoridade, Simão bem viu como ele rachou o crânio do cão que se lhe jogava às goelas com um instrumento que não era da terra, disso tinha a certeza, ele apenas decepou a orelha de um outro que se preparava para lhe lançar as mandíbulas raivosas à omoplata, e em torno toda a matilha num alarido cheio de rancor, que nem se compadecia com os queixumes dos atingidos, a canzoada ensaiava a aproximação, os homens sentiam-lhe o bafo embriagado de ódio, tentavam apanhá-los pelo lado mais vulnerável, os cães trabalham em equipa, chegam-se uns pela frente para outros atacarem por detrás, maldição, eles cercados, em óbvia inferioridade, uma navalha de bolso, um gancho de amarrar ao pulso para puxar o peixe ainda vivo que se debate, tanto sangue à nossa volta, vem um homem do mar escapar às touradas da água, tanto sangue, tinge-se a espuma, nunca tinhas visto espuma vermelha, densa e encorpada de tanto sangue?, sim, no rio da minha aldeia quando os republicanos de Espanha eram fuzilados e atirados das margens, e o cerco de tantos homens em torno da rede que estreitam, e os atuns numa aflição, e já sem oxigénio e já cravados de arpões, ainda assim debatiam-se contra a inevitável morte e estrebuchavam, olhar fixo, esferas pretas, círculos exatos, quando lhes cravava o gancho e num golpe de força de braço e costas, Constantino os puxava para dentro do bote, as suas mãos gretadas do frio e dos cabos, infectadas do sangue salgado, e das escamas infiltradas sob a pele, cicatrizes tenras a serem trilhadas outra vez, mais um atum alçado para dentro, vergastadas das caudas e das barbatanas na face, nas pernas, eles renitentes em morrer, mesmo já estando mortos, são atos reflexos, explica o mestre da embarcação, os últimos estertores da morte,

nada disso,

refletia Constantino, as criaturas do mar resistem a morrer fora de água mesmo já estando condenadas, tal como as criaturas da terra esperneiam, voltam à tona, se atiradas à água, ele bem sabe dos fuzilados, que, ainda que baleados, não iam ao fundo, antes ainda revolviam as correntes, agitavam-se, faziam espuma e muitos erguiam das águas uma mão contrariada, crispada, de pianista encolerizado ao tocar os últimos acordes, porque há sítios certos para morrer, tal como há sítios certos para viver, aquele não era seguramente o sítio certo para viver, o arraial de pesca do atum, uma centena de famílias concentradas numa praia, barracas construídas com pedaços de barcos que o mar jogou fora, a sua subsistência sujeita à rotina de um enorme peixe demasiado tímido, demasiado constante, demasiado fiel a hábitos ancestrais, que nem cabem no tempo humano, de passarem por ali, junto à costa de Tavira, seguindo a rota da desova, do Atlântico para o Mediterrâneo e deste para o Mar Negro, todas as Primaveras, cardumes que enegrecem o mar, no seu percurso de milénios, até encontrarem pelo caminho a mais pérfida das armadilhas, milhares de boias de cortiça em cima e, no fundo do mar, o insolúvel ferro das âncoras, que sustentam arames, correntes, cabos de aço e amarras, e a funesta rede escurecida com alcatrão, e o pobre atum é peixe pacífico, não quer arranjar problemas, é espantadiço, assustam-no as sombras das redes, afasta-se, amedronta-se com aquelas arquiteturas sinistras no meio do caminho,

algas não são certamente,

e então não investe a sua corpulência, não as rompe, evita-as, que é o que fazem todos os cobardes, já bem basta o pavor que lhes provocam os roazes, ávidos, ruins, que com metade do seu tamanho, e em poucos golpes das caudas horizontais, os alcançam, numa corrida insana, para arrancarem de uma só dentada, ainda vivos, os seus fígados gordurosos, cheios de nutrientes, e desinteressam-se da carcaça, a vogar no turbilhão até se despenhar nas profundezas, seguida por milhares de criaturas miúdas, oportunistas, atraídas pelo lastro vermelho, os peixes grandes comem os pequenos,

isso diz quem só vê o mar das suas margens, pensa Constantino, quem anda embarcado nele conhece-lhe os âmagos, muito além das frases feitas,

os peixes pequenos é que comem os grandes,

e é por isso que os pescadores do atum temem as águas turvas, mais que os temporais, o atum tem de se amedrontar, tem de se aperceber do cordame, das suas sombras infaustas, afastar-se das redes, ser encaminhado ordeiro para a chacina, por canais labirínticos, infernais, que estreitam, afunilam, curvas, contracurvas, até se atravancarem no beco da armadilha, sem saída,

como é que isto nos aconteceu?,

o copo, e aí tudo é irreversível, não há regresso, por alguma razão o atum é um peixe, ao contrário do astuto e mamífero roaz, que usaria a sua força para rebentar as redes, aos atuns, coitados deles, dá-lhes para se inquietarem muito, quando o oxigénio lhes falta, quando mal conseguem nadar, acumulados na câmara da morte, e talvez só se apercebam mesmo de que chegaram ao fim aquando da vozearia de dezenas de homens que os cercam, apavoram e espetam, e lhes arrancam pedaços de carne, e lhes levam os olhos enfiados nos arpéus, e ainda aí não investem contra o homem, quando uma só vergastada da cauda bastaria para lhes esmigalhar as vértebras, os homens que mergulhados naquela papa de sangue e sal continuam a golpear, encavalitam-se nesses gigantes moribundos, até os puxarem para os botes, a esguicharem para os olhos, para a boca, para os cabelos, lá em cima as gaivotas alardeiam sedentas, cheira a açougue, uma carnificina nauseante a aquecer ao sol, os homens saem do cheiro mas o cheiro jamais sairá deles, esconde-se no esbulho das unhas, nas reentrâncias das raízes dos cabelos, nas cutículas, nos poros, nos folículos de todos os pelos, um cheiro que regressa sempre, ainda agora neste banho de sangue em terra, nos miolos derramados do cão de cabeça aberta pelo arpéu, foram sete anos a esporear atuns, a transportar âncoras pela areia, dezasseis homens com uma tonelada às costas, passos sabiamente sincopados, a âncora disposta no ângulo certo na barcaça,

cada erro cometido em terra paga-se no mar,
e agora que erros do mar venho eu pagar em terra?, que ainda agora fugi do mar e já me vejo mergulhado nele,

se eu pudesse não andava nisto,

quê?,

Simão que nada, abanou a cabeça, o pensamento saiu-lhe pela voz sem ele dar conta, os dois homens comunicam com o olhar, como os cães que sem falarem articulam o seu ataque, estes concertaram a sua defesa, costas com costas, olhos a varrerem os caninos lascados e amarelos de tártaro, de onde escorria baba, cada um a empunhar a sua arma, um arpéu e um canivete contra uma dezena de dentes aguçados, venceram o cerco, os dois a mesma ideia, sem precisar falar, sem quebrar aquele silêncio acuado, arrastaram o cadáver do bicho deposto a seus pés e lançaram-no na direção da matilha, daí a nada rosnares e mandíbulas ofegantes de fome a esquartejarem o cão de cabeça aberta, cada um a disputar o seu quinhão, a fugir para longe com a posta que conseguiu arrancar, dispersavam,

a fome é o melhor boicote para uma emboscada, vence todos,

Constantino encontra enfim o rasgão no braço direito, o sangue verte tranquilo, como se aproveitasse o momento de distração para desertar daquele corpo impuro, cheio de pecados, ainda sem precisar de trocar palavra, Simão rasgou em tiras as mangas do seu lastimoso casaco, pelo menos serviria para estancar o sangue, em troca do seu gesto,

ficaram os dois canhotos,
Constantino ofereceu-lhe o arpéu, que não, retorquiu Simão, ele tinha de regressar, atravessar a serra ao anoitecer, os cães poderiam fazer-lhe outra cilada, Constantino respondeu-lhe que só dizia as coisas uma vez, o arpéu estava-lhe oferecido, as pessoas do mar tornam-se supersticiosas,

quem dá e torna a tirar,

pode ir parar ao mesmo sítio de onde veio, que a ideia mais próxima de inferno era o arraial de atum,

cada um de nós tem o seu inferno privativo, balbuciou Simão, e, enganchando-lhe o arpéu na presilha das calças, sou homem pacífico, vai-te fazer mais proveito que a mim, vais ver, teimoso do moço, abanou a cabeça Constantino,

o meu inferno tem pó, vento e as mulheres mais feias de todo o Alentejo, chama-se Nadepiori, é a minha terra e o meu tormento ao mesmo tempo, não tenho para onde regressar, Constantino lembrava-se dessas mulheres, sempre esgrouviadas, cobertas de poeira, de cantos dos lábios gretados, e os cabelos alterosos, como se aspirados por uma sucção malévola, daninhos e sujos, como as redes embaraçadas e imprestáveis após a pescaria, e depois aqueles jeitos de andarem torcidas olhando o chão e espreitando só com um olho para cima, no quilombo julgavam-nas embruxadas, e os chumbos de fazer tombar as saias, não deixando à vista uma tira de pele, poucos se atreviam a atravessar-se no seu caminho, vingavam-se nos seus homens e filhos em rixas de fim de estrada, no passado abusaram delas, mas se lhes cobriam as cabeças com as saias enquanto as violavam não seria por respeito ou pudor, era porque tinham medo de que os olhos delas se revelassem, de súbito, no ato, eles cobiçavam-lhes as mulheres às ocultas, tentavam adivinhar-lhes os olhos sob as pálpebras franzidas, em fenda, por causa do pó, e encobriam entre canaviais e arbustos cúmplices os seus espreitares lascivos, ali, inertes, cheios de cãibras, a engolirem a própria respiração, só para apreciarem o espetáculo dos seus banhos no rio, nuas, felizes e despreocupadas, ele próprio, Constantino, e o irmão, Camilo, alinharam muitas vezes nestas expedições, iam com os outros homens, silenciosos como caçadores de gazelas, observar do lado de lá da margem a nudez de ninfas, num estardalhaço de risos, salpicos e folguedos, elas, só com as crianças de colo, fizesse calor ou mesmo frio, até que os corpos desnudos arroxeassem, era um ritual secreto, só às mulheres de Nadepiori pertencia, longe estavam elas de imaginar que os banhos nus no rio faziam sucesso e eram comentados no quilombo, pensavam elas que era um momento íntimo, irrevelável, apenas delas, e estancavam na torrente a sede acumulada na aldeia, mas nada disto Constantino achou prudente revelar a Simão, tanto mais que estava em curso um processo negocial entre eles, havia pactos que precisavam de ficar assentes, havia que proceder ao remendo da ténue confiança, com uma agulha de cirurgião daquelas que une peles e carnes com muita precisão, para não sangrar ainda mais, fora de questão tocar num tema tão delicado como o das mulheres de Nadepiori e seus rituais nudistas, e o dos homens do quilombo que se gabavam de as espiar, de lhes dar alcunhas, e as conheciam a todas pelas partes do corpo, como num talho, as mamas de uma, as pernas de outra, as nádegas de uma terceira, muito menos falar-lhe da mãe, a mulher mais generosa que conheceu, dava-se sem nada pedir em retorno, nunca conhecera alguém assim, amamentou-o a ele e ao irmão gémeo, e todos os catraios do quilombo andavam agarrados às suas pernas, ela, já de mamilos descaídos pelas bocas ávidas de tantos filhos e ancas de ânfora amolgada, passava a murmurar irrelevâncias e com ela uma revoada de crianças, quando lhes davam os pavores, quando os homens se embriagavam e estalavam brigas das grossas, pior que as trovoadas, quando os pequenos se sentiam mortiços da malária, a mãe de Simão acolhia--os a todos, mesmo que tivesse de se acomodar no chão de pedra, no cubículo húmido que lhe destinaram, para dar lugar a mais um menino na sua rede, e eles acalmavam com o perpétuo sussurrar de coisas nenhumas, que se referiam ao que se lhe passava pela cabeça ou pelos olhos e ouvidos, um gatinho perdido da ninhada, a luz da Lua coada pela fresta da porta, o som da água a correr, tão tranquilizadoras, tão longe dos seus reais quotidianos, que era tudo menos banal, quantas vezes os gémeos, sempre com a superioridade numérica a seu favor, sempre a coberto da autoridade dos pais tenentes, e também, já então de pequenos, fazendo uso de uma força bruta que herdaram do progenitor, expulsavam os restantes meninos ao encontrão e ao pontapé para a ter em exclusivo, e ao rumorejar de cascata que saía da sua boca, e enroscando-se nela, cada qual sugando o seu mamilo adormecido, era preciso que Simão não soubesse que fora precoce e forçadamente desmamado, desprovido de mãe, para que ele e Camilo tivessem uma nutrição fortificada nos primeiros anos de vida, nada de abrir feridas antigas, que ele já levava uma de cima a baixo, fendida, infectada e purulenta, que nem sete anos de mar conseguiram lavar, pelo contrário, a ferida não sarava, e abria mais e mais, de tal forma que ele teve de regressar, não fosse sucumbir a uma sangria desatada, cindido, ele, de cima a baixo,

    como um atum golpeado, alçado para fora do seu meio,
    dividido entre o passado e o futuro,
estou chegando para consertar o meu presente, foi o que disse a Simão, nada mais, sim, pôr um pano de mercúrio sobre esta carne viva, e ver a efervescência coagular o sangue até for-

mar crosta, e um dia cicatriz, mas isso só vai lá com o tempo, e Simão desconfiado, sabia lidar com pássaros, sabia que não se podia fazer gestos bruscos, à conta de muita paciência e brandura nos meneios, conseguiu a aprovação de Maria Angelina, e alcançou deixar-se domesticar por ela, não percebia nada de homens, fechava-se, olhava a orelha amputada no meio do caminho, já enegrecida de formigas vorazes, gostaria de expor ao forasteiro a sua teoria de as formigas serem um só inseto dividido em peças que palmilha o globo desde os primeiros alvoreceres do sol,

é bicho comprido,

mas talvez não fosse apropriado, nem o lugar nem a ocasião, o seu melhor amigo, o ruivo sem nome, há muito desaparecera e Simão ainda se tornara mais cerrado por dentro e desconfiado, que lhe vinha agora este homem ao caminho, que demonstrava um desinteresse quase ofensivo pela sua mercadoria, e falava de sangue e carne, e de peixes gigantes cor de alfazema pálida, e trazia à cintura aquele objeto ameaçador, talvez um pouco mais velho do que ele, mas não muito, que os homens do mar têm mais pregas no pescoço e no rebordo dos olhos por os levarem sempre franzidos de ver ao longe, a terra, ou o peixe ou os subtis sinais que o mar dá antes de as coisas acontecerem, e aquele tom tisnado mais para o alaranjado,

que nós, os da terra, levamos um tom ocre nos braços, no pescoço e no decote em vela invertida da camisa, marcas do trabalho de sol a sol inscritas na pele, contrastando com a branquidão do corpo leitoso, nas partes que jamais se expunham,

e Simão tirava-lhe as medidas, mais alto do que ele, mais forte, a arrastar uma perna, seguramente menos cansado, mas não, nem tanto assim, olhou bem para ele, tal como Maria

Angelina costumava fazer, menos cansado não, faça-se-me justiça, e percebeu-lhe as forças que ele ia resgatando das profundezas de si, na verdade era disso que ele tinha vivido nos últimos anos, levado o tempo a puxar, a puxar, puxando redes, puxando peixe, puxando âncoras, puxando remos a contrariar as águas, puxando a brasa do cigarro, puxando lembranças, e essas era mais à noite que lhe vinham e o obrigavam a largar a cabana feita de tábuas coloridas de barcos naufragados que davam à costa, chegando até à beira da ria com falta de qualquer coisa, falta de ar, falta da terra escura e fecunda, falta da água doce, falta do cândido piar dos pássaros em vez das gargalhadas sádicas das gaivotas,

não haviam elas de escarnecer, um ano inteiro, uma povoação inteira de homens e mulheres e crianças, um ano inteiro à míngua a engendrar a ardilosa cilada para peixes migrantes e pouco dotados de inteligência, para no final acabarem mergulhados naquela caldeirada de sangue, a cravar atuns até os botes não aguentarem de tanto peso, e as gaivotas de pança a abarrotar também dos pequenos peixes seduzidos pela matança alheia, e os homens de pança vazia, a alimentar os filhos com as cabeças, as espinhas e os rabos do atum, crianças esfaimadas e nuas, com olhos de furão a ver de longe o naco que o pai trazia para casa, porque no final do dia cada bocadinho de atum era contabilizado, esquartejado cientificamente para não perder a sua carne e cortado em tiras fininhas, enfiadas em azeite nas caixas de latão herméticas, da fábrica conserveira, cada grama contava, nada se desperdiçava, tudo pertencia ao patrão do arraial, pois, não havia de pertencer?, se até o ar que inspiras tens de devolver,

a falta da sua casa, a falta da sua ilha de rio, a falta do seu irmão, a falta de suas tropelias cúmplices, de tanta coisa, e aí vinha sempre uma silenciosa mão puxar por ele, uma mão de mulher áspera como lixa, pele de tubarão, porque muito ele puxou e muito foi puxado,

e trazê-lo de novo à barraca, reconciliar-se com os sonhos, as saudades e os pensamentos maus, e sentindo com incómodo o olhar fixo de Simão, quem estava ele pensando que era para lhe olhar por dentro que nem ave de rapina?, e notou que algo se movia nos restos de casaco manchado de Simão largado na terra, ainda com a adrenalina de há pouco a trancar-lhe os maxilares, alçou a bota para esmagar aquele pedaço de vida que ousava manifestar-se diante deles, Simão rolou pelo chão e protegeu o farrapo que se contorcia, a pequena abetarda, tantas vezes esquecida, tantas vezes reaparecida, que milagre a salvava de todas as peripécias e solavancos deste caminho, a vida é mesmo assim, põe-lhe Deus a mão por cima com certeza, enquanto que a outros basta um dedo para esmagar, triturar, ou estalar entre as duas unhas do polegar,

fazendo fé que Deus as tem às duas,

e faz uso de ambos os polegares, dado que muito se tem posto em evidência este dedo oponível na marcha da humanidade, muito mais do que uma certa costela ou um muito modelável barro,

insuflou em Suas narinas um hálito de vida,

e soprou-lhe, vai e vê o que te acontece, e é isto, procurando bem sempre se acaba encontrando, é nestas paragens que vagueia a alma, pois seja, consentiu Simão, que não se atrevia a contrariar o forasteiro, mas eu, se me encontrasse a sós com a minha alma aqui na serra, era capaz de me assustar, é um buraco profundo, não podemos deter-nos a olhá-lo, que nos suga lá para dentro, e depois tornar a sair é o cabo dos trabalhos, há quem fique lá preso para sempre, como esses pobres atuns de que falas, que se vão adentrando na armadilha até já não terem escapatória, e a mim ninguém me resgataria do fundo do poço, nem à força de um arpão, estou sozinho neste mundo, e os dois únicos seres que me aguentam aqui,

    luzinhas dos meus olhos, diria a minha avó se cá estivesse,

    nunca me poderão valer, mais lhes valho eu a eles, contanto que não se atirem eles ao fundo das suas almas, senão estamos perdidos os três, Simão a hesitar se lhe devia falar da ave de rapina, Maria Angelina, que neste momento perscrutaria o caminho à sua espera, e o menino enfezado, repudiado pela aldeia, que neste momento também no alpendre à sua espera, Constantino num gesto lento que herdou do pai, mas não o sabia, de enfado e desinteresse, continuou limpando as feridas,

    nisto os cães são mais afortunados, faz-lhes bem lamber as feridas, pois lhes foram atribuídas propriedades curativas, analgésicas e antibacterianas nessa baba,

tudo o que estes dois homens não sabem, mas suspeitam, a eles resta-lhes chupar o sangue e cuspi-lo de seguida, antes que qualquer verme malévolo se lhes intrometesse nas veias, mais por hábito do que por certeza da eficácia do procedimento, faziam porque viram fazer, e Constantino ia chupando e cuspindo e pensando que diminuídos mentais são estes homens de Nadepiori, na volta bem mais interessantes são suas mulheres, não haja dúvidas, pois que a fome lhes atrofia os miolos, está bem de ver, pela forma como o pobre diabo se agarrou àquela abetarda esquálida, que a carne que conseguirá arrancar dos ossos tenros não caberia numa casca de noz,

    eu poderia viver apertado numa casca de noz e me considerar rei do espaço infinito,

não estou dizendo nada, apressou-se Simão, são coisas que me vêm à cabeça, as palavras são as recordações que trago sempre comigo de um amigo estrangeiro que não mais tornei a ver, ah,

foi a interjeição mais eloquente que Constantino conseguiu esboçar, nem uma fibra do seu rosto movia, e confirmou o seu diagnóstico,

pobres gentes da terra,

e Simão desconfiado de que o outro caíra num desses abismos da alma onde as águas não se bebem, são profundas e escondem monstros marinhos, suspirou de genuína compaixão,

pobres gentes do mar,

desde o meio do caminho que Constantino ia seguindo Simão, a coberto de árvores e pedregulhos, que homem este que se presta a esta travessia, colocando-se no lugar das bestas, estirando os músculos nestas subidas escarpadas, e ainda se deixa ficar para trás, no território dos cães raivosos, sem sequer levar consigo um cajado para se proteger, submetendo-se às emboscadas dos capangas do quilombo, que não hesitariam em confiscar toda a mercadoria e ainda fazê-lo passar um mau bocado, se estivessem bêbados ou ressabiados, mas ele não estugou o passo, não acautelou a discrição e ainda se deixou atrasar e ficar para trás, enquanto os companheiros desapareceram sem olhar por ele na última curva da serra, e via Simão divagar no seu caminhar, anda aos círculos, distrai-se, passos incertos, quase morto de fadiga, encadeado pelo sol, ainda assim enrodilhado nos seus pensamentos, incapaz de se focar no fim do caminho, vai sonhador, a falar sozinho, cada relance de pássaro era motivo de abstração, a indagar os motivos daquele piar cortante e metálico, e Constantino perplexo, que homem é este que procura entender o canto dos pássaros, que puxa carroças temeroso, mas depressa se esquece dos seus medos, refém dos seus vagares interiores?, que homem é este de andar cambaleante, que mais parece num barco à deriva que perdeu o leme?, assim visto à distância diria que se trata mais de um homem do mar do que da terra, Simão é um ramo arrancado a um tronco que nunca dará frutos naquelas paragens, na verdade ele vai pelo trilho, mas o seu ânimo foge-lhe por outros atalhos, talvez esta mesma sensação de despertença unisse dois seres tão díspares, também Constantino todos os dias dos setes anos que passou no arraial se enjoava com o sabor da sardinha seca, se arrepiava com as risadas das gaivotas, se comichava com areia que se infiltrava entre os dedos e nos ouvidos, se enojava com o cheiro a caril das flores amarelas das dunas, se conflituava com o mestre da embarcação, e, pior do que tudo, se compadecia do peixe que caçava tão brutalmente, e ficava com a sensação de que todos aqueles olhos mortos empilhados no bote se desviavam na sua direção, era uma culpa que ele não podia mais carregar, não lhe pertencia, talvez ele e Simão se entendessem, no final de contas, dois seres desterrados, renunciados pelos outros, quanto mais se aproximava, e agora já não procurava ocultar o ruído dos seus passos, algo nos seus jeitos aluados, no seu perfil perfeito, lhe traz à lembrança a mãe deste homem,

que só paria filhos lindos, cada qual de pai diferente, Constantino, mais conciliado com o seu plano, precisava de Simão, da sua cobertura, da sua confiança, da sua fraqueza até, e da sua guarida, já que era a sua casa a primeira à entrada da aldeia, mais resguardada dos olhos de vigia do mulherio, não, não é para mim, tentou explicar a Simão, ele cada vez mais assombrado com aquele salteador, que fazia um desastrado esforço para ser amável,

a amabilidade não estava na sua condição,
ao menos que lhe confiscasse a carroça de azeitonas, que lhe desse vergastadas, que o ameaçasse, estava preparado,

tremiam-lhe as pernas, os joelhos dobravam-se, ombros recurvos, e Constantino a disfarçar com dificuldade a repugnância que sentia por homens que se rebaixavam, em vez de reagirem até onde permitia a sua força,

podem desfazê-los, mas nunca dominarão a sua dignidade,

era a lei que vigorava no quilombo, a do mais forte, os fracos ou se submetiam ou tinham de dissimular muito bem, não sobreviveriam ali nem um só dia, e se só por um pequeno sinal se denunciassem, um sobressalto de fraqueza, um gesto fútil a proteger a cabeça, os outros caíam-lhe em cima, Simão, assim que escutou os passos de alguém próximos dos seus, estacou, como uma estátua bem pouco elogiosa para o homenageado, uma estátua acanhada, de membros tolhidos e ombros assimétricos, e todo ele gemia por dentro, como se as suas articulações dobradiças de ferrugem, sem ousar sequer voltar-se, à espera do que estivesse para vir, Constantino já a começar a impacientar-se,

ao menos que tentasse fugir, estrebuchasse, vociferasse, rolasse no chão a pedir clemência, fizesse-se de morto como os caranguejos da praia, ante a sombra da gaivota,

agora deixar-se ficar assim, passivo, a aceitar a derrocada das pedras, sem sequer se desviar, a dar ambas as faces, de torso meio tombado e pescoço inclinado, a contraluz,

como um cristo negro, de cabeça pendida,

antes preferia arruaceiros, bêbados, capangas, bandidos, malteses do quilombo, que não se deixassem apanhar sem que o capturador levasse consigo bocados de pele debaixo das suas unhas, agora estes apanhadores de azeitona, amanhadores da terra, tão rasteiros quanto ela,

pousou-lhe a mão no ombro, desajeitado, mas deve ter sido com força demasiada, não sabia como ser dócil,

a docilidade também não estava na sua condição,

e Simão agachou-se no chão com as mãos a proteger a cabeça,

que palhaço, lamentou-se Constantino, era o que lhe faltava, estar agora a consolar um homem, ele que nem crianças gostava de ter por perto, não suportava a lamúria e a tibieza, devolvia aos outros a rudeza com que foi criado, mas tinha de fazer este esforço de comunicar com esta nuca torcida, costas corcunda de atum, mais vontade lhe dava de cravar o arpéu, conteve-se, Simão era o homem que melhor lhe convinha e, sim, o que melhor lhe daria cobertura, a si e ao seu plano,

voltar do mar para matar saudades da terra,

e sem qualquer alegoria nisto,

mesmo sem o encarar, explicou-lhe ao que vinha, nada de introitos, ou justificações, precisava da sua casa mas não era para si, nisto Simão, surpreendido, voltou-se para trás, então se não é para ti para que queres tu a minha casa, que não passa de um cabanejo velho, com o chão a desfazer-se de caruncho e mal calafetado?, é para uma mulher, para a tua mulher?, sim, e para outra mulher que não é a minha mas é como se fosse, duas mulheres?, sim, e uma vem com rebento e outra ainda por parir, Simão, abismado, percebeu que não podia negar o pedido, se é que de um pedido se tratava, naquelas circunstâncias parecia-lhe mais uma ordem a que ele não se podia furtar, como explicar a este forasteiro com maus modos que Maria Angelina não gostava de presenças estranhas dentro de casa, nem se atreveu, assentiu com a cabeça, talvez não fosse prudente levar a gaiata pequenita para o pé de Maria Angelina, ele tinha uma vizinha muito aluada que poderia acolher mãe e filho, tens a certeza de que ela não trará problemas?, não, a Patrícia vive enrodilhada na sua própria armadilha, pior que atum, já nem para o filho Isidro levanta os olhos, seja então, fica a mulher grávida na tua casa, Simão que sim com a cabeça, e Constantino agachou-se com ele, e com o bico do arpéu pôs-se a delinear na terra todo o seu plano, uma linha traçada que fugia em várias direções, teria de ser tudo muito discreto, pelo amanhecer, antes que o sol, com o seu estridente otimismo diário,

antes de este esmorecer de embaraço vão,

desatasse a acordar pássaros e toda a bicharada na esperança de algo por estrear, e de que sempre a cada dia algo de bom pode acontecer, e nisto tão embrenhados estavam, Simão no entender, Constantino no explicar, que nem deram pelo silêncio que se pôs de súbito, aquele mesmo que costuma acontecer no alvorecer, quando os animais da noite se recolhem e os do dia ainda não despertaram, como caíram eles nesta emboscada, sem perceber os sinais, cansados que estavam eles de ler o mar e a terra?, como não os dessossegou o silêncio que antecede os acontecimentos, sobretudo os mais ruinosos, se é quando mais se desatenta no perigo, mais se desanuvia o pensamento, mais se suspira de alívo, e os tendões do corpo se refreiam, que o mal acontece, e não foi uma derrocada de pedras que desabou sobre eles, mas mais de uma dúzia de cães, e suas mandíbulas raivosas, e suas babas infectadas, e seus olhos que se avermelhavam ao pôr do sol, a matilha agiu como sempre agia, articulada, e bem encorajada por ver dois homens agachados, ao seu nível, que a altura sempre impõe algum respeito, embora o rancor destes superasse até a maior cautela que a autoridade do homem e suas armas lhes pudesse aconselhar, os pequenos alçaram-se sobre as costas dos dois homens, tão rápido se levantaram e viram-se cercados, feios, medonhos, disformes, sarnentos, focinhos rachados, pelados, cheios de cortes e cicatrizes, a consanguinidade notava-se na desproporção dos membros, e os homens, costas contra costas, os dois venceram o ataque da matilha, é que, mesmo sem combinar, também se engendram num ápice estratégias de defesa, está no instinto, até no âmago do suicida, algo retido nas profundezas do ser, e que ao menor abalo vem ao de cima, talvez seja o renovar solar, a cada dia,

a necessidade de perpetuação dos humanos, que emerge em alturas de grande perigo, a maldição de continuar é salvamento,

ficaram a arfar, tantos os animais quanto os homens derreados da luta, partiram os primeiros em retirada, mas podiam voltar assim que reunissem reforços, toda a precaução demandava que os homens fizessem o mesmo, mas Simão reteve Constantino um último instante, o seu desentendimento com certas injustiças do mundo sempre o fazia retardar, porquê?, porque nos odeiam tanto estes cães, aqui neste pedaço de Alentejo?, se fossem lobos ainda se compreendia,

o ódio ancestral das espécies,

mas os cães, que por todo o lado seguem dóceis os donos, parceiros de caçadas, cúmplices na pobreza, coadjuvantes de rebanho, guardadores de casas, protetores de crianças, e se nos caminhos de outras terras não se nos dirigiam abanando a cauda na esperança de algum naco de pão, ou um afago bastava, se encolhiam submissos, de rabo entre as pernas, de barriga rente ao chão, Constantino enfadado, em que buraco tem andado este enfiado, Nadepiori continuava a aldeia de fim do mundo, de homens de memórias atrofiadas, que se amparavam na fome e na lavoura, e no despotismo do vento para não ousarem sequer olhar para o passado, onde até as árvores tinham de se manter amparadas por estacas, como em bengalas os velhos, nada mudara ali naqueles sete anos de ausência, olha, foi num tempo tão antigo como o de antes das nossas infâncias, quando a barragem desviou o rio, e se formou ilha no quilombo, os teus avós e pais dos teus avós foram desalojados de Lençol de Telhados, a proximidade da terra era desaconselhável às traficâncias clandestinas que ali se transacionavam, foram escorraçados, abalaram em fila seguindo ao longo de uma ramada fina do rio,

e tudo o que lhes cabia debaixo de um braço,

o que é mais é nosso,

todos os vossos cães foram confiscados, tal como os vossos pertences, reviraram as casas do avesso, o que não nos interessava era estilhaçado com gáudio, os cães foram muito bem tratados no quilombo, tal como tudo o que nos era útil, só que um dia um homem desavindo com o meu pai,

que ali também se traficavam vidas, era talvez o negócio mais lucrativo,

e esse homem que o meu pai decidiu entregar à Guardia Civil de Espanha, a troco de muitas pesetas, era um comerciante de armas suíço, que fazia negócio simultâneo com os republicanos e com as falanges fascistas, sentindo-se traído, fez que abalava com a sua mercadoria em direção à barcaça,

na outra margem esperavam-no os homens da Guardia, só que enquanto abalava ia lançando minas que ficavam semi-imersas no lodo, sem se revelarem, a última fê-la explodir a meio do rio, antes disso lançou um grito que ninguém entendeu,

Je me casse la gueule, mais vous la casserez avec moi!,

e toda a população se dirigiu a correr para a beira-rio, a apreciar o lindo espetáculo de explosões grandes e pequenas que ali se produziu, do baú do armamento saíam fagulhas e pólvora que rebentava, como um fogo de artifício, e nisto dois homens na margem que a tudo assistiam com grande júbilo foram pelos ares, ao calcarem nas minas que o suíço havia plantado minutos antes, o meu pai mandou toda a gente recolher, e até foi a tenenta quem teve a odeia,

a odeia?,

sim, a ideia,

   disseste a odeia,

Constantino impaciente, mas afinal queres ou não queres ouvir a história?, que sim, Simão escutava como se reuniram todos os cães do quilombo, a mãe dera ordens, sem exceção, e como exemplo mandou à frente o velho cão meio cego que lhe dormia aos pés, os que estavam amarrados foram soltos, e pulavam de satisfação, cãezinhos de colo, muito temerosos, sempre debaixo das saias das donas, as cadelas prenhas, e as já mães seguidas pelas suas ninhadas, animadas de saírem das casotas, e a todos eles lançaram um galo de asa partida, os cães alvoroçados perseguiam a ave que esvoaçava de pânico e perplexidade, afinal de contas, sempre os humanos as protegeram dos olhares cobiçosos dos cães e gatos das casas, e agora isto, atiçados como se fosse uma festa e ele o bombo,

   tanto barulho por um pobre galo,

entusiasmados pelos incitamentos dos donos, os cães largavam em corrida, com um olho no molho de penas que lhes cacarejava à frente rente à água, e o outro no regozijo, que o seu correr proporcionava aos homens, e o primeiro a explodir foi um rafeiro alentejano fulvo, ainda jovem, muito bem estimado, muito gabado pela coragem e por já ter feito frente a um lobo, triplo do seu tamanho, ido em frente sem se deter, sofrendo dentadas profundas para proteger um cordeiro recém-nascido, que ainda não conseguia correr com o rebanho, sumiu-se no ar, e caíram as suas partes esquartejadas, assustados, os cães pretenderam regressar, a pedir proteção humana, mas encontraram um círculo de homens com cajados e pedras, que delineavam o perímetro onde o suíço poderia ter lançado minas, encurralados entre a água e a intransponível barreira, espavoridos pelas explosões que levavam mais um e um, e pelos pedaços de terra misturada com carcaças que lhes caíam em cima, atordoados pelas pauladas e pelas pedras que eram jogadas nos seus dorsos, os cães andavam em círculos num desespero, ganiam, implorantes aos donos, aos que dantes lhe alisavam o pelo e agora respondiam com pancada, e eles a fugir ao acaso, cada um para cada canto, cada vez mais as explosões se ativavam, e não deve ter havido nenhum recanto daquele lodo que não levasse marca de pegada de cão, foi uma manhã nisto, os cães exaustos de terror, feridos e com a pelagem coberta de sangue, os que vês, Simão, agora nessas serranias, são descendentes daqueles que escaparam a nado, atiraram-se à água, meio estropiados, já descrentes de que os seus donos, de rostos desfigurados de sadismo, ululantes de crueldade, os viessem salvar em nome da fidelidade que lhes tiveram sempre, e nada, corações extintos, mesmo na travessia, os homens arremessavam-lhes pedras na expectativa de os atingirem e submergirem em círculos sanguíneos, era o instinto de predador que já tinha sido acionado, tarde de mais para se deter, olhos raiados, bocas salivantes, conta-se que uma cadela, ensanguentada, protegia com o corpo de tetas pendentes os seus filhotes, e, de tão massacrada, com as pedras que lhe atiravam, já manca de uma pata e de olho esvaziado, não conseguia decidir-se, ou largar a nadar ou abandonar os seus cachorros, um uivado dilacerante, de um pedregulho de funda no lombo, fê-la abandonar terra, ainda assim, majestosa, sem se apressar, e levar a nado uma das crias, a mais fragilzinha, entalada entre os dentes, ela a deixar um rastro de sangue, diluído nas águas, enquanto as restantes carpiam de abandono e de pavor, pois nem estas, cujo peso não bastaria para acionar a mina, foram poupadas, e também as suas cabecinhas eram esmagadas à pedrada, a cadela seguiu pelo rio mas outra pancada em cheio na nuca fê-la ir ao fundo, quando a cabeça ressurgiu já não trazia o pequeno cachorro na boca, lançou um olhar para

trás, mas não em busca de nenhum dos seus filhotes, lançou-
-o aos homens, este ódio começou naquele exato momento,
 e o galo?,
Constantino deveras intrigado com este interesse inusitado de Simão pelas aves, talvez fosse um pouco lerdo o rapaz, fora deste mundo como a mãe, ora o galo, o que isso interessa?, o primeiro a escapulir-se do cerco, com certeza, por entre as pernas de um humano, foi-se a cacarejar de indignação de se ver metido em tais amotinações,

 homens e cães, pro que lhes havia de dar, e, já restabelecido do tumulto, arrepiou as penas e, no momento seguinte, estava a esgaravatar o chão, muito interessado numas raízes, a agitação deu-lhe uma fome súbita, esquecido do susto de há pouco, indiferente aos estrondos,
os dois homens partiram em direções opostas, Simão, ufano por chegar à aldeia com a mercadoria intacta, não iria ser alvo da chacota dos companheiros nem da censura da aldeia, com o pensamento já em Maria Angelina, que sentiria a sua falta e fome de carne fresca e latejante, Constantino vinha na direção oposta, a apertar a ferida no braço, e a arrastar aquela perna que, com o cansaço, começava a prender mais, e pensava nos bons tempos no quilombo, para uma criança rija,

 e ele e o irmão eram sempre o dobro de um,

 desde que sobrevivessem aos primeiros anos, se imunizassem à malária, se mostrassem fortes e destemidos, o quilombo podia ser um paraíso para catraios, os gémeos, protegidos pela autoridade dos pais faziam

 trinta por uma
_____,
e não precisavam de percorrer mundo, o mundo vinha até eles, com histórias assombrosas, personagens extravagantes, cada dia uma descoberta, cada noite uma aventura, aos cinco

anos manejavam armas e apontavam ao alvo, aprenderam as manhas do rio, as correntes e os baixios, perceberam que por viverem numa ilha não estavam isolados do Alentejo, o Alentejo é que estava isolado deles, observavam com interesse anatómico a bravura dos republicanos espanhóis, ali foragidos, a serem amputados por cirurgiões bêbados e sem perícia, e os feridos, sem soltarem um grito, apenas lágrimas mudas, os feridos que se embriagavam em éter até sucumbirem, os dois espreitavam os partos das mulheres, apanhavam em flagrante amantes escondidos atrás dos arbustos, conviviam com soldados, combatentes, contrabandistas, gentes dos circos, ciganas da sina, quiromantes, cuspidores de fogo, moços de cego, vagabundos, cadastrados, loucos, garimpeiros, mulheres evadidas dos conventos, poetas malditos, descendentes de Caim,

só nunca lhes apareceu, é curioso, pensa agora Constantino, um homem do mar, talvez isso o tivesse ajudado a não desiludir em adulto a criança que foi,

tinham por companhia prostitutas e padres amancebados, tinham por professores os mais preparados intelectuais em fuga da polícia de Salazar, o pai aceitava todos os rejeitados da sociedade, os cuspidos pelo sistema, os refratários da norma, via-lhes sempre alguma utilidade, e ia recebendo estes hóspedes excêntricos, como um vendedor de trastes usados que acumula velharias nos fundos da loja, que um dia podem vir a ser preciosidades ou render dinheiro, utilidade e lucro eram os lemas por que se guiava, dedicava a sua vida,

e fazia-o com gosto,

a contrabandos vários, extorsões, raptos, cobranças, a caçar cabeças a prémio, assassinar a soldo, atormentar a vizinhança, violar as mulheres, sem remorso,

executava lentamente, a faca a sangrar a goela num golpe perfeito, era a sua assinatura, não possuía um pingo de sentido ético, não devia fidelidade a ninguém, nem à lei, nem a fascistas, nem a democratas, nem à mulher, sequer a Deus, se num dia movia mundos e fundos e corria riscos, até de morte e prisão, para ajudar um clandestino, no outro dia entregava-o à polícia de vigilância, se isso lhe fosse proveitoso, se um dia acolhia um órfão que lhe chegara desvalido, noutro expulsava-o à pancada, nada era definitivo no quilombo, o tenente jogava a vida de gente todos os dias, e era consoante os dados marcavam naquele lance, só que o tabuleiro balanceava, como a barcaça do rio, a imprevisibilidade era a regra, a anormalidade a norma, e os dois gémeos felizes nesta inconstância, porque tudo podia mudar a qualquer momento, porque tudo era novidade, formavam bandos com os outros miúdos, escolhidos a dedo, tal como fazia o pai com os seus capangas, os mais hábeis a manejar a fisga, os mais rápidos a nadar no rio, os mais audazes a inventar pilhérias, os mais fortes no soco, e atazanavam as outras crianças, mais débeis, corriam a ilha toda, infernizavam a vizinhança, faziam pequenos delitos, soltavam as armadilhas dos pescadores que iam na corrente e se despenhavam nas rochas, roubavam roupa interior às mulheres, enchiam o gargalo das crias das andorinhas de água, através de uma cana seca, até elas rebentarem por dentro, pegavam fogo às colmeias, desorientadas as abelhas picavam em quem mexesse, deitavam pólvora na boca dos sapos até derreterem ao sol, caçavam cobras no rio e enrolavam-nas em torno do cabresto das vacas, e elas de tão aflitas, enlouquecidas, mamavam nas suas próprias tetas até se lhes secar o leite, e eles perdidos de riso rebolavam-se no lodo, até ficarem pretos e pegajosos, e depois maculavam os lençóis postos a corar em cima da erva limpa, como santos sudários,

 de um cristo negro, de pescoço pendido,

quando alguém já de cabeça feita em água de tanto distúrbio pegava nos diabretes pelo colarinho das camisas, mas suspendia o braço na palmada anunciada, e voltava a pousá-los no chão, ser filho dos tenentes na ilha era o melhor escudo protetor, o melhor antídoto contra represálias, ninguém lhes tocava, ainda que tivessem muita vontade, desforravam-se nos próprios filhos, nos animais, nos que estivessem à mão, e faziam ameaças veladas ao bando que xingava de longe e se punha ao largo,

as mães, mal viam passar esta turba de malfeitoria, corriam a buscar os seus pequenos, muitos iam parar ao silo de feijão, e a pandilha a avaliar a reação dos miúdos, se fossem fortes não se mexeriam, e não se enterravam cada vez mais, o truque era permanecer imóvel, abrir as pernas e os braços, com as palmas das mãos para baixo, como nas areias movediças do pântano que ladeava a ilha, e algum dos rapazes puxava-o de volta, e desinteressavam-se dele ou consideravam-no apto para pertencer ao bando, se, pelo contrário, estrebuchassem, oferecessem resistência, estavam perdidos, começavam a ir ao fundo, e vinha de lá uma mãe a correr, a pedir ajuda pelo seu menino, antes que fosse tarde, e tanto mais estardalhaço, mais o bando folgava escondido numas caves soturnas, coberto o chão de visgo escorregadio, mas raspando revelavam-se mosaicos coloridos a formar figuras, que os rapazes descobriam deliciados e destruíam com prazer, sobretudo os frescos nas paredes que surgiam à luz de velas e as estátuas sem braços, que Camilo,

era o mais entendido em todos os assuntos,

dizia que eram os deuses de antigamente, mulheres nuas sem braços,

era este o seu covil, o local secreto a partir do qual as coisas aconteciam, consequências graves pendiam sobre quem o denunciasse, e havia um pacto sisudo entre eles, por vezes, alguma mãe pegava na sua criança coberta de mazelas, cheia de sinais da maldade daquele grupo, pior que uma matilha dos cães raivosos, e dirigia-se ao tenente,

à tenenta nem valia a pena, que esta estava demasiado ocupada a gerir os negócios do marido, com o auxílio de Séfora, eram elas que guardavam a lista de quem entrava e saía, e quem se transacionava a cada noite, e quem decidia se se abria ou vedava mais o açude que levava água a Nadepiori,

sempre racionada, sempre no limite,

que na abundância ganham mais alento os homens e a gente os quer rasos como sapos que rojam a barriga no chão e não altivos como cegonhas,

e, se não eram tráficos, ajustes e mercancias, eram os dolorosos e prolongados cuidados cosméticos da tenenta, também com a ajuda da Séfora, concertar a cabeleira feita dos cabelos da menina ruiva, colocar máscaras de argila para lhe secar a pele sempre infectada e purulenta das picadas de mosquitos, que jamais saravam e já lhe atormentavam e muito a existência, quanto mais virem-lhe agora falar dos filhos, que lhe era um assunto que não só não lhe interessava como a entediava bastante,

e então a mãe, com os estragos no filho à mostra, puxava-lhe a camisolinha e exibia as ruindades, queixava-se ao tenente, que sempre, nos seus modos lentos, examinava muito mais a mãe do que a criança e prometia que iria proceder ao devido corretivo, continuando a fitar aquela mãe em pranto, que começava a perder a revolta, e indignação, e retirava-se, ditava-lhe a prudência, de mansinho, levando pela mão o filho, bastante mais apaziguada ainda assim,

os dois rapazes temiam a punição, aquele pai não lhes era brando nem meigo, sabiam-lhe todas as malvadezas e algumas não eram fáceis, nem de escutar, portanto preferível jogar pelo seguro, não sentir o demorado fitar de olhos do pai, contar com o esquecimento, a sonolência da aguardente, a distração dos bailes pela noite fora,

sim, porque havia sempre uma ou duas violas que se agregavam a uma gaita de beiços e estava feita a festa, e a seguir a um par de pés juntavam-se outros a apoquentar as criaturas do pântano, que gostam de guardar a noite para as suas próprias estridências e sonoridades,

e o coro coachado dos sapos contrariados, à compita, como conseguiriam cumprir os seus ritos de acasalamento, com habitantes dos pântanos mais turbulentos que rumorosos anfíbios,

e os adultos inebriados esqueciam-se rapidamente das crianças que iam dar com eles enrolados uns nos outros, os casais trocados, perdidos de bebedeira, e os pequenos a deambularem com frio, cambaleantes de sono, a puxarem pela saia da mãe, e acabavam por se acomodar num canto qualquer, quando tinham sorte davam com a casa da senhora com voz de cachoeira que adormecia cedo e não reparava nestas alegrias coletivas, de estardalhaço, a eclodirem súbitas e forçadas pelo álcool, porque aquela era uma ilha de muitas dores juntas e a mãe de Simão queria acudir a todos, partilhava o seu dó, mas a ela ia-se-lhe esgarçando a voz, cada vez mais sumida, quebrando as forças, como a cadela que dava o dorso às pedradas para proteger a ninhada,

numa dessas noites, Constantino e Camilo, fascinados quase sempre pelo mundo dos adultos, observavam-nos como se estivessem de camarote num espetáculo, bem longe dos olhares raiados de declínio, dois homens, por razões que ninguém reteve, porque o que se passou a seguir fez esquecer as precedências, teimaram eles em fazer um braço de ferro, arregaçaram-se mangas, fizeram-se apostas, rolaram notas de mãos em mãos, preparou-se uma mesa, com um calo debaixo das pernas para que a força dos dois brutamontes,

feios bichos de resto, uns caras de burros sem cabresto,

não a enterrasse no terreno lodoso, e duas velas de cada lado, o primeiro que a apagasse com as costas da mão seria lançado ao pântano movediço, com uma mulher aos ombros, ambos aceitaram a consequência, tal a convicção de vitória,

todos vibravam de entusiasmo, os dois colossos daquela insularidade, os mais fortes do quilombo, o maior duelo de que havia memória, o tenente, de olhos brilhantes da aguardente, pagava rodadas gerais, nisto era muito generoso, as mulheres excitadas iam palpar os músculos retesados, e as duas mãos com tremores mantinham-se num equilíbrio imponderável naquela mesa, tiveram de trocar várias vezes as velas já consumidas no coto, o impasse durava há horas sonolentas, os espectadores deixavam tombar os pescoços, e a baba saía-lhes da boca aberta, distendidos os músculos das faces, antes animadas por este duelo sem desfecho, que os dois homens mantinham franzidos os olhos do esforço e a face deformada, todos os músculos massacrados faziam das suas feições um campo de batalha, e de repente uma rajada de animação corria os rostos adormecidos, algum deles cedia, e a pele da palma da mão começava a crestar ao lume da vela, o irmão que cedia ao sono acordava o outro, seria desta um vencedor?, mas não, a queimadura parecia que dava alento e as forças continuavam trementes mas empatadas,

noite dentro,

madrugada fora,

de tanto esforço, rebentavam veias, roxas as mãos, começa a sair-lhes sangue pelas unhas, os espectadores desertos, outros amodorram-se e adormecem, entornados pelo tédio, desistiam e regressavam a casa, o próprio tenente, um olho fechado e outro aberto, deu sinal de torneio encerrado, dado o empate técnico, mas os homens não queriam desistir, punham naquele braço as suas forças e as suas vidas, os gémeos revezavam-se na vigília, empolgados, queriam saber quem era afinal o mais forte, mas, além de sangue derramado, das costas das mãos tostadas, nada avançava naquele medir de forças, e depois ninguém viu, um estrondo na mesa, uma das velas apagadas, os homens caíram para o lado inanimados de exaustão, e ninguém ficou para aplaudir nem para exigir a consequência, nem nenhuma mulher se dispôs a ir ao pântano, agarradas ao pescoço daqueles homens que nem se erguiam, e tiveram de ser puxados dali pelas pernas, baldes de água despejados nas caras inertes, o episódio não gerou mais controvérsia que alguns insultos e brigas no que tocou à transação das apostas, depressa esquecido o caso daqueles dois braços em cima de uma mesa, que se esmifraram até sangrarem pelas unhas, uma noite inteira, entre tantos acontecimentos extraordinários que eram ordinários no quilombo, mas para os irmãos aquele foi um marco nas suas vidas, tornou-se vital para eles medir forças, e só se apaziguavam quando as sentiam equilibradas, mais de uma hora conseguiram manter-se de cotovelos firmes e mãos a oscilarem, mas sem que nenhum cedesse, sem que nenhum ganhasse, e os outros miúdos num gáudio celebratório, se algum dos gémeos fazia batota, nunca se saberia, era lá entre eles, queriam ser unos, almejavam a fusão perfeita, tornarem-se invencíveis,

    mesmo um pelo outro,

inquestionáveis líderes daquele bando, tudo o que faziam era em conjunto, em uníssona proporção, trepavam até ao mesmo ramo de árvore, nadavam à mesma velocidade, as pedras lançavam-nas no rio à mesma distância, urinavam do topo do telhado e o veio que deslizava entre as telhas pingava no mesmo exato instante, e os outros fascinados com estas ínfimas competições, até em casa mediam as mesmas quantidades de comida, saciavam-se da mesma sede, sentiam sono e despertavam na mesma altura, e a mãe irritada por não conseguir quebrar esta união, tão mesma que os fortalecia e a excluía, e um dia irritada porque mais uma vez queixas, mais uma vez distúrbios e gritaria do mulherio do quilombo em redor dos gémeos, que só lhe davam preocupações e arrelias, e em duplicado, que quando vêm gémeos, só um é desejado, o outro é um usurpador de útero,

o sétimo filho de sete irmãos,

ao que vêm agora?, porquê este rebuliço?, não veem que estou ocupada?, tanto negócio a tratar, onde está o tenente que nunca se encontra quando é preciso?, o que é que essas pestes fizeram desta vez?,

nada, uma trapalhada, coisas de garotos, de pouca monta, estavam de volta de uma rapariga, fecharam-se com ela no armário, a rapariga nua a gritar pela mãe, que apanhou os dois malandretes insolentes, não temiam nem respeitavam ninguém, meteram-se com a mãe da catraia e a velha, puxam-lhes as saias, enrodilham-nas nos xailes, nisto chega uma vizinha com a pá do forno e desata à paulada nos dois, e eles correndo e rindo, fugindo e mofando das mulheres no cimo de um muro, só que Camilo desequilibrou-se, caiu mal, de perna esquerda torcida, tão mal que se ouviu o osso quebrando como um galho seco, o rapaz vinha sofrendo com dores, amparado no seu irmão Constantino, que também ele padecia e gemia das mesmas dores, como se também ele tivesse partido a perna, e as mulheres aflitas vinham pedir perdão, não era o seu propósito causar danos nos filhos da tenenta, eles podiam brincar com a sua Isabelita quando quisessem, só que já não eram nenhuns meninos, e todo o cuidado é pouco, compreende, senhora tenenta, não leve a mal, o Camilo ou o Constantino,

a gente não os distingue,

há de ficar bem, senhora tenenta, não se apoquente, e desculpe-nos o mau jeito, os moços hão de voltar a brincar com a minha pequena, é só que a gente nunca sabe, não é verdade?,

a tenenta despediu-as com um gesto de consumição, e lançou um olhar colérico aos gémeos, arrastou os papéis e toda a contabilidade, as páginas com os modelos retalhados de vestidos, a que se dedicava, com estrondo para o meio do chão, Constantino que ajudasse Camilo a deitar-se em cima da mesa, e Séfora correu à procura do médico mais sóbrio do quilombo que lhe pudesse endireitar os ossos, Constantino desamparado, ele costumava sempre aparecer à mãe atrás do irmão, ciente desde bem pequeno do perigo que ela representava, que se deitasse também na mesa, Constantino hesitou, pensou desatar a correr dali para fora, era o que o seu instinto lhe ditava, mas os queixumes do irmão travaram-no, fizeram-no vacilar, aqueles olhos da mãe, a enegrecerem de lodo, um medo ancestral veio-lhe ao de cima, ele já tinha sentido este pavor antes, mas não sabia precisar quando, um terror côncavo, que os isolava a ele e à mãe do resto do mundo, e deixava os gemidos do irmão lá muito ao longe, isto era só entre ele e ela, alguém se sairia muito mal desta bolha de renegação, e depois foi tudo muito veloz, Constantino estendido, sem reação, ele, que desde muito pequeno sabia que não podia ficar sozinho com a mãe, era uma regra de sobrevivência, deixou-se puxar, escorregar o tronco na mesa, ela amparou-lhe a perna esquerda no bordo de uma cadeira e com uma rapidez de serpente que desliza dengosa, mas de súbito precipita a investida, deu-lhe uma pancada com o ferro de remexer o lume, uma dor metálica atingiu-lhe o osso, quando o médico chegou ofegante, abandonara um parto a meio, perplexo ao encontrar dois irmãos gementes, que se contorciam com o osso da mesma perna esquerda quebrado,

nunca havia visto um caso assim, atónito o médico, que muitas crises bárbaras lhe tinham passado pelas mãos trémulas ali no quilombo, então os moços partem a perna ao mesmo tempo no mesmo sítio, na mesma altura do osso, não me disse que era só o Camilo?, Séfora lançou um olhar de repulsa à tenenta e esta devolveu-lho desafiante,

caíram, está sempre acontecendo, tiveram sarampo ao mesmo tempo, pegaram sarna no mesmo dia, partilham os piolhos entre si, é da maneira que nenhum se fica rindo do outro,

e o médico, após o procedimento, foi em busca da tenenta e avisou-a, com o Camilo as coisas poderiam correr bem, estavam alinhados os ossos dentro da tala, quanto a Constantininho, provavelmente ficará a coxear a vida inteira,

a tenenta já a chafurdar no seu pântano interior, de onde ninguém a conseguiria tirar tão cedo, muito menos as mazelas dos filhos,

e, a cada passada, Constantino haveria de se lembrar dos olhos enegrecidos da mãe, já se tinha deparado com eles antes disso, de certeza, uma memória tão remota vinda de um precipício que ele não sabia onde ficava, talvez não fosse um lugar, mas um tempo escuro, como um sonho acordado,

e nesta história o restolhar de umas asas pretas, anjo salvador,

um cristo negro de pescoço pendido,

e isso petrificava-o sempre, como a presa à vista do falcão, levou-os consigo, aqueles olhos turvos de lodo, como se inundado por eles, uma maré cheia de rancor, todos os dias, todas as noites em que com a humidade a perna lhe pesava e não o deixava dormir, levou-os na longa viagem até ao arraial de atum, quando lhe doíam as juntas dos joelhos de se vergar ao peso das âncoras, levava-os agora a cada passo na travessia da serra, quando com o cansaço a arrastava, deixando um lastro não de pegada humana, mas de barbatana de peixe morto,

a mãe tinha conseguido quebrar aquele pacto de fusão entre os dois irmãos, deixou-os marcados pela diferença, mais difusa para eles aquela imagem dos homens de braço de ferro empatado, que não desistiam de igualar as suas forças até deitarem sangue pelas unhas, o empate entre ambos era agora empenho de Camilo, que retardava o andar, não largou as suas muletas até Constantino se aguentar na perna já consolidada, mas nunca curada,

o tenente não gostou de ver os seus dois rapazes debeizinhos a atolar as muletas entre a lama, nada lhe metia mais asco do que a tibieza, só de os ver assim, vacilantes, a resvalarem hesitantes, deu-lhe uma fúria, chegado ao pé deles, maxilares trancados de raiva, sovou-os voluptuosamente, os dois rebolados pelo chão, a tentarem soerguer-se, a ampararem-se mútuos e a perderem outra vez o equilíbrio, cobertos de limos e equimoses, e, mais do que as dores, a humilhação de se saberem observados de longe pelos seus, o bando assistia aos líderes, sempre tão ufanos, tão rebeldes, a rastejarem perante a ferocidade de um pai, a protegerem ambos a cabeça com as mãos, a pedirem perdão, sabiam eles lá porquê, faziam o mesmo que os meninos atormentados pelo bando, esperavam benevolência e clamavam por ela, só fraqueza e cobardia,

Séfora podia ser o braço direito da tenenta, mas era o ouvido esquerdo do tenente, delatou tudo, não sabe como, não viu, mas a mãe tinha fracturado a perna ao filho são, que ela era uma ameaça para o Constantino desde que nascera, e o tenente não gostou, era um homem de faca à cintura, não admitia que fossem mais cruéis do que ele, esse era assunto da sua competência, não tolerava que tocassem naquilo que era seu, em suma, que fossem mais longe, até onde só ele admitia chegar, estalou a guerra com a tenenta, ela negou tudo, acusou Séfora de delírios, chorou como uma menina assustada, exaurida por aqueles dois galfarros que só lhe davam cuidados, e Séfora, cada vez mais ressabiada e intriguista, ela que tanto se sacrificou pela maternidade, tanto se isolou pelo ofício de seu marido, que tanto se esfoçava para duplicar os proventos do negócio, e para se manter apresentável, ela que tudo abandonou por amor a ele e àquele solo flutuante, habitado por sapos, cobras-d'água e mosquitagem, adulou-o com carícias e atenções e nessa noite recebeu na sua rede o marido que há muito não a frequentava, no dia seguinte estava tudo esquecido e sanado,

menos as pernas dos filhos e o seu orgulho ainda mais estilhaçado,

ainda por cima era dia de vinda do brasileiro do alcaide ao quilombo, o único homem de fora que era visita da casa da tenenta, e com quem o marido não se importava de a partilhar, levavam largas horas à conversa, cabeça com cabeça, está bem que tratavam dos negócios do quilombo e a tenenta era astuta e rápida a tomar a melhor decisão, ao contrário dele, homem de ação lenta, de ver sangue escorrendo, e cara torcendo-se de dor, saía de vista assim que o brasileiro punha o pé no cais e reaparecia mal ele embarcava, ainda incomodado com o cheiro a colónia que o homem lhe largava em casa, e não só isto, a cara iluminada da tenenta quando ele lhe trazia as encomendas em caixas de chapéus que nunca iria usar, sapatos que experimentava e esquecia largados a um canto, ela mandava montar tábuas de pinho limpo, desde o cais até à porta de sua casa para o brasileiro fazer toda a travessia sem pisar o chão de tijuco sempre enlameado do quilombo, jamais alguém granjeava tamanha deferência, ele a proteger o nariz da putrefação com trejeitos de fidalguia que nunca teve, nem no sangue nem no património, saíra do país em fuga da pobreza e da mesma fuga saíra do Brasil, mas cheio de manhas e tiques e ardis, fazendo-se mais do que era, impondo-se junto dos poderosos pela lisonja e pela vaidade, sussurrando, instilando veneno, posicionando-se sempre por detrás do seu ouvido, que é onde ele mais efeito faz, Séfora votava-lhe o mesmo desprezo que o tenente, mas acudia ao alvoroço da tenenta, em torno dela a compor-lhe a peruca, a empoar-lhe a face, a girar espelhos à sua volta, a ajeitar-lhe o vestido para disfarçar-lhe os flancos abobadados, a apertar colchetes, a ajeitar godés, ele era o homem mais elegante que aparecia naquelas paragens, sem salpico de lama, sem marca de suor, passavam horas sorrindo e comentando as revistas de moda estrangeira que ele lhe trazia, os retratos de atrizes americanas, e discutiam modelos e chapéus, moldes de vestidos, novas tendências da moda, ela dava-lhe consentimento, que comprasse tecidos e bordados, e ele mesmo lhe fazia as provas, alfinetava bainhas e elogiava a sua elegância, dá licença, senhora tenenta, que suba um pouco a saia acima do joelho?, que é pecado umas pernas tão finas ficarem tapadas, nada a ver com os toros grossos das camponesas por aí, deixe eu dar um jeito na barra da saia, sabe como chama no Brasil?, tomara-que-caia, e ambos enrolavam o pescoço para trás e soltavam gargalhadas, e uma cintura tão fina e braços tão leitosos, me dá a maior pena pensar na senhora aqui encafuada na ilha, em Lisboa ou em Paris faria o maior sucesso na sociedade, e a tenenta, mesmo suspeitando que não, gostava de ouvir que era lendária sua beleza, maviosos seus cabelos, ele a fingir que não se apercebia de que era uma peruca, e que por baixo umas farripas sem pigmento, e ela adorava que ele fingisse, pois seja, que ela ainda mantinha o seu poder de deslumbre, que despedaçava corações, e o brasileiro, não é de admirar não, e ia colocando tecidos junto ao rosto dela para ver qual lhe caía melhor, não fazia isto só por interesse, mas por puro prazer, no Brasil frequentava salões, ministrava aulas de etiqueta, tomava a seu cargo enxovais completos, mas dera-se mal, fugira à pressa e as mulheres da vila onde se veio refugiar demasiado modestas e beatas, à exuberância da tenenta nem aos tornozelos, também finos, chegavam, por isso eram gratas a ambos as horas ali passadas a desfiar costuras, alfinetes e trivialidades, o brasileiro atravessava o rio com nojo na barcaça, entre sacas de batatas, galinhas alvoroçadas e varas de porcos, seguia de lencinho a proteger--se dos cheiros e dos esgotos que corriam a céu aberto, e desviava o olhar daqueles habitantes, envoltos em brumas de indiferença, velhas sem dentes, mulheres sem higiene, sem elegância, sem postura, algumas já embriagadas de manhã, que se espojavam pelo chão ensopado, pouco incomodadas por bolores e humidades, e em grupos capangas a fumar e a escarrar para o lado, à sua passagem, sacudindo as mãos às ferroadas dos mosquitos gordos, reluzentes de sangue, esta era a arraia-miúda do quilombo, as gentes que se mostravam, ninguém buscava por eles, nada tinham a perder nem a ganhar, desprovidos de valor negocial, os outros, os foragidos, os clandestinos políticos, os republicanos de Espanha, esses, os seus nomes, as suas fotos, podiam comparecer na mesma mesa, onde horas antes se alisavam tecidos e fotos de estrelas de Hollywood, e a conversa tornava-se tensa, a tenenta esquecia os risinhos e os galanteios e envergava a sua cara de mulher de negócios, o vulto negro de Séfora normalmente distante das mundanidades do brasileiro, sentava-se agora à mesma mesa, adiantando pormenores, em que condições se encontrava o procurado, quanto tinha pagado pelo acolhimento no quilombo, se vinham ou não com família,

Séfora era muito sensível no que tocava a separar casais, a tenenta tinha alguma relutância em entregar presos políticos, não pela justeza das suas convicções, isso pouco lhe importava, nem sequer eram os que mais pagavam, mas porque sabia que, sem a sua presença, o quilombo não passava de arraial de bêbados, loucos e arruaceiros, eles impunham à ilha alguma dignidade, até eram bons professores das suas crianças que cresciam sem escola, e um grupo deles tinha conseguido inventar uma muito artesanal máquina de fazer gelo, assim, em vez de dois evadidos políticos, ela tentava impingir ao brasileiro uma quadrilha que aterrorizava as redondezas, um arrombador de cofres, um padre adúltero e ainda uma prostituta que assassinara o cliente, e exagerava nos pormenores dos delitos, o brasileiro sobrepesava os casos, entendia que algumas histórias mais escabrosas poderiam impressionar o alcaide, mas avisava que ele não se contentaria com pilha-galinhas, e outras vezes não tirava o irredutível dedo do retrato, este vai ter mesmo de ser, um comunista evadido da prisão, que muita humilhação dera ao regime, o alcaide faria muito boa figura se fosse ele a entregá-lo, não, saltou Séfora, a mulher dele ainda há pouco pariu uma menina, e a tenenta tentou contrapor um contrabandista de armas, um garimpeiro de volfrâmio, dois falsos cegos, o brasileiro, apesar dos seus modos delicados, sabia ser bem agreste, disse, desta vez terá de ser esse, e, para ela não duvidar da boa vontade do alcaide, exibiu-lhe um maço de notas, que Séfora recolheu consternada, a conversa entre o brasileiro e a tenenta prosseguia em redor da tiara e do vestido de casamento de Ginger Rogers, amenizou, ele garantia que tinha dez mil cristais in-

crustados e ela deslumbrada, passando os dedos pela foto da revista, e a água respingava debaixo das botas de Séfora, que,
    já se disse,

não gostava de separar casais, corria sem evitar as poças de água, escorregou várias vezes para dar a notícia à família, iriam ser entregues à polícia política anda hoje, à porta de casa, ele viu-a surgir, a levantar as saias negras para dar espaço às passadas largas, não precisou de explicações, voltou para dentro a agarrar a sua arma, onde estava a mulher a dormitar enroscada à sua pequenina, de poucos meses, arquejante, Séfora disse-lhe que era melhor sair a bem, e que convencesse a mãe a ficar, ali cuidariam bem dela e da bebé,
    Maria Albinha,

mas o homem deu-lhe um safanão, ela também fazia parte da perfídia, mulher refalsa, traiçoeira, dissimulada, metia-lhe nojo, Séfora ficou caída no chão a assistir ao que se seguiu, com um fio de sangue a escorrer-lhe da boca, os homens do tenente já rodeavam a casa, agarraram-lhe a mulher, cano da pistola entre os seus cabelos, até que ele largasse a arma, os camaradas dele acudiam aos gritos, tentavam interceder, puxavam de notas e de promessas de notas, os outros habitantes seguiam os trâmites com curiosidade moderada,
    mais um dia normal no quilombo,

a mulher agarrada ao preso, iriam juntos, ela não ficaria nem mais um minuto naquele covil de traidores, e a barcaça aguardava já para os levar para a outra margem, era curta a distância, mas cavada a fundura, cheia de aleivosas correntes e penhascos aguçados submersos, mesmo assim o único ponto sem baixios e pântanos onde se podia passar, e só o barqueiro lhe conhecia os sestros,
    homem bruto, e indiferente à carga, tanto lhe fazia se eram porcos se eram condenados, só atento aos ruídos ca-

vos da água por debaixo do casco, guiava-se mais pelo som do que pelos olhos, já que a travessia se fazia à noite, se o tenente assim o entendesse,

tenente, ó senhor tenente, dois passos para trás e um para a frente,

a mulher seguia de rojo agarrada às pernas do marido com um braço, com o outro segurava a bebé, as mulheres de roda dela, enganchadas umas nas outras, arrepelando os cabelos, com gestos dilacerantes,

como uma balsa de Medusa ainda em terra,

que não se desgraçasse, que se despedisse do marido, ali ficaria em segurança com a miúda, fica, desiste do teu homem, é um caso perdido, reserva as tuas forças para cuidar da menina,

Maria Albinha,

que nós te ajudaremos, e ela inabalável, a deslizar na lama, enquanto o homem era escoltado até à barcaça, a bebé seguia de arrasto neste cortejo, debaixo de uma chuva estrondosa, que empapava ainda mais o chão, as roupas e o desespero, escorregadia, ela escapou-se das mãos que a tentavam dissuadir, e o tenente deu ordem de partida, e a patinar nas tábuas resvaladiças da barcaça o barqueiro manivelou até erguer o pedregulho, antiga mó de moinho, que lhe travava a embarcação de ir em noite de tempestade rio abaixo, numa correnteza voraz, dois homens escoltavam o preso, mas pouco já se vislumbrava senão vultos que oscilavam tremendamente na barcaça empinada pela força das águas, ninguém sabe, ninguém viu, os homens contam que a mãe passou a criança para os braços do seu homem e quando deram conta já estava de pulsos enrolados nas correntes presas à pedra, que empurrada por ela, com a ajuda dos solavancos das águas iradas, deslizou até ao fundo, e ela serena enfim deixou-se ir de costas, a meio do rio, o barqueiro só teve tempo de cortar de súbito as amarras antes que naufragassem todos, o homem num tumulto a querer atirar-se à água também, e os outros a socá-lo, a ver se o acalmavam, a patinarem todos, a plataforma em vias de virar, e cá da margem a gente a desembaciar os olhos de chuva e lama, só ouviam os gritos de uma bebé encharcada e jogada na madeira húmida e escorregadia, do outro lado, entre a cortina de chuva, as luzes do carro da guarda que já vinha a descer a colina para recolher o preso, a barcaça despejou o homem com a água pelo peito e voltou para trás, sem âncora não poderia atracar, ele a avançar sem convicção, a força da corrente, o lodo resvaladiço, convidavam-no a desistir, a deixar-se ir também, como a mulher, mas o choro da bebé ensopada, no alto dos braços erguidos do pai, a chuva como farpas aguçadas nos rostos, impunha que ele avançasse, na margem do quilombo uma vozearia, mulheres arrepelavam as saias à altura da cabeça, invectivavam o barqueiro a voltar para recolher a pequena, com as mãos implorantes, o homem revolvia os ombros contrariado, se ia agora pôr-se em apuros, a ele e à barcaça desgovernada, que ainda lhe encalhava numa rocha, por causa de meio metro de gente de goela escancarada, com aquela molha e o frio que faz não lhe dou nem meia hora de vida, mas do lado de cá continuavam a ouvir a criança, não restavam dúvidas aos habitantes do quilombo, ela queria mesmo viver, e essa vontade dizia-lhes muito, todos estavam ali por terem muita vontade de continuar a botar vulto no mundo, os cuspidos do regime, encontravam naquela insular prisão mais liberdade do que em qualquer outro sítio,

poderiam viver apertados numa casca de noz e considerarem-se rei do espaço infinito,

mas não é altura de citações fora de tom, a menina precisa de ser salva, façam alguma coisa, acudam, atendam, auxiliem, acorram que já lá vem a guarda a chegar, já ouço os roncos dos motores, as luzes dos faróis, se a polícia lhe bota a mão é o fim da menina, atiram-na à água, pior, entregam--na num convento, vai ser escrava toda a vida,

criada para ser criada,

e um homem sobrepõe a sua voz, chama pelo pai ajoelhado na margem, a pingar sobre aquela filha órfã, desprovido sequer do instinto de a proteger da chuva, de encetar uma fuga desesperada, de a despir e apertar contra o peito, pele com pele, debaixo do enxovalho da camisa para a aquecer,

está que já vai vencido, pela morte da mulher, pela orfandade da filha, pela traição, pela prisão, pela tortura, pela delação,

melhor morrer que falar,

e um homem de lá a chamar, atira a tua filha, depressa, antes que seja tarde, atira-a, e um pedregulho do tamanho de cinco quilos de farinha aterrou junto a ele, vindo do lado de lá, é possível, não te deixes cair antes que eles te derrubem, e ele, sim, preferia a filha nas mãos de ladrões do que nas de fascistas, esfregou os olhos da lama para ver melhor, do lado de lá, um dos carcereiros que o escoltaram no barco, um dos capangas do tenente, voltou a arremessar um pedregulho até à outra margem, vês que é possível,

atira a bebé,

o pai mediu as suas forças, era um farmacêutico, homem pacífico, forte só mesmo a sua ideologia, não tinha músculos treinados, nunca havia batido em ninguém, nunca sequer enfrentado a revolta de um rio, nem sentido o insidioso lodo a atolar-lhe os sapatos, largou a pequenina na berma e fez-se um silêncio subtérreo, tão profundo que nem a chuva, nem a torrente se atreviam a perturbá-lo,

porque atrás do silêncio podia arrastar-se algum monstro suspenso, de súbito as gentes do quilombo estacaram, a menina parou de chorar, só os passos molhados dos agentes, cadenciados, em direção ao farmacêutico, este acabara de arremeter o pedregulho que ficou bastante aquém da outra margem, ele não era homem de grandes forças mas de pequenas porções, ínfimas quantidades, precisões, gramas, pinças e colherinhas, sopesou a filha e, em seguida, calculou o peso da segunda rocha junto a si, do outro lado, sem vozes, sem gritos, o capanga do tenente adentrou-se no rio de braços estendidos, precisava confiar,

precisava confiar,

preciso confiar,

e assim lançou a filha, a respiração de todo o quilombo em suspenso, até a tenenta, sempre tão alheada das tragédias alheias, piscou os olhos para ver na escuridão, e a largura do rio pareceu um comprimento, e nunca um corpo voou pelo ar com tamanha tardança, como se o tempo parado, e os segundos valessem minutos, os minutos horas, os sapos com o silêncio coaxaram mais alto, a noite abriu espaço para uma chinfrineira anfíbia, acasalaram abundantemente, trocaram fluidos viscosos, os animais do lodo pouco se importando com o drama que se desenrolava acima deles, tal como os humanos se desinteressavam sempre do que estava abaixo dos seus calcanhares, por isso esborracham e rebentam, para tornar o rente ainda mais raso, olhos que não veem, muitos tapavam-nos ou deixavam apenas uma fresta entre os dedos como que a espreitar lá de longe, e não fizessem também eles partes integrantes da cena, com uma visibilidade intermitente, sujeita à complacência de uma nuvem negra que se desviava do luar, uns juraram que a menina vinha de cabeça para baixo, outros que girou e deu várias voltas sobre si, um urro acabou com aquela letargia, o capanga do tenente agarrou a menina nos braços, e a chuva caiu como uma cortina, fim de cena, retomou o seu curso vertical, que interrompera, quem sabe, também, para atentar melhor na situação,

o receptor nem olhou para a bebé, passou-a para as mulheres, que entravam também elas na água, agora era apanhar uma bebedeira de três dias para esquecer a tensão e o frio,

e o homem lá ia festejado pelos restantes,

e a responsabilidade que assumiu em mandar um pai atirar uma filha sobre um rio escuro, revolto e ansioso por a tragar, como antes havia feito à mãe,

e as mulheres que se angustiavam com a quietude mortal da menina, gelada, com as pupilas dilatadas, sem dar acordo de si, todas queriam pegar-lhe, todas davam palpites, poucos olharam para o lado de lá do rio, para o pai que esgotou ali todas as suas forças esvaídas naquele arremesso, não se tinha mais de pé, foi levado em braços, a arrastar os joelhos na lama, pelos dois agentes para a carrinha, sem qualquer resistência muscular, o pescoço pendido,

como um cristo morto,

Séfora ordenou que mergulhassem a menina numa selha de água quente, depressa, o médico interpôs-se mesmo sem ser chamado,

caso raro nele, de uma maneira geral pouco se predispunha para ajudar, cansado que andava de acudir a bebedeiras comatosas, espasmos de paludismo, partos, extração de balas e, mais difícil ainda para as suas mãos trementes, escaravunchar carnes pútridas em busca dos vermes do arroz e das varejeiras que se alojavam em feridas expostas,

a menos que fosse puxado pelo tenente, claro,

mas ali, revigorado de energia, tocado pelo aparato do drama, opôs-se a este veredicto, se queriam ver a menina reanimada teriam de a aquecer por dentro, dar-lhe a beber chá, leite quente, colocá-la despida junto à lareira com cantis de água quente a pressionar as axilas e as virilhas, que é por onde passam as maiores artérias, e beliscá-la muito, falem-lhe, gritem por ela, chamem o seu nome,

Maria Albinha,

jamais deixá-la adormecer, pode vir-lhe a morte silenciosa,

os irmãos também não perderam da vista a menina, desde que andara de rojo na lama, agarrada com a mãe às pernas do pai, aos rebolões na barcaça, à altura em que voou sobre o rio e foi amparada pelo homem armado, fascinados por todo aquele enredo, pelos músculos que coletivamente se retesaram, ao mesmo tempo, maxilares a doer de apertados e da angústia que se apoderou de toda a ilha, por isso no quilombo havia briga, facada, discussão, mas também alturas em que choravam todos juntos, em que caíam todos para o mesmo lado, centravam todos a atenção numa pequena menina a perder a pulsação, Séfora providenciou para que nada lhe faltasse, estava à guarda da mãe de Simão, que a levava para todo o lado, dentro da roupa, pele com pele, como o médico tinha recomendado, todos vinham visitá-la, saber das suas melhoras, oferecer roupa, observar os primeiros dentinhos, mas nada no quilombo era definitivo, o extraordinário tornava-se banal, os acontecimentos singulares eram a norma ali, rapidamente se substituíam uns pelos outros, os anteriores acamados pelos posteriores na memória dos habitantes, subterradas as desgraças de ontem pelas desventuras do dia seguinte, frescas em folha, nasciam e morriam crianças, chegavam e iam forasteiros a todo o instante, novos dramas pessoais, inauditas tragédias, Séfora ganhou outras prioridades, mais incumbências e preocupações, a mãe de Simão, outras crianças a cargo que se lhe agarravam às pernas, e a menina foi sendo esquecida, menos pelos gémeos e seu bando, como podiam?, eles viram-na voar sobre as águas naquela noite em que o silêncio uivou, eram brutos com as outras crianças e com os animais, ganhavam uma docilidade rara no trato com Maria Albinha, adoçavam a voz, amparavam-lhe os passos, puxavam-lhe o riso, o bando via com maus olhos este enternecimento dos gémeos, quando eles se escusavam a aventuras para ficar com a pequena, se detinham nela, concentravam nela todas as suas atenções, talvez ciúmes disfarçados por um sentimento que não sabiam compreender, achavam que eles amoleciam quando a viam, não gostavam de assistir aos seus líderes embevecidos, em posturas maternais que não combinavam com a fama de mais temíveis rapazes do quilombo, e agora esmoreciam as suas maneiras ríspidas para atender a todos os quereres da menina, como se ela comandasse os músculos faciais dos gémeos, se ela se ria, eles desatavam à gargalhada fazendo-a rir ainda mais, se mostrava um ar intrigado, eles não descansavam enquanto não descobriam o motivo da indagação, e andavam com ela ao colo a desvendar todos os mistérios do quilombo, subornavam aquelas que eles entendiam serem as melhores mães, e ninguém se atrevia a tocar-lhe ou ser áspero com ela, os gémeos não toleravam, andavam sempre alerta, e punham nesta missão o seu maior aliado,

o menino que veio parar ao quilombo como cego, o pai mantinha-o às escuras o dia inteiro na cabana, de vez em quando passeava-o pela ilha, de venda nos olhos, preso a uma corda pela cintura, dizia, para que a sua cegueira não o conduzisse aos pântanos, quando saía fechava a porta a cadeado atrás de si, mas os gémeos e o seu bando não toleravam cadeados cerrados nos seus livres domínios, se não entravam pela porta, o chão enlameado dava-lhes passagem, dois dias de escavação e meteram-se lá dentro a injuriar o rapaz cego, a pregar-lhe partidas, fazê-lo tropeçar, cansado estava o rapaz de ouvir as vozes deles a esgaravatar em torno das paredes, a escutar-lhes os planos, e ele sem abrir a boca, deixou-os entrar, deixou-os brincar um pouco com o seu infortúnio, deu socos no ar sem grande convicção, cambaleava e encalhava nas paredes com aparato, o que causava grande alegria no grupo, mas havia qualquer coisa de estranho com aquele cego, parecia que também ele se divertia com as suas próprias misérias e pantominices desastradas, a cabana tornou-se ponto de romaria diária, o rapaz fazia caras de pânico cruzando os olhos, espetava o dedo no nariz, caía de borco no chão, e parecia feliz enquanto os outros felizes com ele, um dia, quando todos menos esperavam, o rapaz chegou-se aos gémeos, muito tremelicante, de braços levantados a tatear o ar, deixou-os cometerem as judiarias do costume, encherem-lhe a cara de lama, desapertarem-lhe o atilho das calças, dando saltos para trás, fazendo as mesmas caretas de espanto e de ingenuidade cómica, em seguida rebolou sobre si mesmo e socou com mestria e exímia pontaria o nariz de Constantino e o olho de Camilo, com tal rapidez que parecia que andava semanas a planear o golpe, antes que os outros reagissem atirou-se para o chão, a suster a barriga de riso, não era cego, o pai,

que nem era pai,

mantinha-o na escuridão para lhe avivar os sentidos, o que de facto acontecia, era capaz de se virar de costas e adivinhar quem passava atrás dele, só pela forma como calcavam o chão,

Constantino era fácil porque arrastava a perna,

mas todos ficaram arrasados pela adivinhação certeira do cego que não era cego,

antes se chamava Sandoval,

e também não Inocêncio como o suposto pai o rebatizara, para causar maior comiseração nas pessoas a quem apresentava o filhinho, dizia, e passava-lhe a mão untuosa pela cabeça, buscou-o ainda miúdo de um lugarejo espanhol cheio de crianças de pais ausentes, uns presos, outros mortos, com umas quantas moedas pagou o silêncio a uns velhos que, habituados a obedecer e a aceitar os reveses do destino, deixaram o menino ir com o desconhecido, que escolheu o mais arrebitado, o mais astuto, que saltava entre os penedos como um cabrito-montês, rapou-lhe o cabelo para ficarem bem à vista as crostas e as mazelas, e acentuar a magreza, e colocava-o nas vilas, dias inteiros, às esquinas, à saída das igrejas ou das vendas, a segurar o pucarinho, de pálpebras coladas com resina, a lamuriar uma ladainha, a Sandoval não lhe desagradou a nova vida, não tinha de se bater com uma vintena de miúdos esfaimados por uma malga de couves, de dia a fome roía-lhe o estômago mas sabia que aquelas esmolas se converteriam em comida ao cair da noite, e se o homem estava bem-disposto talvez lhe oferecesse um pouco de vinho, mas Sandoval era mexido de mais para estar quieto o dia inteiro, sobrava-lhe a energia, e naquela escuridão imposta ia aperfeiçoando o seu ouvido e o olfacto, adivinhava se quem vinha era homem se mulher, antecipava se outros mendigos lhe queriam roubar o pucarinho, sabia qual o grau de lamúria que mais impressionava o transeunte, especializava-se ao gosto do freguês, fazia cabriolas, andava sobre as mãos, dançava, e o pucarinho ia-se enchendo até Sandoval se tornar atração de praças, todos queriam ver o ceguinho que dava saltos para trás e que se equilibrava no arame, o homem, na antecipação de mais dinheiro, apertava mais o regime, passavam-se dias, semanas, sem que os olhos de Sandoval vissem alguma luz, ele a sentir as moedas a retinir a seus pés, e depois à noite dava-lhe um asco ouvir os sorveres da comida e do vinho do homem à sua custa, percebia como ele esfregava o pão pelo

nariz e dava-lhe aquele que já tinha picos de bolor, lambia o toucinho antes de lho passar, bochechava com o vinho e tornava a cuspi-lo para o seu copo com lástima de se despedir dele, Sandoval tinha-lhe um ódio profundo, ainda mais quando o homem meteu na cabeça que poderiam ganhar mais dinheiro se na escuridão o miúdo se tornasse vidente,
    sabe-se lá,

uma ideia que lhe meteram na cabeça, e Sandoval, nas raras vezes em que despegava a resina das pestanas e o vislumbrava de soslaio, lhe repugnava mais aquele homem gordo sem pescoço, com uns olhos a saírem-lhe da testa, nos seus dias de breu imaginava mil maneiras de o assassinar, desenvolvia planos, arquitetava estratégias, fugir dele estava fora de questão, isso era fácil de mais e não lhe aplacaria as ânsias, precisava mesmo de lhe extrair o último suspiro, mas faltavam-lhe forças, teria de crescer mais, e, com o fraco sustento que ele despendia consigo, a coisa tardava e ele alimentava o seu rancor todas as horas, veio uma noite, o homem entrou na barraca esbaforido, teriam de fugir depressa, uma briga, coisa de mulheres, Sandoval não se interessou muito pelo caso, sim pela fuga na escuridão, ele a guiar o homem aos tombos pelos caminhos, vieram refugiar-se no quilombo, o tenente deu-lhes guarida à custa das moedas que Sandoval tinha feito num ano, o que muito enfureceu o rapaz, que tencionava levar consigo todo o espólio que lhe pertencia, assim pusesse fim àquela vida de parasita humano, sentia-se esmagado, sugado o seu sangue, furtada a sua luz, a espinha quase a estalar com aquele homem-crosta encavalitado nas suas costas, que lhe sorvia a infância, a visão, a liberdade, e foi isto que Sandoval expôs ao grupo que lhe entrou na cabana, nesse dia, e a todos tratou pelo nome, e nem hesitou a distinguir Camilo e Constantino, ao fim da tarde, ele e o resto dos rapazes já eram amigos de infância, rendidos à evidência de que fariam justiça no mundo se todos ajudassem a matar o homem-crosta, de olhos a sair da testa, o grupo reunia-se ao entardecer com entusiasmo para acertar detalhes, era sem dúvida a aventura de maior vulto em que estavam envolvidos, matá-lo era o menor dos problemas, mas libertarem-se do corpo levantava mais questões, como arrastar aquele monstro até à berma do rio sem que ninguém visse, como garantir que não ficava encalhado nos baixios ou entalado numa rocha, ou fosse devolvido pelo lodo do pântano, carcomido de bicadas de peixes e lavagantes de rio, assentaram então num plano que lhes pareceu a todos bastante sensato, ao regressar para casa o homem teria de passar por uma velha oliveira, que apodrecia lentamente com o excesso de água que empapava os solos, poucos sabiam que a árvore, de tão centenária, era oca por dentro, Sandoval, Constantino e Camilo aguardariam no cimo de um galho, a coberto da folhagem, e o que havia a fazer era lançar-lhe uma corda ao pescoço,

como quando enforcavam gatos só para ver os pobres bichos fazendo caretas,

com a corda amarrada nos pulsos, saltariam os três para o chão, elevando o homem pelas vértebras cervicais, depois era só aliviar com muito jeitinho e precisão, deixando o corpo escorregar para o espaço vazio da oliveira, em seguida cobri-lo com camadas de lama, o bando muito entusiasmado, atacariam como os cães, concertados, a cada um o seu papel, vigiar, testar a força da corda, a outros a missão de aprender a fazer o nó de forca, sete espiras apertadas, os dias iam passando e a emboscada abortada a cada noite, ou porque não encontravam o jeito de amarrar um nó de forca,

a única que tinham visto estava agarrada ao pescoço de um velho republicano a quem o tenente tinha levado o neto enquanto ele dormia, os dois haviam escapado até ali, a família refugiada em parte incerta, mas, libertado o moço, julgando na sua ingenuidade que não estava a ser seguido, acabou conduzindo a Guardia Civil até à gruta onde se acoitavam os guerrilheiros e suas famílias, apanhados enquanto dormiam, encurralados, não ripostaram, amontoaram-se os cadáveres, nem as crianças escaparam, mandaram os camponeses emparedar a gruta com os mortos lá dentro, o rapaz responsável pela matança atirou-se de uma ribanceira, e o corpo lá ficou entregue aos corvos e aos abutres, a notícia atravessou a fronteira e o rio, o avô recebeu a notícia com uma estranha indiferença, tinha ficado sozinho no mundo, filhos, netos e amigos, todos assassinados e nem um músculo da face moveu, nem uma lágrima verteu, no dia seguinte lá estava a balançar numa viga da casa do tenente, que levou bastante a mal, não compreendia o conceito de lealdade e traição, mas gostava de ter sempre a última palavra, dessa vez levou-a o velho,

talvez emboscassem melhor o homem, avaliou Constantino, se o detivessem mais tempo debaixo da braçada da oliveira, tinham de ganhar margem de manobra para que o laço se enfiasse entre os socalcos de carne daquele pescoço de peru, ser precisos, ser rigorosos, e para isso o homem-crosta tinha de estar parado de nuca bem visível, só uma pessoa lhes podia valer, e era Lariça, a cigana que escapava à rígida vigilância do seu grupo, com contorcionismo de enguia,

apesar de colaborarem no quilombo, e serem bastante ativos no tráfico e nas ciladas, não queriam gadjos a rondarem-lhes o acampamento, muito menos as suas mulheres, ocupavam a zona mais movediça da ilha, a roçar o pântano, junto ao lugar onde os outros vinham depositar o lixo e os desperdícios, de costas voltadas para os vizinhos, faziam festas de arromba com muita música, dança e vinho, batendo os pés no chão, hasteando as mãos enroscadas, mas se alguém de fora aparecia, a querer integrar-se, também festivo, calavam-se as vozes e as guitarras, recolhiam-se nas tendas, não queriam companhia, eram autossubsistentes, faziam negócios paralelos, tinham as suas vinganças e rixas particulares, o que nem sempre agradava ao tenente, mas a proteção da tenenta estava-lhes garantida,

e essa valia mais,

a tenenta apreciava a quiromancia, gostava de ter por perto algumas mulheres ciganas, pensava ela que lhe valeram mais do que o médico, quando as suas gestações se desfaziam, uma por uma, em poças sangrentas e gelatinosas, e a infertilidade começava a perigar o seu casamento, o seu poder, o seu domínio,

perante o marido e perante as outras mulheres,

e, quando foi da sexta gravidez, entregou a sua barriga ao cuidado da sua quiromante, que lhe analisava as palmas das mãos, alçando muito as sobrancelhas, denunciando apenas metade daquilo que parecia dizer, com técnicas de Xerazade,

no primeiro mês, deixou que ela lhe lavasse o ventre com sumo de frutas,

no segundo, expô-la ao sol, como planta,

no terceiro, ao vento,

no quarto colocou-lhe terra em cima,

no quinto guardava na roupa interior, abaixo do umbigo, minerais e cristais,

no sexto enchia-se de folhas, flores, raízes,

no sétimo purificou-se, bebendo muita água com sal grosso,

no oitavo fazia-se acompanhar noite e dia por uma vela branca acesa,

no nono cobriu-se dos pés à cabeça de joias e ouro,

e, de tão carregada, nasceram os gémeos,

Camilo teve direito ao banho de propriedade, em água de pétalas de rosas brancas, gotas de mel e ouro,

Constantino não, limpo com panos molhados por Séfora, o sétimo filho de sete irmãos, e a cigana arregalava muito os olhos de pavor,

a Lariça nada a impressionava, não era dada a assombros, nem a sua muito condicionada liberdade a atormentava, tão-
-pouco o seu casamento precoce e anunciado com o moço do olhar indignado, era lesta, ágil, desembaraçada, oferecia-
-se para levar recados e escapulia-se, mesmo com os primitos ou irmãozitos a pular-lhe à ilharga, nada a detinha, nenhum medo, raras superstições, a própria tenenta, sempre tão arrediça das outras mulheres do quilombo, sempre tão sensível aos cheiros, modos e rudes vestimentas alheias, achava graça à rapariga, às suas maneiras bravias, à sua trança negligente, à sua cara mascarrada, cheia de vestígios de pântano, ao seu sorriso insolente de dente da frente rachado e um cigarro no canto da boca, ainda que apagado e mordido, era talvez a mocinha mais bonita do quilombo, oculta por detrás do desgrenho, mas ninguém exceto a tenenta havia dado conta, nem a própria, que não prestava a mínima atenção a esses detalhes, nunca aprendera a ser sedutora, nem a lançar mirares insinuantes por detrás das pestanas, lá no fundo, bem lá no fundo, quem sabe ela não tinha consciência da sua beleza, ou daquilo que com a sua aparência poderia conquistar, mas muito cedo se apercebeu de que mais livre ficava se o seu aspecto não pesasse na sua vida, que a condição de mulher cigana era ser duas vezes proscrita, algo lhe dizia que, se a isso se somasse a beleza, não poderia dedicar-se àquilo de que mais gostava, que era chafurdar à sua vontade no lixo, apanhar pequenos tesouros entre a fumaça dos desperdícios, correr com aqueles amigos a semear desacatos pelo quilombo, ser um entre eles,

e os gémeos acolheram-na, sempre a conheceram desde pequena, mas havia um tácito acordo de não aproximação aos ciganos do acampamento, um dia, atrás de um aloendro depenado, de tão catado e colhido pelos habitantes, uma gritaria de velha, eles correram a espreitar, a mulher irada, de vergasta na mão, guinchava qualquer coisa numa língua que os irmãos desconheciam, e repreendia a espumar de raiva Lariça, que não escondia a face aos golpes, pelo contrário, levantava-a bem frente aos castigos da velha, os irmãos intrigados, ela não fazia o gesto de proteger a cabeça, aquele que eles próprios faziam quando eram atacados, que todas as vítimas de agressão ou susto, em vez de protegerem órgãos mais vitais, escolhem a cara para escudarem com as mãos, os braços, os cotovelos, qualquer coisa instintiva, que se apanha de menino e se leva até à morte, mas ela não, o que levava a mulher a repensar os golpes, atenuando a força da agressão, não a queria marcada, Lariça já estava prometida desde que nasceu, o tal moço de olhos indignados, que passava temporadas em misteriosas transumâncias, mas a liberdade chamava por ela de manhã à noite, quase como uma enfermidade crónica, era mais forte do que ela, por isso escapava-se, escorregadia, e quando as avós, as mães, as tias, as irmãs olhavam em redor, já ela tinha sumido, de saias presas entre os joelhos, para correr descalça, e cabelos amarrados no alto da cabeça, para nem estes a estorvarem, juntava-se ao bando que logo a acolheu, ela sabia defender-se como um deles, sabia negociar, se lhe pediam algum favor teriam de lhe dar algo em troca, desta vez exigia livre acesso aos subterrâneos das estátuas sem braços,

aquele esconderijo viscoso, território dos deuses antigos, abaixo da linha de água, e que cheirava intensamente a excremento de morcego, preço muito alto, ainda assim irrecusável, ela parecia um rapazinho encardido, de cigarro pendido nos lábios, volta e meia a investigar com os dedos na boca pedacinhos de tabaco fugidos da mortalha, mas tinha a altivez da adolescência, e quando o futuro enforcado passou de regresso a casa foi rapidamente atraído para o vulto longilíneo que o chamava debaixo da oliveira, muito intrigado o homem, o que lhe queria a moça?, o que estás fazendo fora do teu acampamento a esta hora?, e ao mesmo tempo que indagava ia lançando os dedos untuosos, ajeitava-lhe uma madeixa solta da trança atrás da orelha, eles sabem que estás aqui?, e tocava-lhe nos braços, ia-a enlaçando, mas que tens rapariga, estás com frio?, mão na curvatura da anca, parece que estás assustada, rapariga, anda comigo para a cabana, só lá está o Inocêncio, é cego, ficamos à vontade, não tens medo de mim, pois não?, anda que eu aqueço-te, uma mão a prender-lhe a saia, e já não eram dedos, eram tenazes, que só amputando largavam, e a outra mão no queixo dela forçando o ângulo do beijo, Lariça franziu os olhos da repulsa que o hálito do homem lhe provocava, à espera de que passasse, porque, se não fosse ela o isco daquela cilada, já tinha em vista vários pontos de fuga, ela era uma enguia, como sua mãe e irmãs diziam, sorrateira e esguia, já se contorcia assim que uma mão de homem lhe tentava tocar, mas o trato era ficar, aguentar aqueles afagos lascivos, até que a rota da nuca dele estivesse posicionada, e é aí que um sorriso se abre no rosto de Lariça, mostrando um dente lascado atrevido, o homem desconcertado, aquele não era um sorriso de felicidade, não era um sorriso de quem está prestes a ser seduzido, não estava habituado àquele esgar, não reconhecia aquele trejeito, algo não batia certo, teve um pressentimento, e recuou de horror, nunca largando a saia da miúda, nem ela o enxotou, já lhe via na contraluz do luar o laço a estreitar-se em redor do pescoço,

como enguia sorrateira e esguia,

depois foi como planeado, Constantino, Camilo e Sandoval atiraram-se do galho e o corpo subiu, e com ele um rasgão da saia de Lariça, para sempre presa entre seus dedos, era demasiado pesado, esperneava e dava roncos tremendos, os restantes membros do bando também eles pendurados na corda a içar, até Lariça se amontou a fazer peso naquele cacho de miúdos a tentar erguer o enforcado, nunca pensaram que demorasse tanto a morrer, que o corpo balançasse tanto,

nunca pensaram que desse tanto trabalho matar, parece que há vidas que levam a mal serem desalojadas do seu corpo, como bolhas que enquistam,

mais árduo suster a corda depois de estagnadas as pernas, e tornar a enfiá-las, caídas a prumo, pelo oco da árvore, outra dificuldade inesperada, de facto tinham de concordar, ainda eram uns principiantes neste ofício do crime, entalado, o corpo não descia, ficava a ver-se a cabeça tombada entre a folhagem, Lariça foi a primeira a desertar,

pelo sim pelo não,

não temia os vivos, ainda menos os mortos, sim os espíritos, e aquela cabeça de olhos espetados na testa a sair de dentro da árvore parecia-lhe assombração que ela nem sabia que existia, Constantino subiu à árvore e com os pés em cima do enforcado saltou, fez pressão, ouviram-se quebrar alguns ossos e o corpo lá se invisibilizou dentro do tronco, o plano seguinte consistia em ir buscar baldes de lodo e barro à beira-rio para cobrir o infeliz, mas estavam todos demasiado exaustos com a operação, deixariam para o dia seguinte, que também não foi oportuno, nem o seguinte, nem o depois deste, quando deram conta, já esta árvore era alvo das maiores conjecturas, a árvore gemia, as pessoas apavoraram-se, carpidos profundos e dolorosos que deixavam as mulheres de coração aos saltos, e iam fazer relatos aterradores à tenenta, que era muito supersticiosa e podia ignorar um pedido de ajuda, ou um auxílio para comer, mas nunca descurava os alertas do sobrenatural, e muito tremente, amparada no braço de Séfora, foi ela própria até junto da árvore escutar com seus próprios ouvidos, e sim, um gemido longo, rouco e longínquo como de uma alma entalada neste mundo a querer comunicar algo do além, a tenenta alvoroçou-se, estás ouvindo tu, Séfora?, ora atenta lá, era verdade o que as mulheres diziam, e Séfora sempre pronta a desencorajar a tenenta no que tocava à sua obsessão por almas penadas, que não, não ouvira nada, e logo rebentava uma valente discussão entre ambas, como não estás ouvindo?, olha, ainda agora, que não, Séfora irredutível, já bem lhe bastava ter de gerir almas atormentadas deste mundo, quanto mais as do outro, o bando é que ficou atónito com a romaria que encontrou em torno da oliveira, ora encostavam o ouvido ao tronco, davam pancadinhas na casca da árvore, ora o farejavam, Camilo e Constantino assumiram um perante o outro, eram demasiado novos para tamanho crime que é matar um homem, receberam o ensinamento como uma lição de modéstia, no próximo haviam de se esmerar, não se precaveram, distraíram-se com o correr dos dias, a pequena Maria Albinha causara-lhes muitas ralações, as suas febres não davam sinal de passar, Séfora reteve-os durante muitas horas, passava pelo quilombo um professor de Álgebra, à espera de oportunidade de fuga do país e de um passaporte falso,

e Séfora angariou-o para dar umas aulas aos gémeos, e no que tocava à educação não admitia fugas nem exceções, e policiava-os ferozmente, fosse astronomia, fosse dactilografia, fosse química, fosse esperanto, piano é que não,

Sandoval encantava-se com a sua alforria cheia de claridade, e ficava-se a contemplar a beira-rio, muitas vezes em silêncio, na companhia silenciosa do barqueiro, gostava de ver nascer os dias que se apresentavam brumentos, pálidos e cinzentos e que depois se suavizavam e douravam, em vibrações de brilhos e cores, ninguém o poderia censurar, foram muitos anos de escuridão que se abriam agora para as pequenas vibrações do sol de encontro às águas, que o enchiam de maravilhamento, e esse estado de espírito apaziguava-o tanto que talvez nem tivesse cometido o crime que por demasiado ansiou,

mas era preciso acabar o que estava começado,

soou o alerta geral entre o bando,

o morto não ficara bem morto,

sabe-se lá, há mortos mais teimosos do que outros,

era preciso matá-lo melhor,

ou o que for,

e trataram de encher baldes de lama e de os lançar do alto da árvore, os gemidos desapareceram, o tronco deixou de se queixar, e as pessoas rapidamente se esqueceram do sucedido, como sempre acontecia no quilombo, onde nada era definitivo,

o anormal era a norma,

os acontecimentos de véspera eram soterrados pelos do dia seguinte,

a oliveira mortiça entretanto revigorou-se, não se vira em todo o quilombo árvore tão viçosa, fervilhava de pequenos animais, viveiro de formigas, ratos, sapos, toupeiras, e cresceram-lhe ramos tenros e felizes, mas Maria Albinha é que definhava, uma disenteria, oportunista da malária, diagnosticou o médico depois de muito instado pelos gémeos a observar a pequena, precisa de mudar de ares, e quando ele dizia estas mesmas palavras todos sabiam o que significavam, a criança teria de ser enviada para a aldeia do vento, Nadepiori, onde as mulheres embruxavam seus cabelos, e andavam com pedras dentro das bainhas, Sandoval e Lariça acompanhavam Constantino e Camilo nesta despedida, que era molhada, nos olhos, e nos pés, nas pernas, até à cintura, nunca haviam visto os amigos tão abalados, arrastavam o andar revolvendo o lodo, seguravam a menina, passavam-na de um para outro, hesitavam, e ela não está parecendo muito melhor, Camilo?, sim, parece que os seus olhos estão brilhando mais, Constantino, vamos deixá-la ficar mais uma semana, e Lariça empurrava-os com palavras duras, naquele seu jeito estranho de falar, trocando da ordem as palavras

acabado tem o que a feito ser começa,

e eles tomavam-lhe a testa, na ilusão de que a febre abrandasse, e seguiam pelos pântanos, com águas paradas até aos quadris, afastando nenúfares, prendendo os pés nas raízes submersas, rasando os juncais, sendo penteados pelos ramos murchos dos chorões, de quando em quando parando para arrancar as sanguessugas, erguendo Lariça e Sandoval à cabeça as oferendas às mulheres que aceitassem ficar com uma menina tão débil e modorrenta, enfezada para a idade, talvez fosse tarde de mais, porque adiaram os irmãos a entrega às mulheres de Nadepiori,

porque tinham esperança,

e a esperança pode ser muito imprudente,

tal como imprudente era aquela travessia pelo pântano até ao braço de rio que os separava de terra, havia um trilho, algumas marcas deixadas pelas mães que aqui vinham fazer a entrega de bebés, uma estaca afundada, uns laços esfiapados, uma enfiada de ramos quebrados, como sobressaltos na paisagem, indicavam o caminho seguro, mas muito ténues, tinham de fazer uns ziguezagues improváveis, nunca atravessar a direito, guiar-se pelos rastos das mulheres não era seguro, o pântano mantinha-se inalterável à vista, mas revolvia-se por debaixo das águas espessas e turvas, só as mais velhas de cajado à frente enfrentavam a travessia, seguidas pelo cortejo de mães com as crianças enfermiças ao colo, o perigo de entrar em areias planas, atolar-se, ser engolido devagar e nunca mais dali sair, mas Sandoval tinha este poder de ver o invisível, os irmãos e Lariça seguiam-no sem hesitar, sem atentar nos perigos e nos trilhos, nem quando Sandoval dava voltas improváveis e parecia voltar para trás, quando na verdade apanhava atalhos submersos,

talvez a cegueira que o homem-crosta lhe impôs o tivesse tornado mesmo vidente,

a travessia fez-se, os irmãos tão confiantes da visão invisível de Sandoval, que só tinham olhos para a menina ao colo, que já nem abria os seus, amodorrada com a humidade ascendente, que largava em todos eles gotinhas de vapor e de suor, e eles falavam com a garotinha, tentavam acordá-la, e Lariça irritada com aquela atenção tão maternal, tentava endurecê-los e mandava-os para a frente,

eh, dois vocês, ó Camilo, ó Constantino, que nada valendo, estar havia a menina entregue a dois piegas?,

e puxava uma baforada do seu cigarro murcho,

pôr rija as senhoras de Nadepiori vão, meter ao medo susto podem, mas feiura não é censura, me escutando estão, ó Constantino, ó Camilo?,

não, não estavam, só se ouviam um ao outro, e a respiração de Maria Albinha à vez, a orelha de cada um encostada na boca entreaberta da menina, já não ofegava, apenas um sopro sumido, deixavam-se ficar para trás, inquietos com a miúda, nada mais lhes importava, alheados dos fundões e de outras ameaças escondidas no lodo que calcavam, dos animais escorregadios que lhes roçavam as pernas, das melgas reluzentes de avidez que espalmavam nos braços e nas faces, sem dar conta da nódoa de sangue que se espraiava nas peles húmidas,

o ruído de águas correntes fê-los lembrar que estavam no final do percurso, teriam de subir uma ribanceira agarrados às raízes, enfiar-se no lodo negro até aos joelhos e trepar como podiam o promontório onde se erguia um canavial hirsuto, como uma barba de homem, outras mulheres tinham escavado um túnel, para mais fácil passagem, por baixo dos pés das canas, e seguiam de rojo até junto do braço do rio, e na outra margem lá estavam elas, as bruxas de Nadepiori, de cabelos emaranhados, a tapar-lhes meio olho, a entrar-lhes na boca, com aquele caminhar retorcido de ficar virada para baixo e a espreitar para cima, a escorrer lama e sujidade, lançaram a cesta, e os dois irmãos lá acomodaram a pequena Maria Albinha, adormecida, na cestinha suspensa do galho de salgueiro, junto a ela os víveres que conseguiram surripiar da cozinha lá de casa, território de Séfora, que geria uma equipa de cozinheiras e lhes infernizava a vida se tudo não ficasse a seu contento, e por causa de uma pitada de sal a menos, ou manjerona a mais, ela mandava irada deitar tudo aos porcos, se as coisas correndo a seu contento, desmanchava a sisudez do rosto, e sentava-se com as mulheres, parecia que por momentos desanuviada, parecia que por momentos a interessar-se genuinamente pelas suas conversas, suas famílias e vizinhança, depois começava a alhear-se, os seus traços a contraírem-se, inspecionava mais uma vez as confecções, cheirava, provava, aprovava, mas jamais comia, jamais se sentava à mesa, como ao fim do dia, quando a casa serenava, depois de prestar toda a assistência à tenenta, que chamava por ela, a ajeitar vestidos, a compor a peruca para o dia seguinte, a ajeitar-lhe a rede para que os mosquitos não a importunassem durante a noite, a espalhar farinha em redor para que se detectassem os pés dos homens molhados que lhe assombravam o sono, e só então Séfora comia, sempre a mesma dieta, papas de milho com banha, e nos dias bons permitia-se uma pitada de canela, antes de se deitar remexia as sobras, avaliava se ainda se conservavam para o dia seguinte, zelava para que nenhum animalejo lhes chegasse, corria fios de linha fina em torno das mesas e cadeiras, para precaver que ninguém rondasse, que era proverbial o rasto que a comida daquela casa deixava nas redondezas de comidas rápidas, sem apuro e de emergência, e havia tentações, ladrões famintos e, os mais temidos de todos, Camilo e Constantino, que se furtavam à hora do jantar mas arranjavam maneira de assaltar a despensa, apesar dos ardis de Séfora, que enleava a cozinha e prendia o cabo do fio ao dedo do pé enquanto dormia, mas os gémeos sempre arranjavam maneira, em astúcia não tinham competidor à altura,

eram duas vezes um,

Séfora sempre mulher ímpar, sem aliados, e ainda assim não desistia de domesticar aqueles rapazes e incutir-lhes algumas regras, em terra de gatunos, trapaceiros sem maneiras, esse dia não foi exceção, os gémeos contornaram todas as armadilhas de Séfora, já com um certo enfado, porque não se resignava ela a deixá-los em paz,

assim como assim,

eles fariam o que bem entendiam, mesmo que o fio não vibrasse no dedo do pé daquela mulher que se habituaram a tratar mais como um empecilho no seu caminho do que como protetora, e foi assim que naquele fim de tarde Maria Albinha vinha pela segunda vez na sua vida passar por cima do rio, com cheiro a sopa de beldroegas, o que muito pareceu agradar às mulheres de Nadepiori, a maioria dos meninos do rio chegava-lhes com sacos de trigo, de arroz ou de grão, nunca com alimentos cozinhados e bem apurados, e com Maria Albinha, além da panela de sopa, chegava também uma encharcada e um pernil de presunto, do lado de cá da margem, Camilo e Constantino apercebiam-se de como, do lado de lá, a menina era disputada, mal olhavam para ela,

ah, tão mal-encaradinha,

mas apreciavam muito as oferendas, ainda mais quando na cesta encontraram um par de sandálias novas, cor de areia seca, que muito agradou às mulheres, todas a tentarem experimentá-las nos pés desgrenhados, de unhas negras de lodo, a Lariça pareceu-lhe mal esta avidez, nem deram conta de que Maria Albinha ardia em febre, desatou a gritar para o lado de lá que tirassem a mão dela,

suas patas-roxas, bardajonas, sevandijas,

queria a menina de volta, mas aí foram os rapazes que a travaram, e as mulheres de Nadepiori a pensarem que pelo menos resgatavam a criancinha inocente,

pobrezinha, tão amarelinha,

das mãos desta cigana que arregaçava as saias e mostrava as pernas como um homem e gritava de cigarro ao canto da boca, do rapaz que parecia que tinha olhos na nuca, dos dois gémeos, moços bonitos, iguaizinhos não fosse um coxear, filhos da tenenta, mas já se lhes notavam os laivos de maldade nos olhos tão claros,

que olhos tão feios, comentavam em surdina,

valha-nos nossa senhora, que se via lá dentro a cólera contra os fracos,

o que mais custara fora a despedida, vê-la passar num cestinho precário por cima de um braço de rio convulsionado, em baixo a arrogância das pedras, a insolência das arestas, fazendo o percurso inverso de quando voou pequenina, naquela remota noite de ardósia que ambos recordavam como o momento mais tocante das suas vidas, queriam-na de volta, sim, mas curada, despertada, engordada, daí em diante prometeriam mais iguarias, mais vestimentas daquelas que o brasileiro e a tenenta encomendavam, porque viam nas revistas, mas rapidamente a mãe as jogava para um canto, enfastiada, no regresso, seguindo o trilho determinado por Sandoval, os dois irmãos vinham irritados, não por terem visto as mulheres de Nadepiori a lamberem os dedos das iguarias, em vez de se preocuparem com Maria Albinha, mas era a leveza nos braços que agora traziam que não podiam suportar, apetecia-lhes bater, encontrar um miserável qualquer, não lhes bastou terem esventrado um sapo, gordo e orgulhoso, que, incauto, se havia cruzado no seu caminho, nem fazer de uma cobra-d'água corda de atirador, talvez se pegassem com o primeiro que apanhassem pela frente mal chegassem ao quilombo, quem seria?,

o moço dos olhos indignados?,

aventou Sandoval,

todos haviam notado o ínfimo interesse que Sandoval dedicava a cada gesto, cada palavra, cada pedaço do corpo de Lariça, uma clavícula parda, uma gota de suor que se detinha na testa, os bocadinhos de ar que aspirava antes de despejar um suspiro, uma sarda que lhe surgia nos dias de maior sol, os nós dos dedos, a madeixa que soltava e lhe tocava o bico do peito, a sombra que sublinhava os seus contornos, as plantas esmigalhadas sempre que levantava um pé, todos haviam percebido, talvez até a rapariga, mas tratava-o como um dos outros, não era sentimental, não sabia o que era o dó, nem a compaixão por quem padece de indiferença, que é pior que o desamor, e os dois irmãos não faziam caso, soubessem eles os estragos que a pequena Maria Albinha iria causar, daqui a uns anos, nas suas vidas,

da missa a metade,

nem podia ela amar a cada um pela metade, não sabiam nem sonhavam o que estava para vir, pensava Sandoval, o vidente, cada vez mais melancólico e silencioso, por agora sofria sozinho, os gémeos não queriam saber de corações despedaçados, interessava-lhes antes despedaçar, tudo o que vissem à frente, em ânsias de andar à pancada, não lhes bastava desgraçarem os anfíbios, nem as plantas estraçalhadas à sua passagem,

talvez infernizassem a cabeça a Séfora, talvez partissem os jarros de água limpa, pontapeassem os panelões de ferro ao lume, rompessem as teias de aranha, já enegrecidas de vapores e muco, trabalho de anos, que a mãe carinhosamente cultivava nas esquinas junto à rede de dormir, na esperança de que lhes apanhassem os mosquitos sempre sedentos do seu sangue, e de manhã, se via muitas carcaças ressequidas já abandonadas, a tenenta enternecia-se, reconhecida, e presenteava-as com varejeiras suculentas, e até estes esconsos sagrados e intocáveis da mãe eles vinham capazes de rasgar, sulcar com os dedos raivosos, espatifar tudo, as aranhas obesas, a morrer lentamente depois da sapatada, a recolher as patas, a embrulharem-se na sua própria mortalha, até da sua altivez restar um pequeno ponto, ínfima nódoa de uma soberba existência,

nada é tão humilde na hora da sua morte como a aranha,

e eram estas que os gémeos queriam anular, todos os seres vivos, tudo o que se mexesse, naquele conspurcado pântano, onde vinham de abandonar Maria Albinha doente às mãos daquelas mulheres de espinhas arrepiadas pelo medo e pelo vento, e eis que uma cegonha,

nunca se mata uma cegonha, advertiu Sandoval,
eis que uma cegonha,

e eis uma cegonha jovem, esplêndida, ufana de briosas penas, a chafurdar o bico num esterco de peixes decompostos, e ao vê-los aproximarem-se delongou-se, não se atemorizou num restolhar de asas, como fazem todos os pássaros ao abeiramento humano, esta não, prosseguiu a refeição, virou a cabeça de plumagens brancas luzidias na direção do grupo, nunca se mata uma cegonha, advertiu Sandoval, mas não sabe se o disse, se o pensou, e a cegonha, a exibir todo o seu esplendor, no contraste branco e preto, nunca se mata uma cegonha, esta era tão jovem que ainda não devia ter feito a primeira migração, toda ela tenra, perfeita, exuberante, implacavelmente branca, nunca se mata uma cegonha, cometeu o erro de não ser assustadiça, de errar o cálculo, de não precaver a aproximação humana, de voltar o pescoço para trás e soltar aquele som de batidas em madeira oca, que é o seu canto, nunca se mata uma cegonha, foi de mais para os irmãos, que viram na impassibilidade da ave, alva e virginal, uma provocação intolerável, nunca se mata uma cegonha, e já deslizavam no pântano, cabeças semi-submersas, ligeiros como dois crocodilos, nunca se mata uma cegonha, e, quando esta deu por Constantino à distância de um braço, já Camilo lhe cortava a retaguarda, nunca se mata uma cegonha, Constantino puxou-lhe por uma asa que tentava iniciar o voo, escapar daqueles predadores que desprezou, foi só o tempo de Camilo lhe jogar a mão ao pescoço, a ave em contorções de enxovalho, embrulhada na sua própria aflição, Camilo a torcer-lhe o pescoço, Constantino a arrancar-lhe uma pata, Camilo a estrafegá-la à dentada, Constantino a puxar-lhe pelo bico, os olhos vítreos da cegonha assassinada,

dois círculos negros exatos,
e vencidos de terror,
e uma explosão de penas errantes, desgrenhadas e sujas, e os despojos ensanguentados do que foi uma cegonha, cujo peso não bastava para ir ao fundo, permaneciam em enxovalho na placidez do pântano, intacto silêncio,
a ressoar numa catedral lúgubre e húmida,
depois daquele estrebuchar de raiva e pânico, os dois irmãos ainda ferventes de ódio, ainda arfantes a limpar o sangue do pássaro que lhes ficou na boca e nas mãos, o sabor do sangue cru, que salpicava do arpéu do atum,
e Constantino a descer a última encosta da serra com a cabeça cheia de memórias da terra, que o levavam sempre para o mar,
mas que julgavas tu?, por manteres afastados os teus olhos, que ele se escapava de ti, não te iludas, moço da terra que vem fugindo do mar,
estás inundado de mar por dentro, como o bicho da madeira que nela nasce e a consome,
por mais que corras e lhe tentes fugir, vais sempre de encontro a ele,
e ao bote dos atuns que te fixavam com
dois círculos negros exatos,
nunca se mata uma cegonha.

CAPÍTULO V
parte, volta, vai e vem, alheia a si mesma, intangível, ora certa, ora incerta da sua existência.

Nunca peças a quem pediu, nem sirvas a quem serviu, dizia a minha avó, que era mulher muito sábia, mas se era analfabeta, como nós?, que tem isso que ver?, se há outras maneiras de ler o mundo, o sermão do padre, não estavas atenta?, a profecia de Ezequiel, não, ele disse,

o pânico é o abutre que se senta no teu peito,

quem disse, o padre?

não, o poeta, achei bonito e decorei,

pobre tonta, ficas à noite acordada a ouvir os senhores e adormeces à missa,

que disse o padre, então?

que Leão IV, o imperador de Constantinopla, roubou a tiara de pedras preciosas a Nossa Senhora e coroou-se a si próprio,

como Napoleão?,

que dizes tu?, tolinha, nada se te aproveita, que tão pouco entendes, ouvi dizer, em vez de prestares atenção ao que prega o senhor prior, sou toda ouvidos para ti, agora,

que esse imperador de Constantinopla, por sacrílega vaidade, roubou a coroa à santa e morreu infectado de carbúnculo,

olha, que de emenda já não lhe valeu, anda de servir o lanche às meninas, ouço-as há horas em torno do piano, que nada, ouves agora lá, só a menina Séfora se estafa a dar ao dedo, a outra está espojada na cadeira, a catar caruncho em cada furo da madeira,

com a ponta das agulhas, escarafuncha, empurra, espeta, e investiga com empenho o resultado da caça, a piscar os olhos com o ínfimo despojo, incerta, suas belas pestanas espremidas, a averiguar se no bico trazia ou não o bicho que dia e noite lhes devorava a mobília, num rumorejar constante, suas roldanas de mastigar tábuas,

que ela é não como a mãe, que esfolou muito joelho a esfregar escadas, ela acha que há de conseguir tudo na vida pela sua boniteza, por isso não precisa de se esforçar, nem nas lições de piano, nem nas bordaduras, nem nas pinturas, nem na caligrafia, tudo deixa aí pelos cantos, inacabado e sem esmero,

é boa menina, a Palmyrinha, só não trabalha porque não precisa, nã, que a mim não me engana, faço que não percebo, mas bem vejo que ela entorna o balde escadas abaixo, assim que eu terminei de as encerar, deita pimenta no panelão do arroz-doce, enxovalha as camisas de dormir da senhora depois de eu as passajar com tanto sacrifício, que a senhora troca de camisa todas as noites, cada uma com mais plissados e rendas miúdas, que se senta em cima da beca do senhor doutor juiz depois de eu passar uma noite em branco a inteiriçar-lhe com claras de ovo batidas os folhos das palas nos ombros,

isso não é maldade, são coisas de moça,

se eu contasse o que sei, esta família desfazia-se como torrão de terra seca debaixo da minha soca, fala, quem te impede?, o meu instinto de sobrevivência, foi sempre o meu instinto de sobrevivência que me deteve e me moveu, quando deitei a correr desembestada mal a senhora me mandou chamar, atirei o avental ao chão, larguei o outro serviço a meio, vim sem olhar para trás, deixei tudo e todos, está louca, a rapariga, desembestada, deu-lhe o badagaio, e eu vinha tão feliz, a ajeitar o cabelo, a pensar que a minha vida ia mudar, não tanto como mudou a tua, mas ainda assim mudar, nunca mais escaldar as mãos na água a ferver na barrela, nunca mais lavar capoeiras e receber bicadas nos tornozelos, nunca mais raspar baldes dos despejos, ia a subir as escadas da casa do senhor juiz, ela saias alvoroçadas, o cabelo a insistir, a desertar do rolo, tal a excitação de voltar a vê-la, a amiga com quem cresceu, com quem padeceu, e com quem chorou, com quem partilhou, com quem calou, com quem correu, pés descarnados atrás das cabras, com quem suspendeu a respiração a roubar as hortas dos vizinhos, os pais de ambas alistaram-se a fugir da pobreza e da ranchada de filhos, e acabaram enterrados vivos numa trincheira distante, a cada uma delas restou uma família arruinada, mães escalavradas, irmãos enfermiços, acudiam a tudo, a acarretar um fôlego de sustento para dentro de casa, nem lhes deram tempo de serem crianças, amparavam-se, na companhia uma da outra, encontravam resíduos de alegria nos cabelos, nas polpas dos dedos, e embrulhavam-se de riso, e enquanto não chegavam a casa a distribuir insuficiências,

os irmãos a arranharem-lhes as mãos, a farejarem-lhe as dobras das saias,

aconchegavam bem a sua amizade, enroscavam-na, estimavam-na, ajeitavam-na com carinho,

sopravam-lhe com cuidado, em ambas as mãos, como os antigos costumavam para transportar o fogo,

faziam-se à estrada a pedir, um dia foram tão longe, calcorrearam tanto, que ambas sabiam que era para não voltar para trás, nessa noite comeram, lambuzaram-se com a porção delas mais a que costumavam destinar aos irmãos, e riram muito, seguiram as luzes e a música de um bailarico num monte perdido, dançaram e saltaram, riram ainda mais, ninguém lhes prestou atenção, exceto uma mulherzinha equívoca, que lhes ofereceu guarida, dormiram com a exaustão e o repouso tranquilo de quem ainda tem poucos anos atrás a pesar-lhe nos ossos, foram despertadas pela mesma mulherzinha equívoca, que dizia pela boca o que desdizia pelos olhos, elas ainda assim, pobres tontas, apaziguados os estômagos pelo leite que a mulher lhes oferecia, pelas roupas limpas que lhes dava a vestir, silenciavam quem eram, de onde vinham, mas quando os seus olhares se encontravam tornavam a rir do ar equívoco da mulherzinha, parecia-lhes uma doninha, de corpo cilíndrico, pernas e braços curtos, e tapavam a boca com a mão a sufocar o riso na sua presença, prontas para escapulir dali para fora mal ela desaparecia, o campo inteiro como fuga e encher os bolsos de pão e azeitonas, mas a porta estava fechada, e aí o riso conteve-se, o grito refugiou-se no medo, porque apareceram sombras no quarto escurecido, e elas não imaginavam que sombras de homens pudessem ser tão pesadas, e os ossos delas tão frágeis e quebradiços,

ossinhos ocos de pássaros leves,

só queriam sair vivas daquele chocalhar, elas esquálidas, ainda sem carne rija de mulher, uma mão deles apanhava-lhes a coxa inteira, como um garrote pegajoso, nessa noite, depois de idas as sombras, ainda se riram ao tocarem-se as mãos, por se saberem sobrevividas, mas na noite seguinte e na outra e na outra, todas elas eram sangue pisado sobre o sangue pisado da véspera, a porta aberta, a mulher doninha que as vinha alimentar a cada manhã, talvez se tivesse condoído delas, tão novinhas, tão indefesas, não aguentariam mais uma noite, rodada geral das sombras, talvez quisesse que escapassem como ela não escapou um dia, talvez fosse uma armadilha, e os homens sombra estivessem lá fora, à luz do dia, à espera de as agarrarem e as torcerem, dois dedos bastavam, como faziam aos pescoços dos coelhos, talvez soubessem que estavam tão fracas, tão doridas, que nem se arrastando podiam ir longe, mas eram duas,

e a amizade duplica,

foram temerosas, pernas ensanguentadas, dois laivos de sangue seco até aos pés, a cheirarem mal como dois animais atropelados à beira da estrada, ampararam-se, aconchegaram-se, sopraram o fogo da sua união e ele, apesar de enxovalhado, molhado, espezinhado, continuava lá, a dar uma chama tímida e cálida, à espera de mais um sopro e mais combustível, e numa fonte se lavaram, expungiram-se com pedras e terra, alisaram os cabelos uma da outra com os dedos, roubaram peças de roupa postas a secar, assaltaram capoeiras, ajeitaram-se como puderam, e sobretudo evitaram os caminhos principais, sempre à volta, sempre a contornar, sempre a enterrar os pés na lama, as ramagens bravias a traçajarem-lhes as pernas de crostas, constelações erráticas, bastava uma voz de homem lá longe nos campos para as fazer tremer e correr espavoridas, a inverter ao acaso direções, até a fraqueza e os músculos não aguentarem mais, e escondiam-se aninhadas, abraçadas uma à outra, até à próxima manhã, que lhes trouxesse mais luz e alento, guiadas pela fome chegaram às bermas de uma vila, hesitaram muito, esperaram que os homens saíssem para o campo de manhãzinha, e entraram de cabeça baixa de medo e vergonha,

de medo e vergonha pelo aspecto que sabiam que tinham, duas bichos do mato, famélicas, escanifradas, não ousavam olhar para ninguém, a custo foram, sempre de mãos dadas, a bater às portas dos fundos, a balbuciar, davam conta de que nestes dias de fuga mal tinham falado uma com a outra, a voz saía-lhes interrompida, as pessoas tomavam-nas por retardadas, enxotavam-nas com o gesto de quem espanta mosquitos da fruta, ofereciam-se para criadas, todo o serviço, se tivessem a caridade, o que lhes pudessem dar, não eram exigentes, nada mesmo, quase não comiam, nem tinham necessidade, bastava-lhes um canto para encostar a cabeça, os braços eram magros mas capazes de transportar canastras, as pernas oscilantes mas capazes de sustentar jarrões de água à cabeça, sim, todo o serviço, apenas queriam abrigo, o trabalho não as assustava, até o desejavam para sepultar más memórias, mas de que más memórias falam vocês, que tão poucos anos levam e já as querem enterrar?, perguntou-lhes uma mulher que se interessou por elas, e elas que não, não era nada, coisas que se dizem, e a mulher condoeu-se daquelas duas pobrezitas, e arranjou-lhes trabalho, à experiência, minha senhora, de confiança, sim, são minhas primas lá da aldeia, coitadas, sim, um pouco lerdas, elas já se contentam com um teto e um cantinho ao pé do fogão, não são estouvadas, não, quase nem falam, têm cara de susto, pois têm, o rosto mais velho que o corpo, vão minguadinhas de fome, e nas casas fazem sempre falta mãos pequeninas para arear as pegas das pratas e raspar a fuligem nos cantos, as pequenas, enlaçadas, a medo, desviavam os olhos, deslarguem-se que agora vai cada uma para seu lado, puxaram-nas, mas teve de ser à bruta,

são irmãs?, se somos mais do que isso, ora não venham de lá com coisas, que pobres de pedir não conhecem manias, querem lá ver a fidalguia, e arrancaram-nas do abraço, dedo a dedo,

uma foi trabalhar com outras da sua idade, numa albergaria, onde chegavam todos os dias feirantes, quinteiros e caixeiros viajantes, outra foi mandada para o maior casarão da terra, janelões rasgados e estreitos como frestas de pupilas de gato, e com vitrais verde-fundo-de-garrafa, a miúda hesitou no meio do largo, todas as portadas estavam cerradas, sentia-se observada por uma anciã cega, não era ela que olhava a casa desabitada para onde a encaminhavam, era ela a casa desabitada que a mirava do alto dos seus três pisos, e invadia-a com a sua sombra, como se tragada por ela, outra vez, o dono, um juiz viúvo, jamais mais lá voltou, a mulher e três criadas morreram de pneumónica, todas no mesmo dia, morte súbita e silenciosa, enquanto o juiz saía à rua, com o seu mastim negro que lhe seguia os passos, regressado à hora do almoço, todas quatro sem vida, corpos contorcidos sobre a sua cama, pareciam náufragas numa balsa infectada de fluidos e miasmas, o cão foi quem detectou primeiro a morte, à porta da casa, dava voltas sobre si mesmo numa aflição, o dono sabia a mulher doente, tratava-se com quinino, purgantes salinos, xaropes de amónio para as tosses, a pneumónica rondava a vila, empilhavam-se cadáveres em serapilheiras para a carreta funerária levar, proibiu-se a circulação das notas de tostão, lavava-se as ruas com cal, queimavam-se livros para não contaminarem ao passarem de mão em mão, mas a peste só atingia pobres, mendigos, subnutridos, sem condições de higiene, por isso os sentimentos confundidos do juiz, por um lado o desgosto, por outro a inconveniência, a mulher não lhe tinha dado um filho ainda, por outro a vergonha, o nojo, a repugnância, o asco, por aquelas caras arroxeadas de olhos escancarados,

espojadas, descobertas, saias arreganhadas, bocas retorcidas, esganadas, em cima da sua cama,

que espetáculo, que indecoro,

que raio faziam os corpos torcidos das mulheres agarradas umas às outras na sua cama?,

que indecência,

desesperavam por ar, sufocavam, procuravam um soprozinho final nas bocas umas das outras, disse o médico a cobrir a sua própria com um lenço,

  e morrerem assim as quatro ao mesmo tempo, sem que uma ficasse para trás a compor o corpo das falecidas, doutor?

  um encolher de ombros, as coincidências, os acasos, as sobras da ciência,

  o médico mandou selar portas, local contaminado, partiu o juiz, deixou o cão e uma velha à guarda da casa, aquela que dava empurrões nas costas à rapariga que hesitava perante a sombra predadora da mansão, a velha passou-lhe para a mão um trapo e um balde com cal virgem, teria de aquecer a água, dissolver a cal e passar o caldo por cada canto, por cada tábua, por cada móvel, por cada estrado, por cada madeira, por cada portada, por cada centímetro de parede, por cada degrau daquela casa, depois de longa ausência o juiz estava para voltar, assim que todos os quartos desinfectados, e a rapariga viu-se ali, sozinha, transida no hall de entrada, na casa onde ninguém ousava entrar, ela e aquele cão que lhe dava chicotadas nas ancas com a cauda, viu-se com uma tarefa para a vida, ao fim de uma semana a esfregar tinha as mãos esfaceladas de queimaduras, e lesões na cara e no peito, mas afeiçoou-se ao serviço, seguia criteriosamente divisão por divisão, e foi penetrando corredor ante corredor, e com ela o cheiro a cal viva, os seus olhos descobriam recantos, os pequenos dedos penetravam em esconderijos imperceptíveis, torneavam objetos exíguos, ia fechando atrás de si divisões, depois de, com os seus olhos de rapina, não darem com nenhuma zona por desinfectar, em vez de prisioneira da casa escolheu ser ela a carcereira, às vezes encontrava-se com a amiga na rua, iam as duas conversar um pouco para a entrada da vila, no exato sítio onde tempos atrás se aninharam assustadiças, mas já não eram as mesmas, uma queixava-se do trabalho duro na albergaria, a outra tinha ganhado manias de limpeza, não suportava o cheiro a esterco dos cavalos nas estradas, raspava as botas da lama vezes sem conta, evitava o contacto físico com a amiga, onde dantes havia abraços, agora restava uma distância higiénica, e a outra ressentia-se, claro, desta frieza, mas só ela podia compreender esta busca desesperada pela pureza, elas que já tinham sido sarjeta do cio de tantos homens, e a velha ia dando sinais ao juiz de que a casa estava uma beleza, a rapariga que arranjara esmerava-se, o cão morrera-lhe, pronto, sem razão aparente, ninguém suspeitaria que a rapariga tão limpa e apaziguada lhe cozinhasse uma empada de miúdos de galinha com cal viva, e o animal ardeu por dentro, mas ninguém indagou, ela achava que o bicho lhe conspurcava o trabalho, trazia lama nas patas, pulgas, pelos acumulados nos cantos e jamais deixava de encontrar esconsos para limpar e as mãos vermelhas de sangue, quase sem pele, ela sempre insatisfeita a polir mais e mais, e reabria as divisões, tornando a fechá-las atrás de si, depois de cada centímetro escrutinado pelo seu pano de limpeza e o seu olhar alcalino, com o tempo, encerrou-se em casa,

ou ela tomou conta da casa ou a casa tomou conta dela,

jamais dava o serviço por terminado, e vivia entre vapores de alfazema cozida, e vinagre, e continuava a expurgar, a avistar restos de fuligem, poeiras, uma pestana que fosse fora de sítio, regressado o juiz muito aprazido, com todo aquele expurgo que quase o fazia esquecer a purulência das quatro mulheres mortas sobre a cama, também ele mal saía de casa, poucos o avistavam nas ruas, foi dispensada a velha, e conta-se que patrão e empregada partiram na discrição da noite, voltaram sete anos depois como casal e com uma criança, as portadas do casarão voltaram a ser abertas, e a amiga largou tudo mal soube que a senhora da casa a queria de volta, atravessou a vila a correr, o coração a palpitar, passou-lhe tudo pela cabeça, rever a única amiga, o calor de um abraço como nos tempos antigos, uma salvação para a sua vida de tormentos, mas chegou lá e esbarrou nos olhos da senhora, não eram olhares de reconhecimento, eram olhares de escrutínio, de desaprovação, por aqueles pés imundos, por aqueles trapos andrajosos, aquele cabelo engordurado, empregou-a em casa,

convém ter sempre por perto quem partilhou os teus segredos mais inconfessáveis,

mas sempre como criada de copa, nunca de dentro, e lá prosseguiu ela a sua vida de esfregar fuligem, transportar despejos, lustrar escadas duas vezes ao dia, a senhora engordara, ganhara uma papada distinta, não fora o ar assustadiço que lhe ficara estampado no rosto, e as roupas que vestia da falecida estarem-lhe desajustadas do corpo, pouco restara daquela miúda escanzelada e maltrapilha, agora dava ordens o tempo todo, mandava limpar, encontrava nódoas, pingos, máculas em cada esquina e as criadas a tentarem remediar numa azáfama e repararem também com olhos de coruja, e o juiz apreciava aquela mulher limpa, que mais ambições não tinha senão servi-lo a ele e à filha, quando na verdade era à casa que ela servia, e escusava-se a abandoná-la, só para ir à missa e aos velórios de vez em quando, renegando qualquer festividade, qualquer convívio social, ao juiz parecia-lhe adequada, já que a mulher não tinha qualquer educação, antes assim, a olhos distantes a todos pareceria virtuosa, não se expondo, era menos um enxovalho, tanto que ela própria se esquivava quando visitas apareciam em casa, e nunca tomava as refeições à mesa da família,

mas o que estás rumorejando, mulher, sempre implicando com a vida, que temos as meninas à espera, de que reclamas baixinho? reclamando nada, coisas cá comigo, nunca peças a quem pediu, nunca sirvas a quem serviu, e olha que a menina Palmyra vira do avesso o copo se encontrar natas no leite, tens de repassar duas vezes, com a Seforinha vai descansada que nunca se queixa de nada, e as meninas estavam tal qual as criadas previam, Palmyra, reclinada na poltrona lânguida, balançava as pernas e seus folhos brancos, enfadada, enquanto Séfora, ao piano, ensaiava uma partitura, fazia tudo com gosto, esforçava-se só pelo prazer de aperfeiçoar, ao contrário de Palmyra, que já nascera com a vida almofadada, crescida em ninho de plumas, e considerava o esforço uma violência, os pais sempre acudiam aos seus caprichos, filha única de um pai tardio, com idade de avô, e de uma mãe imatura que deixou a infância suspensa dentro de uma casa imaculada, sabia ser servil com o marido, tirana com as criadas, mas jamais aprendera a relacionar-se com esta filha que se comportava como a rainha deste xadrez, pois que todos os movimentos lhe eram permitidos, perante as suas pretensões, a mãe reagia com indecisão e opacidade, e Palmyra ganhava a dianteira, logo no parto mostrou quem mandava, rasgou a mãe por baixo tão violentamente que a impediu de se sentar durante semanas, sangrava o tempo todo, deixava lastros, manchas, máculas, que lhe eram insuportáveis, gastava metade das suas forças a lavar com fúria os seus próprios rastos, a outra metade das forças dedicava-a à menina, que berrava, trilhava-lhe o peito, abria-lhe fissuras nos mamilos, rejeitava a ama de leite, exigia aquela mãe esquálida de fadiga, a todo o instante, percebia-lhe o ponto fraco, bolsava-lhe em cima, vomitava, tingia-lhe os vestidos e os lençóis, parecia que detectava quando estavam de lavado, e tardava em largar as fraldas, forçando, com genuíno gáudio, a sua mãe a limpar-lhe toda a sujeira, em boa verdade ambos os pais procuravam tudo para a satisfazer, tudo por obra e graça dos seus lindos olhos pardos, arranjavam os melhores professores para virem a casa, não hesitavam em despedi-los à mínima queixa, compravam-lhe bonecas e seu enxoval mandado vir do estrangeiro, vestiam-na de luxo da cabeça aos pés, mas a miúda fartava-se de estar sozinha a brigar com as criadas, de ficar tardes na janela a irradiar a beleza do seu busto em formação, e trataram de arranjar-lhe uma amiga, mas não havia de ser qualquer uma, souberam da filha do telegrafista, que muito boas referências trazia, e Palmyra e Séfora logo se entenderam, o homem muito honrado de ser chamado à presença do juiz, com Séfora pela mão, a menina agradou a mãe com seus modos asseados, o velho juiz com a sua vénia elegante e a própria Palmyra com o seu ar desafiador, enquanto os adultos distraídos, elas entreolharam-se, perfilaram-se lado a lado frente às escadarias da casa,

as tais que eram esfregadas duas vezes por dia, e se estendiam por vários lances e três pisos,

e desataram as duas a subir, a alegria nos joelhos, a ver qual das duas chegava lá acima primeiro, ambas a segurar vestidos ofegantes e risonhos, e a amizade selou-se com um sorriso glorioso, passaram a tomar aulas de piano juntas, ensarilhavam a vida dos professores, Palmyra irresistivelmente adorável,

cara de anjo mau,

todos andavam sempre em roda dela a satisfazer-lhe caprichos,

desculpavam-lhe as birras e o mau génio, com um olhar mais murcho e um beicinho punha todos de coração nas mãos dispostos a entregarem-lho pela dádiva de um sorriso seu, todas as vontades lhe eram concedidas, Séfora tão-pouco resistia ao seu encanto, fazia tudo pela amiga, até os deveres das lições, nem necessário pedir-lhe, quando a via maçada, retirava-lhe a caneta da caligrafia ou o bastidor do bordado, e terminava ela ou compunha as imperfeições, tudo o que fazia pela amiga era em si mesma recompensa,

os teus desejos são ordens,

chegaram a dar uma récita de piano a quatro mãos, em que só as duas de Séfora teclavam, as de Palmyra pantominavam com mestria,

os teus desejos são ordens,

o velho juiz deleitado com a música das pequenas, embora a cabeça já lhe tombasse com o peso do sono, a mãe, pobre mulher, apreciava tudo o que os outros em volta apreciavam, mas logo se lhe entornavam os olhos para uma mancha na toalha de mesa ou uma pegada no tapete e tratava, consternadíssima, de ir altercar com as criadas, e os pais de Séfora, embevecidos com o talento da filha e com estas astúcias de generosidade, tinham feito um bom trabalho, a sua menina, única filha, revelava-se um primor de educação, muito prendada, graças a isso frequentava a ilustre casa de um juiz, eles, humildes, nunca poderiam almejar tal distinção, entretanto a sua Séfora já se sentia mais em casa na casa grande, mais à vontade dentro dos vestidos rendados do que na modéstia da sua pequena e térrea moradia, também todos os rapazes da vila enamorados da filha do juiz, mas jamais cometiam algum atrevimento, intimidados pelo olhar provocador da rapariga, ou pelo estatuto do seu pai, ou pela imponência da mansão, arranjavam pretextos para passar junto à janela, vinha um cheiro a lavado e a alfazema lá de dentro, e à noite a fragrância convivia com os sonhos dos moços, em que o embaraço da humidade se coligava com o desconforto de um sorriso enviesado de Palmyra, como que embruxado, e deixava-lhes um travo estranho nos pensamentos logo encoberto pela primeira visão das duas radiosas meninas à janela, as mais elegantes da vila, sempre de vestido diferente a cada dia, alguns ousavam ensaiar gestos galantes, deixavam pequenas oferendas no parapeito, ridículos bilhetes de amor, inebriados com o piano que sempre se fazia ouvir na saleta, fugiam à espreita nas esquinas assim que a janela se abria e inundava a praça com aquele cheiro a limpeza, e as duas desfaziam nos rapazes, em cada um deles botavam defeito, torciam-se de riso, conheciam-lhes os trejeitos, apontavam-lhes os caricatos, davam-lhes esperanças falsas, marcavam encontros onde não tencionavam comparecer só por força de imaginarem a desilusão, um dia um jovem tenente de regresso a casa, a cidade devolvia à terra o filho miserável, agora de farda e patente, cismou que havia de namorar a filha do juiz, informou-se junto das criadas, quais os hábitos, quais as horas, quais os seus gostos, quais as ofertas que ela apreciaria, qual quê?, nada a podia agradar, se a menina já tinha de tudo, joias e anéis, rendas, brocados e folhos, olhe, senhor tenente, é o que eu lhe digo, nunca sirvas a quem serviu, nunca peças a quem pediu, o quê?, nada, é só a gente pensando alto, e ele insistia em desfilar no largo com seus botões reluzentes, julgando impressionar Palmyra, que lhe devolvia uns sorrisos equívocos, ele cheio de esperança, mas logo ela fechava a janela com estrondo, ele no desconcerto de um sim, um não e um talvez na mesma tarde,

rei, capitão, soldado, ladrão,

as sete irmãs do tenente, que aprovavam a escolha do irmão, em boa verdade todas admiravam a menina Palmyra, tão esmerada e linda, seria bem-vinda na sua família, e tratavam de dar conselhos ao irmão, que donzela daquele requinte precisa de ser conquistada com subtileza, isto diziam elas, mas por outras palavras, em zunidos de abelhas em torno dele, consolavam o irmão, compunham-lhe as madeixas, abrilhantavam-lhe os botões, andavam em redor dele, a ajeitá-lo, a confortá-lo, tantas amorosas mãos, tantos beijos, tantos cuidados, muito veneravam aquele rapaz, chamavam-lhe o seu tesouro, por ter sido o único, o rapaz da família, que conseguiu ter estudos e vingar na vida, muito elas se sacrificaram, muito penaram, muito apaixonadamente se converteram ao celibato,

todas as forças teriam de estar concentradas no irmão,

luzinha dos nossos olhos,

muito rezaram para que nada lhe faltasse, e ele cresceu são, bem alimentado e aconchegado, a dormir entre elas, três de um lado, três do outro, quando fazia frio, a apanhar os seus hálitos bravios, os seus calores de pedra ao sol, os seus cabelos de erva-doce, numa casa de telhas derrocadas e um bando de raparigas descalças, que repartiam entre si côdeas secas, matando a fome só de ver o rapazinho tomar uma refeição, usar sapatos e ir à escola,

o nosso tesouro,

mais do que isso, para as seis irmãs ele era todo um projeto de vida, e agora reunidas haveriam de conquistar Palmyra para o rapaz, se era este o seu desejo,

e os teus desejos são ordens, meu amor,

se dinheiro sobejava na mais imponente mansão da vila, tinham de surpreendê-la, e enquanto o moço suspirava pelos cantos, elogiando o timbre da gargalhada de Palmyra, a fluência das suas palavras, a lisura dos seus cabelos, as covinhas que se abriam na face quando sorria, elas congeminavam, e sugeriam ofertas,

e se fosse uma mantilha de ir à igreja?, como não tinham dinheiro para mais do que a gaze, bordariam até lhes picarem os dedos centenas de botõezinhos de rosa seca selvagem, e se fosse um bolo cravejado de canela, feito às camadinhas de pasta de amêndoa, entremeado de manteiga e compota de morangos silvestres,

e se fossem passarinhos acabados de sair dos ninhos, presas as patas por cordelinhos, a esvoaçarem as asas, todos eles tingidos de cores berrantes,

e se fosse a flor branca do nenúfar carregada num alguidar, que se abre ao entardecer,

e se fossem mil grilinhos ainda verdes, entregues numa gaiolinha de canas,

e se fossem pirilampos a quem cuidadosamente pinçariam as asas, a andarilharem num céu bordado de violetas azuis,

e se fossem marionetas feitas de ossos de coelhinhos recém-nascidos,

e continuavam a debater, cada uma defendendo a sua ideia, ensarilhando-se os pensamentos, atropelando-se as fantasias de mulheres pobres, de pés largos e descalços, de unhas imundas e mãos calejadas, e que ainda assim encontravam beleza na pequenez dos seus caminhares, quando haviam prescindido das suas, nem tal lhes passava pela cabeça, nem sequer lhes passaria pela cabeça olhar um espelho, não lhes ocorria tal coisa,

ficou a ideia que mais consenso gerou, e o tenente nem ousou desmanchar o entusiasmo das irmãs,

cada uma das seis pediria ingredientes a seis vizinhas,

ó vizinha, dois ovinhos,

ó vizinha, seis xícaras de farinha,

ó vizinha, duas colheres de mel,

ó vizinha, um saquinho de canela,

ó vizinha, uma bilhazinha de azeite,

ó vizinha, uma malga de leite,

depois logo veriam como pagar-lhes pelo transtorno, não seria a primeira nem a última, muito agradecidas vizinha, pela sua alminha e pela dos outros que lá tem, acredite que a gente depois dá retorno, bem sabemos a falta que lhe faz, nem que tenhamos de cavar as vossas batatas o ano inteiro, de andar à lenha no campo, de apanhar bolota para os porcos, a vizinha nem sabe o seu pouco que nos faz tanto, muito agradecidas,

a sétima irmã, a mais nova de todas, trataria de encontrar o ninho com os cucos canoros mais perfeitinhos, importava que estivessem à beira de largar o berço de palhinhas e caruma, mas que ainda não se aventurassem,

em seguida cozinhariam um bolo oco, colocariam lá dentro três passarinhos tingidos de beterraba vermelha, açafrão amarelo e o azul da flor das couves, que era o mais difícil de conseguir, pois exigia um processo de fermentação e oxidação,

uma semana e muitas olheiras depois, as irmãs tinham enfim o bolo preparado com o restolhar dos passarinhos coloridos lá dentro, só lhes faltava a travessa para o apresentar, havia-lhes passado este detalhe, depois que tanto estudaram e executaram a confecção, o resgate dos passarinhos, aqueles que morreram de susto pelo caminho, o coração batia-lhes tanto de se verem agarrados que desfaleciam amolecendo lentamente dentro das serapilheiras, e lá ia a irmã aos ninhos, a trepar árvores, a meter farpas nos pés, depois de encontrarem o tom certo para a coloração das penas, onde haviam de arranjar uma travessa, uma lembrou-se, as outras concordaram, pela felicidade do irmão fariam tudo e durante a noite assaltaram respeitosamente o jazigo familiar de um grande lavrador da terra, o homem tinha morrido há poucos anos e a família costumava ir lá todas as sextas-feiras, limpar e renovar as flores, elas haviam espreitado o jazigo, que mais parecia palácio de gente viva, e notaram um tabuleiro de vidro e espelhos, uma beleza, coberto com o pano bordado a condoídas mãos, onde a viúva deixara os objetos pessoais do defunto, o cachimbo, a dentadura, as lunetas, o capachinho, a coleira do cão, arrombaram a fechadura do jazigo, as irmãs também com condoídas mãos, havia de perdoar o morto, que era bom patrão e muito querido na terra, que desperdício a bandeja de baquelite, o morto havia de compreender, sim, até de abençoar, o fim era nobre, não roubavam para elas, mas em nome de um amor de dois jovens, com o futuro todo pela frente, até era pecado uma bandeja tão preciosa ali escondida das vistas num cemitério, um desperdício, e agora devolviam-na à vida, para sair à rua impante, com o alvo paninho bordado e por cima o bolo cheio de restolhos e piares, e no regresso do jazigo recolheram as flores mais airosas das campas que, desfolhadas, cairiam bem no arranjo, e também trataram com o vizinho o empréstimo da mula, lavaram-na e disfarçaram as úlceras com graxa, o irmão haveria de ir montado, atravessar o largo ao entardecer, que é quando a luz empresta mais amenidade ao branco casario, e entregar a bandeja à menina Palmyra, as irmãs seguiriam atrás, desmazeladas e descalças, sem sequer lhes vir à lembrança ataviarem-se um pouco para a ocasião, estavam felizes e risonhas com seus dentes ausentes, com todo o aparato que a cena criou, a vila inteira se concentrava e seguia o tenente, a passo naquela mula, de espinha alquebrada de tanto mourejar e de olhos cobertos de moscas, todos acompanhavam o cortejo, queriam saber do desfecho do pedido, o noivado, o tenente de farda era um moço muito bem-apessoado,

filho da terra, saído miserável e devolvido tenente,

ó tenente, ó meu tenente, dois passos para trás e um para a frente, talvez até viesse dessa altura a alcunha de Palmyra, a tenenta, passou a ser assim conhecida, também pelos seus jeitos autoritários que cabiam no apelido, mas porque numa terra tão parca em acontecimentos, senão os dos funerais e batizados e algumas procissões, cada dia era igual ao que o precedia e assim sucessivamente, aquele momento marcaria as lendas da vila, e muito se falou dele por largo tempo, não só pelos detalhes que gostavam de comentar, mas pelo que a seguir se passou, vinha instruído o candidato a noivo, ao chegar o montado junto à janela, devia entregar a bandeja a Palmyra e dizer-lhe a seguinte quadra, que uma das irmãs lhe segredou,

Amar e saber amar,
Amar e saber a quem,
Amar a luz dos teus olhos,
Não ter amor a mais ninguém,

isto titubeou o rapaz, a camisa por baixo da farda colada ao corpo de suor, que a presença de Palmyra deixava-o tremente dos joelhos, gago das palavras, desorientado das ideias, e toda a gente aplaudiu e lançou vivas e graças à menina Palmyra, consciente ela de que era o centro das atenções da vila, o que muito a agradava, e em vez de reparar no tenente e nas palavras e na oferenda, nas instruções de cortar o bolo, de mansinho, com o bordozinho da faca, ouviu falar de passarinhos, mas não prestou caso, mais atentava nas dobras do seu vestido e na perfeição dos cachos no seu cabelo, olhando Séfora de soslaio, a buscar cumplicidade na amiga, um piscar de olho, um torcer de lábios a conter o riso, para seu espanto não encontrou na amiga a troça que sempre partilhavam, e estava tão ansiosa para comentar com Séfora os pés cheios de gretas das irmãs, as moscas nos olhos lacrimejantes da mula, a timidez do tenente, a pobreza das rimas, mas deparou-se com um olhar descaído da amiga, tão murcha, enquanto ela empolgada por todo aquele espetáculo, muito mais do que com a declaração de amor, que pouco ou nada lhe importou, e enquanto isso, aberta outra janela da mansão, o velho juiz importunado com a algazarra, quem ousava perturbar a sua sesta, que vem a ser esta populaça, barulhenta e malcheirosa, a cercar-lhe a casa, imundos, vão-se daqui, ou chamo a guarda, ou solto os cães, ou disparo o revólver, e a populaça lá dispersou, ainda em festa, a congratular o tenente, muito orgulho nele tinha, e nas irmãs, coitadas, exaustas, esperariam em casa, a congeminar a próxima refeição para o tenente que se perderia essa noite pelas tabernas, coitado, foi muita emoção, deixem-no respirar,

ainda ofegante o juiz, que ousadia a do reles moço querer noivar a sua filha, que descaramento, que contradição, qualquer dia pobres e patrões comem todos à mesma mesa, querem ver?, onde é que isto vai chegar?, gentinha sem higiene nem noção, o rapaz é tenente, senhor doutor juiz, qual tenente, um sargento de meia-tigela, mulheres ignorantes, mas se a sargento chegar a tenente arribar, assim pensam as irmãs,

rei, capitão, soldado, ladrão,

para a cozinha, mulheres impertinentes, que é lá o vosso lugar, e o homem espumava de cólera e na sala a exaltação prolongava-se, quando Palmyra cortou o bolo, os três passarinhos coloridos embatiam em pânico contra as paredes, a mãe com olhos de ideia súbita, a ver se algum se esborrachava e lhe deixava alguma nódoa de sangue, a pensar qual a melhor maneira de os capturar, lançar-lhes umas almofadas de forma a atordoá-los e depois com o bico da agulha espetá-los e pô-los a arder no lume, mas faltava-lhe a ação, assustada com o agastamento do marido, nada ousaria perto dele, mordia a parte interna da bochecha, engolia os nervos, trincava as voracidades de se pôr a limpar, a enxotar, a catar penugens,

amarelas, azuis e vermelhas,

nas quinas da sala, nos recantos das portadas, na balaustrada da janela, onde a canalhada pousara os dedos sebentos, indecentes, e reprimia de lábios cerrados a vontade de ordenar asseio, mandar aquelas criaturas mexerem-se, esfreguem, limpem, raspem,

e as criadas a fazer que não entendiam a inquietação irada nos olhos da dona da casa, aproveitavam o desgoverno, folgavam também, juntavam as mãos e cruzavam os dedos, que rico presente, que lindos, os passarinhos, olha o azulzinho que graça, está noiva a nossa menina, e Palmyra ainda contagiada pela alegria alheia, antecipando o êxtase de poder troçar de todo o desvario com a amiga, procurava-a mas a outra encolhida, olhando o voo errático daqueles pânicos coloridos, ainda mal saídos do ninho, o primeiro voo, o primeiro terror,

talvez seja sempre assim com os pássaros, que se abrem para o mundo aos poucos, pedacinho a pedacinho, desfolhando a casquinha, quando se sentem preparados, o primeiro voo é o rebentamento de águas e de todas as membranas, como o nascimento é o maior terror dos mamíferos, os pobres, para muitos, se tiverem sorte, o maior da vida deles,

foi o juiz quem pôs cobro à divagação e àquele tumulto doméstico, com a bengala apanhou um pássaro no ar, depois outro, o desespero da mãe, que os via aterrarem sangrentos em cima da mobília, nas rendas do piano, nos bordos dos cortinados, ao azul atordoado Palmyra guardou-o distraída na aba do vestido,

que desde o início do romance têm sido aves embolsadas num regresso a um ovo cálido de fibras e tecidos, translúcido sem miasmas, o ilusório conforto do invólucro,

que se recolhessem todas, gritou o velho, acabou-se a rebaldaria, aquela era uma casa de respeito, velas apagadas, e silêncio, não haveria jantar naquela noite, decretou o juiz, mais orgulhoso da pontaria do que da austeridade que impunha, a mãe partiu em zaragatas mudas com as empregadas, Séfora saiu sem se despedir, de olhos enfiados para dentro, postos em pensamentos muito privados, Palmyra ficou-se meditabunda na escuridão, ainda com um sorriso estúpido na cara,

rir sozinha tem metade da graça, é na alegria que se precisa de companhia, mais do que na tristeza,

absorta com o abandono da amiga, que nem ficou para dormir como sempre costumava, ia ser-lhe difícil passar aquela longa noite antecipada pelo jantar anulado, distraída, a remoer obscuridades,

é no silêncio do escuro que se geram os mais turvos pensamentos,

olhava a praça serenada, ia arrancando, sem prestar caso, o pé de hortênsia do vaso, torcendo as mãos, fazendo alavanca com o braço, arranhando a terra, enegrecendo as unhas, espalhando sujeira pela varanda, e, de tanta força de mãos cravadas como ganchos, saiu a planta pela raiz, rompendo fundo a terra, sem alterar a face, mantendo o olhar a varrer a vila estéril de gente, pegou no passarinho azul, que palpitava de susto nas dobras do seu vestido, e colocou-o no interior da fenda fresca, mansas as mãos, já sem músculos retesados, uma empurrava a terra com muito jeitinho, com o zelo do bom aluno que alisa a folha antes de nela escrever, parecia ter entendido a atitude de Séfora, e isso de certo modo apaziguava-lhe a ansiedade, o passarinho, de asas atoladas, cabeça de fora, ousou piar, não era bem um piar por piar, antes um último aviso ao mundo de que a sua breve e insignificante vida tinha um dia acontecido, na grandeza que por vezes conseguem ter os seres menores, Palmyra cuidou para que o passarinho ficasse bem enterrado, e sentiu-lhe o último tremor com a palma, o pequeno sismo com que o pássaro azul se despedia da vida, com o estrondo possível, o céu dos pardais, estúpido,

duas semanas depois, Séfora aparecia lá em casa, com as partituras debaixo do braço e umas desculpas murmuradas debaixo da língua, Palmyra,

que para todos já era a tenenta,

recebeu-a como se no dia anterior, as mesmas rotinas, as mesmas risadas, os mesmos lanches, Palmyra esbanjando todo o seu encanto, todo o seu poder de sedução, até tocou uma peça inteira no piano para agrado da amiga, bem sabia que ela se havia encontrado com o tenente depois daquela desastrosa declaração, daquela gloriosa recusa, sabia mais ainda, e não precisou de ouvir os cochichos da vila, trazidos na volta dos mercados, presos às franjas dos xailes das criadas, sabia que Séfora sofria, sofria pelo sofrimento do tenente, que arrastava o seu desgosto nas tabernas e largava atrás de si o sopro sufocado da rejeição, e engolia-o no regresso a casa, para que as irmãs de nada se apercebessem, elas que se esfalfavam com trabalho, o dobro agora para pagar as dívidas aos vizinhos e descansar enfim, exaustas e felizes, frente à refeição que conseguiam para o irmão, a cada dia, e ele fazia um sorriso de esforço, e os silêncios dele tomavam-nos por reserva de moço apaixonado, e adormeciam a conjecturar novos planos e ideias para o casamento, tão lindos quanto indigentes, tão sumptuosos quanto loucos, enquanto ele sangrava como um pinheiro descarnado, e Séfora amparava-lhe as lágrimas de resina, num vasinho de barro, que segurava com muito cuidado entre ambas as mãos, e ao fim do dia olhava lá para dentro e havia fiapos de Palmyra agarrados à gosma, como moscas, formigas, aranhiços e insetos imprevidentes, que se mantinham vivos mas com as patas presas, e quanto mais se remexiam e tentavam libertar-se, mais se atolavam, as asas coladas, as carcaças contorcidas, decompostas, amortalhadas, a fundirem-se na matéria que os aniquila, a tornarem-se nela própria, a agregarem mais seres vivos, era deste compósito que se construía o desgosto do tenente, camadas de um caldo pegajoso que todas as horas se abastecia e se enegrecia de pequenas mágoas, estilhaços a agitarem-se sem escape, e Séfora a tentar distanciá-lo, a rebocá-lo para longe, a distraí-lo com as suas modestas graças, as suas melodias no piano,

sonata e fuga,

e se lhe arrancava um sorriso percebia que era mesmo assim, arrancado, à força, sem vontade, músculos contrariados, por mais que caminhassem, encontravam sempre Palmyra no caminho, ora era um pássaro, ou o cheiro a alfazema, ou um rumorejar de ribeiro que o fazia lembrar uma certa gargalhada, e sobretudo os olhos dele a desviarem-se furtivos para a janela da mansão, agora sempre cerrada, mas ele mantinha a esperança de a ver aberta, assim como aberto o sorriso equívoco de Palmyra, de que serve sepultar um desgosto se há sempre uma esperança à solta, a desassossegar, a provocar pequenos deslizamentos de terra, que traziam o seu amor por Palmyra à superfície, como aqueles bichinhos sedentos, armadilhados na resina pelo seu próprio arrojo, era um barco que não avança, pensava Séfora, desistente, os remos batem apenas para tornar a água branca, ele jamais olharia para ela, enquanto estivesse com os pés nessa lama paralisante da esperança,

maldita esperança,

Palmyra bem sabia que Séfora vinha desesperada, a implorar sem palavras, uma urgência, para libertar o seu tenente a quem ela que ria mais do que aos seus pais, do que ao seu piano, mais do que até a própria Palmyra, e isso era-lhe difícil de perdoar, a amiga leu-lhe os receios nos gestos indecisos e deu-lhe uma carta para entregar ao tenente, o coração de Séfora quase em colapso, como o pássaro azul sepultado, fez como ele, apenas um leve estremecimento dos olhos, conhecia bem a sua condição de figura secundária, e correu, a alegria na barriga, a tristeza nos olhos, a entregar ao rapaz a carta da sua própria condenação, o mensageiro que traz o decreto a exigir, cortem-lhe a cabeça, e Séfora viu-lhe o primeiro sorriso de músculos voluntários, e apaixonou-se irremediavelmente, acreditou por uns minutos que o Sol derramava luz na terra só para dourar os cabelos dele, e, no entanto, quão avariados podem ser os desígnios desse músculo que todos tomam por estúpido, e ela só o confirmava, a alegria vinha de ele se alegrar por outra e, porém,

mulher que o teu rosto veja neste momento nunca se poderá perder,

e assim, a vibrar de emoções contraditórias, aguardou que este lesse o bilhete de Palmyra, estudando-lhe as movimentações dos lábios, o arquear das sobrancelhas, a mão que removia as madeixas douradas para longe da testa,

o silêncio que se abriu entre ambos deixou entrar o canto longínquo das lavadeiras no tanque, chocalhos de rebanhos badalejando nos montes, cheiro acre das queimadas nos campos, o vento a ensarilhar moinhento os ramos mais altos dos sobreiros, um sussurro brando chegava do rio, o barulho das cartas jogadas sem palavras, numa venda ali perto,

um silvo irritado de gato rasga o momento como um estilhaço,

e o tenente virou-se para Séfora com olhos de dique rebentado, por pudor ou para não despertar compaixão, ocultou a sua mágoa entre os cabelos dela, a testa pousada no seu ombro, e ela como quem acolhe um fruto demasiado maduro,

a pele a romper-se em ferida,

que se não se pode apertar, e ainda assim abraçou-o, muito ao de leve, os braços, os dedos de pianista a tocarem-lhe nas costas curvadas, nos músculos nodosos, nas costelas, que ela percorria como um teclado, e assim ficaram muito tempo, ela a sentir-lhe o sal do suor, o cheiro a brilhantina pobre no cabelo misturado com pó das estradas e fumo de fogueira, e quando ambos se recompuseram, ela já o sabia de cor,

na carta Palmyra dizia o mais secamente possível, que se desengane, senhor tenente, que o meu pai me garante nem a esse posto assomou, pois envergonhe-se também da sua impostura, e lembre-se de que para mim está reservado um homem que ande de carro, e não montado em escalavrada mula, cheia de moscas nos olhos, que me ofereça não ridículos e indecorosos passarinhos azuis, mas turmalinas da Paraíba,

e isto ela nem sabia ao certo o que era, deve ter lido num livro,

que venha de mansão ainda maior do que a minha, e não de casebre destelhado, que cheire a Eau de Cologne 4711 e não a sal do suor, pó das estradas e a fumo de fogueira,

respeitosamente, agradeço-lhe que não torne a desfeiar-me a vista da minha janela, e a provocar tamanha perturbação na minha delicada mãe, que há dias que não dorme só de pensar em sua filha nas mãos de um homem bruto e sem fortuna,

nesta parte Palmyra acentuou o drama, que a mãe estava mais do que esquecida do episódio, concentrada como sempre nas contendas com as criadas porque uma prata não ficou bem areada, porque encontrou dois grãos de pó quando passou o dedo pelo mármore da penteadeira,

atenciosamente, Palmyra,

e abaixo, na dobra da carta, em letra menos acintosa se lia, repare antes e bem na boa alma que tem pela frente,

e da compaixão e do desgosto saltou a prefixação, o abraço durou muito mais do que era suposto um abraço durar, e quando se separaram, cabisbaixos, os dois vibrantes e confusos, sem dizerem palavra, já também ele a sabia de cor, os dias que vieram a seguir serviram só para confirmar o que ambos suspeitavam, pois se costuma dizer nestas terras, uma vez o rio chegado ao mar, impossível é o retorno, e nem poucas semanas decorridas Palmyra já não era a sua terra à vista,

talvez uma névoa difusa que se instalava por instantes nos olhos do tenente, mas logo se dissipava,

ela mandava recados pelas criadas, chamava a amiga de volta, sentia a sua falta, das suas troças, do seu piano, até do seu arroz-doce, que ninguém o cozinhava como ela, mas Séfora, tão dedicada a si mesma e ao seu amor, os pais aprovando o namoro, as irmãs dele, primeiro até baralhadas, entreolhavam-se, duvidavam, depois já alegres, são moços novos, desculpavam-se, no amor acontecem coisas, sabe lá a gente, que esse é assunto da nossa incompetência, Séfora sabia-lhes os nomes, era muito apreciada, e o tenente ainda não tenente teria de voltar ao seu posto em breve, tudo decorria muito acelerado no tempo dos apaixonados, Palmyra, radiante, disse o sim, quando os noivos correram a pedir-lhe que fosse madrinha, já pouco recordados do tempo em que ela era paixão irrecorrível, e uma noite, fora de horas, Palmyra chamou Séfora a sua casa, que era muito urgente, tinha de vir, e a amiga sentiu um desconforto, um presságio, uma falta de ar, qualquer coisa de indefinido, quando chegou, Palmyra festiva, uma bagunça no seu quarto de vestir, oferecia-lhe toda a sua roupa, todos os seus vestidos, todo o enxoval, assim como assim, não pretendia casar, e Séfora que não, não podia aceitar, mas se era para lhe fazer gosto, uma vez que eram amigas, além do mais que não se preocupasse, para mim guardei tudo o que preciso neste baú, e mostrou a Séfora o conteúdo já devido engomado, compactado e organizado, coisa para dias de trabalho, e agora tenho de ir, e levou os dias bordando, as gélidas agulhas a retinir nas suas mãos céleres, tudo tão rápido, os preparativos, a boda, os convidados, que nem deu conta,

alheada andava,

tão alheada andava,

da luminosidade fundo de água nos olhos do tenente,

se não alheada andasse,

se não tão alheada andara,

repararia que as suas atenções estavam de novo voltadas para aquela janela da praça, agora entreaberta, com uma candeia que o puxava, fina e subtil, luminosos dedos de ladrão,

uma noite ele não estava, e ela cheia de picadas nos dedos, chupava-lhes o sangue, enxugava-os no avental, e corria, na praça a janela fechada, e na casa destelhada, as irmãs confusas, pobres mulheres, nem tinham vocabulário para explicar o sucedido, o irmão, a velha mula de espinha quebrada, a menina Palmyra, um baú, não entendiam nada dessa coisa a que se chamava amor, ninguém lhes tinha ensinado, como as letras, e esses bichinhos atrevidos que se aproximam demasiado da resina dos pinheiros, sabiam lá elas que,

há praias onde vale a pena morrer,

já no comboio, entediada, vendo a paisagem andar para trás, Palmyra evitava olhar a cabeça tombada do noivo, a sua boca torta de um sorriso adormecido, abandonado na face, desagradava-lhe o cabelo empastado, aquele cheiro a casa sem fumeiro, as suas mãos moles e suadas, como é que Séfora se tinha deixado encantar por um homem tão frouxo, até as suas decisões eram flácidas, indolentes, o que terá visto Séfora neste homem sorna, que escorria saliva da boca aberta enquanto sonhava, era um favor que lhe fazia, e a mal-agradecida ainda lhe guardaria rancor, não lhe roubava o noivo, apenas a salvava de uma existência insossa, de um rancho de filhos tansos como o pai, daquelas irmãs sujas de unhas negras e rachas nos pés, de uma vida igualmente decrépita, desinteressante, como as gretas sanguinolentas que se abririam nos seus desencantados quotidianos, quem pensava ela, Séfora, que era para colocar em causa a sua amizade, a única amiga,

    mais que irmãs,

    quem pensava ela que era para se julgar acima do seu poder de sedução, tanto ou nenhum esforço, apenas meio sorriso, não foi preciso mais, ela plantada no meio do caminho, com a cumplicidade astuta das criadas, ele interceptado quando se dirigia, como de costume, a casa de Séfora, onde ela picava os dedos, mirrava os olhos, de afogadilho, a bordar o enxoval com os nomes de ambos, e bastou-lhe estar, ser, olhar, sorrir, e não demasiado, para este se lhe lançar aos pés, a apertar-lhe as mãos, com um arrependimento cheio de muco, um erro lastimoso, minha adorada, como o poderei reparar, depende do que estás disposto a fazer, e na hora seguinte já estavam correndo pela gare, de mãos dadas, a apanhar o primeiro comboio, nunca Palmyra se sentira tão exaltada, tão viva, e tão livre, mas a viagem modorrenta no vagão, o fedor da segunda classe, as cabras e as galinhas que viajavam entre gente, e se manifestavam de pânico em intermitente alvoroço,

    que o dinheiro do tenente mal chegara para os dois bilhetes,

    já apagara esse furor, agora o mais puro tédio, nada lhe prendia os sentidos, nada lhe fazia bater o coração, apenas fastio, lassidão, calor e nojo, quando parou numa estação no meio do Alentejo entardecido, o tenente despertou e para agradar a Palmyra prometeu-lhe que iria lá fora arranjar água fresca,

    ia num pé e voltava noutro, minha adorada,

    ela fez-lhe um gesto ríspido com as costas da mão, que fosse e lhe desanuviasse o ambiente por algum tempo, o suor dele a lustrar-lhe os cabelos na nuca nauseava-a, e o que mais a exasperou, não ter evitado um beijo na testa, repugnada com a saliva, o atrevimento do moço, e nem reparara no olhar lascivo que lhe deitara antes de sair da carruagem, já a desafogava, e muito, a sua ausência,

há presenças tão intensas e ausências tão bem-aventuradas,

ó tenente, ó meu tenente, dois passos para trás e um para a frente,

enquanto o maldito comboio parado, num fim de tarde pardacento de Estio, as moscas que não a largavam, os bancos sebentos, os malditos animais em alarido, que favor fizera a Séfora, a amiga ficava-lhe devendo tanto, nem ela imaginava quanto, e continuava cismando, o que pudera ter visto ela num moço tão lerdo, com aquela cara de coruja-das-torres, olhos sempre esgazeados, sem a desfitar, que nervos, dava vontade de o enxotar como às moscas,

esperando e suspirando,

lá fora no campo, as ceifeiras,

em bando,

abandonando o campo,

e o apito do comboio, enfim, a arrancar, Palmyra folgada, que ao menos se mudava de paisagem, que a planura é um deserto de labirintos, cheio de caminhos invisíveis, de onde não se parte, aonde não se chega,

e a locomotiva a arrancar, quem sabe a aragem do andamento a bater-lhe na cara a aliviaria um pouco, mas levantou-se de súbito, o diabo do moço não embarcara, fugira-lhe, e num ímpeto, que nem ela jamais saberá explicar, saltou cá para fora, as saias compridas enrodilhadas nas pernas, ela a rebolar, a encher-se de pó, fuligem, arranhões e nódoas negras,

foi neste estado, amachucada, de joelhos no chão, a sacudir a raiva com palmadas no vestido, que José Alfredo a encontrou no cais vazio, Palmyra chorosa, pronta a lamentar-se àquele grupo de agricultores de chapéus negros que se abeiravam lentamente,

demasiado lentamente, na opinião de Palmyra,

pareciam um coro, de passos cadenciados, a antecipar o canto,

malditos homens, e as suas lentidões,

as lágrimas de irritação abriam-lhe sulcos brancos na cara enfarruscada, que esperavam agora eles para lhe darem a mão a ajudá-la a levantar-se?, a inspecionar os cortes nos joelhos, nos braços?, a oferecer-lhe já água fresca?, e partirem em corrida na captura do noivo em fuga?,

ó tenente, ó meu tenente, dois passos para trás e um para a frente,

nada disso, os alentejanos escutavam com indiferença as suas lamúrias, nenhum lhe deu a mão para a apoiar, nem a auxiliou a erguer-se, antes lhe inspecionavam outras coisas que não as mazelas, Palmyra nunca se viu ultrajada assim, normalmente os homens, ainda mais os do campo, ou baixavam a cabeça na sua presença ou se desfaziam em mesuras,

estes, pelo contrário, imperturbáveis, insolentes, um riso ou outro trocista, sobretudo um escárnio mudo, vindo de um deles, de olhos de azeitona enrugada, que a fitava como que a conjecturar o que lhe vamos fazer a seguir?, e Palmyra sentia um desconforto que não lhe era habitual, não do medo, porque a sua altivez era tal, que nem o receio nem o susto ousavam colonizá-la, mas era o sobressalto de ter de se adaptar de improviso, sem hesitações, a um perigo desconhecido, e agora não estava debaixo da arcada centenária da sua janela, nem com criadas protetoras em redor, nem sob a jurisdição doméstica do pai juiz, tinha de reagir, e, vá lá, vá lá, admitia com orgulho, que a ausência de medo não lhe tolhia o instinto de sobrevivência, dizem que pode ser fatal, nada disso, herdou-o da mãe mas nunca de tal desconfiou, Palmyra, que já sentia o hálito a vinho dos homens que se aproximavam em demasia, num gesto teatral decretou, para que todos confirmassem que não estava intimidada, desci aqui para dar caça ao meu tenente e vou de partida, dispersem, vão à vossa vida, preciso de ar, e o tom do que disse teve impacto, os homens estacaram, entreolharam-se, como uma onda que se ensaia, e rebentaram numa gargalhada cheia de cuspo e dentes cariados, também eles um ligeiro desconforto não assumido, também eles uma adaptação rápida, a sua aproximação nunca era benigna, ainda menos de uma mulher, todos os reconheciam à distância, bando de malfeitores, maltesões, as aldeias desertavam-se à poeira dos cascos dos seus cavalos, que se adivinhava de longe, até as cigarras se aquietavam com o estrondo da sua passagem,

depois continuavam a estridular, os machos nessa ânsia sinfónica de atrair fêmeas distraídas a sugar seiva das raízes nas árvores,

mas as mulheres escondidas abafavam com a mão as bocas dos seus meninos para que nem um murmúrio os denunciasse, os homens tratavam de ocultar os animais como podiam, as más experiências diziam-lhes que, seguindo os contrabandistas, viria a guarda, e era prejuízo a dobrar,

vem-lhes agora esta abetarda com ares de fidalga, mais emporcada que camponesa, e, ainda assim, estica o dedo, dá ordens e manda dispersar,

e Palmyra cada vez mais sitiada, apertada, com os bafos e as mãos a cercá-la, a empinarem-lhe já a dobra do vestido, os dedos grossos enrolados nas franjas do xaile, que ao menos o mole do tenente lhe aparecesse e a livrasse desta encrenca, talvez se apaixonasse por ele, quem sabe, seria um caso a reconsiderar, mas nada, o homem não dava sinal de vida, nada dava sinal de vida naquele apeadeiro, maldita a hora em que resolveu seguir o impulso de um capricho sem olhar para trás, apenas para quebrar o tédio e por uma pontinha de ciúme de Séfora, tão feliz e descansada,

tão alheada andava,

a situação dava-lhe instruções contraditórias, ou gritar até que a voz espantasse todos os pássaros da planície, ou manter-se quieta, à espera de que passasse como uma febre sem remédios que no dia seguinte se sumia, porque assim tinha de ser,

as coisas boas acontecem a todo o instante, as más também em exata proporção, que o acaso não faz caso,

ter-lhes entregue a bolsinha de mão com todo o pouco dinheiro que trazia deu-lhe algum tempo para pensar, os gatunos armaram logo zaragata, a dividir o pecúlio, reparou no homenzinho dos olhos das azeitonas espremidas, que sinistramente a fitava sem distração, bastou-lhe um gesto lento para pôr cobro à barafunda, estendeu a mão e todos lhe entregaram o dinheiro, contrariados, com maus modos, mas sem vacilar, nota por nota, moeda por moeda, e até era, reparou Palmyra, o mais baixo do grupo, a sua autoridade sobre os outros engrandecia-o, avançou para o homenzinho sujo e rude, era ele a sua salvação, soprou-lhe o instinto, prendeu-se no seu cotovelo, náufraga num cais de comboio, sôfrega de amparo, sedenta de proteção, e o homem abriu por instantes o seu sorriso de dentes cor de lodo, um cortejo digno de apreciação, houvera alguém para o contemplar, aquele inverosímil casal na dianteira, ela ainda coxa, arranhada, esfarrapada, lacrimejante, seguido por um grupo de homens que bramiam uivos e indecências, não demorou uma semana estavam casados, de papel passado, chegaram à igreja no mesmo cavalo, de roupas imundas, de quem rolou muitas vezes em chão conspurcado, na beira dos riachos, nos fundos dos currais, na poeira dos caminhos, e de todos os sítios ela trazia nódoas, rasgões, imundícies agarradas, que exibia como medalhas no seu vestido branco de viagem, agora pardo, carregado de manchas e picadas de mosca, e o padre abençoou instantâneo, os dedos em movimento lesto de cruz sobre as duas cabeças e a atenção tomada pelo que se passava atrás de si, o bando a invadir-lhe a sacristia, empoleirado no altar, a remexer-lhe nos recantos litúrgicos, no vinho da oração, a inspecionar os cordões dos santos, a chocalhar a caixa das esmolas, a urinar na água benta, Palmyra feliz, sem vestidos de noiva, sem boda, como padrinhos dois miseráveis desconchavados que apanharam pelo caminho, um deles sem um olho, e que tremiam agarrados à boina, a tenenta arrebatada por aquele homem que todos temiam menos ela, que a todos levantava a voz menos a ela, que a todos, e à mínima contrariedade, fazia tenções de exibir a navalha, menos a ela, sentia-se mais poderosa, ainda mais do que do alto da sua janela, rodeada da corte de serviçais, da mãe e de Séfora, sempre prontas a antecipar os seus desejos,

os teus desejos são ordens,

sentia-se muito mais tenenta, como lhe caía bem o epíteto, o casal ainda tentou pedir resgate, simular um rapto, Palmyra escreveu uma pungente carta ao pai, caprichando muito na comoção, salpicando a caligrafia diluída como que copiosas lágrimas derramadas, pedia-lhe pelo amor de filha única que satisfizesse as pretensões do bandido que a tomara, pela luz dos seus olhos que poderiam não voltar a abrir-se para o dia que vinha, e o velho de coração mirrado, a revolver as economias, a ponderar vender a mansão na vila para reaver a sua Palmyra, mas um espírito de rato a roer-lhe ao mesmo tempo uma suspeição de juiz vivido e o desgosto de

se separar dos contos de réis, que se intrometiam entre ele
e o seu amor pela filha, fez perguntas, indagou autoridades
e depressa descobriu que ela e o bandoleiro haviam casado,
que golpe para o seu orgulho paternal, sangue do seu sangue,
parte desse sangue vinha de uma mulher de passado obscuro, é no que dá ser piedoso, é no que dá ser misericordioso
com almas daninhas, e acolher filhos da ralé, descarregou na
mulher, apavorada com a raiva do velho, que por pouco não
foi tão renegada como a filha, excluída do testamento, proibido o seu nome de ser pronunciado naquela casa, fechado
o seu quarto e atirada a chave para o fundo do poço, a janela das suas aparições, que ensolaravam o largo da vila, com
trancas na portada, voltava o casal à condição de órfão de
filha viva, a mãe cada vez mais convulsa nos repentes de asseio, em contendas infindas com as criadas, remoçada com
a nova missão de expurgar aquela casa de todas as recordações da filha, dos seus fios de cabelos caídos nos cantos, das
suas células mortas, do seu perfume, como nos seus tempos
de juventude, a varrer fluidos e miasmas invisíveis, o pai a
exigir silêncio numa modorra de ancião,

cada um enche o colchão onde se deita,

Palmyra e o seu homem nem de colchão precisavam, erravam pelas vilas, pelos trilhos, por itinerários pedregosos,
a pronunciar agravos, escândalos e motins,

a fazer trinta por uma

_____,

e ela agradada com aquela vida, cada dia valia muitos, nada
de rotinas, enfados e bordados, livre das lições, do piano, da
higiene da mãe, dos sermões do pai, iam e vinham, dormiam
onde calhava em nomadismos audaciosos, perseguiam mais
do que fugiam, ganhava o jeito daquela deambulância, ia descobrindo a companhia com que trilhava as horas, bandolei-

ros, contrabandistas, malteses, vadios, gatunagem, evadidos reincidentes, gostava de ver como se vergavam os pescoços quando o cabecilha dispunha, em régia autoridade, como os aldeões se tornavam vultos por detrás das ombreiras, acocorados entre as searas de trigo, como a guarda condescendia, gostava que lhe contassem como aquele homem baixo, de gestos lentos, enriqueceu ainda com dentes de leite, tão novo que não chegava com os pés aos pedais de uma bicicleta, sétimo irmão de outros desgraçados que se moíam no campo, não esperou que a miséria lhe viesse farejar os calcanhares, todas as manhãs atravessava a fronteira para Espanha, a guarda fazia caça cerrada aos contrabandistas, fazia-lhes espécie aquele miúdo que já os cumprimentava pelo nome, com uma reverência atrevida, algo de estranho se passava no meio sorriso daquele catraio, no seu olhar enviesado,

olhos oblíquos de cigano dissimulado,

mas revistavam-no, viravam-no de pernas para o ar, mandavam-no abrir a boca, espreitavam-lhe, desconfiados, os fundilhos dos calções e deixavam-no seguir equilibrando o guiador, pedalando só com um pé, em acrobacias imprudentes, divertidos, os guardas, que ia visitar a madrinha espanhola, dizia quando o indagavam, ao fim de dois meses, o miúdo conseguira sozinho contrabandear meia centena de bicicletas, bem debaixo do nariz dos fiscais e das suas carabinas, conquistou o respeito dos restantes contrabandistas, renitentes em atravessar a fronteira com uma mercadoria tão visível e de tamanha quantidade, e um miúdo, sem força nem apoios, mas com toda a manha, ultrapassava-os a cada manhã, ficou definido desde aí um ofício para a vida, com o dinheiro, a fama e a audácia não lhe foi difícil afirmar-se como líder e arrebanhar para o bando os mais destemidos da terra, saber manejar a navalha era requisito de admissão, depois do primeiro golpe lendário teria de se superar, os esquemas tornaram-se mais complexos, podiam envolver sangue à mistura, prisão, negociação,

em tempo de guerra também se contrabandeava muita informação, valia mais que ouro,

sem nenhuns escrúpulos, tratava-se de um negócio, alijar mercadorias, humanas se preciso fosse, também não havia lealdades nem políticas que se intrometessem, ele estava sempre do lado em que o dinheiro pesava mais, se um clandestino político apresentasse uma bolsa bem recheada poderia estar certo de que daria o salto sem percalços, mas se a recompensa pela sua captura subisse a parada, lá voltava o clandestino vendado, muitas vezes maltratado, caso oferecesse resistência, endereçado direitinho às garras da polícia política, não havia caminho, atalho ou avenida que não conhecesse as suas pisadas, nem agente que não distinguisse o seu estilo,

que era sangrento e sem apelo,

nem honesto contrabandista que não lhe desse primazia, os teus desejos são ordens,

nem camponês que não vislumbrasse ao longe a poeira do seu cavalo, ao perto o brilho da sua navalha, nem mulher que não temesse a proximidade do seu hálito, Palmyra descomedia-se com os feitos do agora marido, exaltada com as histórias que ia ouvindo, com a impassibilidade face ao perigo, com a lentidão com que geria os momentos delicados, cavalgando como quem não foge, antes lhe parecia um ator que se retira de cena, elegantemente, apenas porque o ato acabou e a cortina correu, podiam complementar-se, não só enquanto casal, também enquanto dupla, o lado alfabetizado dela cobriria talvez a maior falha do negócio, que eram outros os tempos, e complexas as contas e os câmbios, em contrapartida ele dar-lhe-ia toda a proteção e todo o poder que ela almejava, ao mesmo tempo, vivendo ao deus-dará, quantas vezes ao relento,

convivendo com a imundície, vingava-se da mãe,

aliando-se a um fora da lei, afrontava o pai,

no dia do casamento o tenente,

e já ia no segundo tenente, ó meu tenente, dois passos para trás e um para a frente,

levou-a para aquilo que mais se parecia com o que se podia chamar uma casa, um pardieiro abandonado no meio de um pântano e de difícil alcance a quem não lhe conhecesse as astúcias, a tenenta aprovou o local, tinha potencial e recato para o negócio, mas ressentiu-se com a humidade, ela que vinha do Alentejo árido, tórrido e enxuto, chegava a este pedaço de terra alentejana molhada, onde os pés se enterravam, e os anfíbios faziam mais estardalhaço que os passarinhos, até as árvores murchas, curvadas, agoniadas de tanta água, respirava com dificuldade, o descompasso do coração,

a gente habitua-se, senhora tenenta,

não tardava, a pele cobria-se de gotículas pegajosas, os cabelos encrespavam-se, não havia escova que os domasse, até os cílios se recurvavam e se lhe embaciava a visão, os vestidos colavam-se ao corpo, e ao entardecer uma cruzada alada de mosquitos envolvia-a em zumbidos infernais,

suguem-me o sangue, mas em silêncio,

de manhã acordava com babas, nódulos na pele infectada, que depois ganhava uma crosta purulenta, que lástima, e as mulherzinhas do lugarejo pouco percebiam de peles delicadas, punham-lhe argila, a ver se drenavam o líquido das borbulhas, mas não faziam mais do que acicatar a inflamação, e ela irritada gritava com as inúteis criaturas, com tamanho desajeito dos dedos, ásperos e nodosos, nem para cavar batatas, sem finura, sem doçura, pouco ou nada se interessavam pelo seu bem-estar, tudo o que faziam era por medo à tenenta e depois tratavam de dar risadas nas suas costas, que a água e o terreno alagado repercutiam como uma maldição, imitando-lhe os trejeitos de menina da vila, e, chegado o tenente, caía-lhe em cima com queixas e recriminações, e ele com as mãos manchadas de malvadezas, pouco caso fazia dos seus lamentos, lançava o seu habitual meio sorriso e caía num sono imune a gritos e choros, aí a tenenta, irritada, arranhava os braços com as unhas, a aliviar aquela coceira insolente que não a largava, e depois ainda chorava mais perante a pele em ruína, como a casa em que vivia, espalhava tiras de tecido embebido em melaço pelo teto para que os mosquitos aí ficassem presos, dormia numa cápsula feita de linho e gaze, mas faltava-lhe o ar, e voltava a ser isco das sanguessugas do ar, tentara de tudo, nomeadamente chamar meninos das redondezas para se ocultar entre os seus corpinhos, desnudos e mais tenrinhos, pensava ela, nada resultava, os mosquitos preferiam-na sempre a ela, e faziam ninho no próprio chão de casa ensopado, sobretudo quando construíram a barragem, e o rio se dividiu, aquele pequeno monte se tornou ilha, um quilombo, esconderijo, fortaleza, tinham de dormir em redes, o pão abolorecia, tudo criava fungos e cogumelos, verdete nas paredes, de nada servia pintar, o lodo acabava vencendo, uma vez uma inundação, tão grande que a água veio de dentro da casa, não de fora, das cisternas e das caves cheias até ao joelho, tudo vazou, empurrados pela força da torrente através de portas e janelas, a mobília, os fardos de contrabandos boiando, a tenenta dava-se bem na desordem, ambicionava o caos,

era questão de se render a ele, nunca tentar combatê-lo, o marido não era do género de se apoquentar com lamúrias, queria-a em casa com ou sem água a jorrar, aguardava que engravidasse, pretendia descendência, nada que lhe viesse de qualquer saber, mas algo lhe dizia, uma réstia de lucidez, que não era próprio uma grávida a cavalo pelas raias, à tenenta nada lhe faltava, abundava o dinheiro, o tenente, ficara-lhe o nome por inerência, presenteava-a com mercadorias sempre diferentes em quantidades excessivas,

muitos fardos de café e tabaco, amêndoas, nozes, perfumes, sedas, bombazinas, baralhos de cartas,

e ela adorava ser surpreendida nas vindas dele a casa, mas precisava de companhia, de que lhe escovassem o cabelo docilmente, desempecilhando-lhe os nós, acertando-lhe a risca, compondo-lhe as tranças, precisava de aconchego, precisava de desabafar, de discutir pequenas futilidades, de comentar quotidianos,

precisava de Séfora,

mandou-lhe uma carta, tão curta quanto honesta,

vens?,

Séfora acedeu, para desgosto dos pais, na manhã seguinte a sua cama vazia e por desmanchar, os homens do tenente calcorrearam duas noites para a buscar na vila, apareceu-lhe ao entardecer, a arrastar os sapatos na lama, já vestida de viúva, num modelo antiquado e velho, a tenenta,

tudo aqui é teu,

inclusive eu,

a cabeça dela sempre acompanhada por nuvens de zumbidos, os braços assarapantados pareciam ter vida própria, sempre a afugentar mosquitos em gestos de marioneta desgovernada,

não precisas de te preocupar com os mosquitos, que o teu sangue é demasiado frio, disse-lhe a tenenta,

queria risos, festas, enleio, mas nada, daí em diante apenas funcionalidade, trataria dela servilmente, como quem cumpre uma penitência, apaixonara-se por um homem frouxo, que nem vacilou pelo amor que lhe tinha, não havia de voltar a acontecer-lhe, e logo se dispôs a cozinhar, a costurar, a escovar os cabelos da tenenta, a aplacar-lhe as suas crostas e coceira, aninhou-se em cama estreita no canto mais austero, junto ao fogão, recusou o quarto que Palmyra havia arranjado com todo o primor para a receber,

o teu lugar sou eu,

as mulherzinhas a limparem inutilmente os veios de humidade, que alastravam pelas paredes como brônquios pulmonares infectados, Séfora não se detinha em pormenores, muito menos em conforto, do seu coração espremido, que dantes extravasava de ânimo e alegria, a única gota que remanesceu foi eficiência, não era a mesma, por mais que Palmyra se esforçasse por a ter de volta, pretendia retomar os seus briosos serões, pedia-lhe para ler, como outrora, aqueles romances de amor idílico, em que o casal de enamorados se beijava,

como pombinhos,

por entre os roseirais, passeavam-se em prados verdejantes e banhavam-se em límpidas águas, Séfora lia, mas maquinalmente, sem qualquer entoação, e retirava daquelas sessões o mesmo empolgamento que da récita de uma lista de deve e haver, Palmyra fez de tudo para a animar, para agradar a amiga, mandou vir um piano, Séfora sequer o abriu, ficou a um canto a enterrarem-se os quatro pés nos limos, enferrujadas as cordas, ninho de gerações de cobras-d'água, nada que lhe parecesse festivo ou lúdico lhe devia pertencer, e respondia com um gesto de repugnância sempre que a tenenta lhe indicava um recém-chegado bem-parecido, pelo contrário, Palmyra sabia como reter em suspenso os seus pretendentes, mantinha intacto o seu poder de sedução, disfarçada a urticária, com muita competência de Séfora, perdiam-se de amores por ela, e a tenenta com este prazer em despedaçar corações, separar casais, acirrar paixões, de caixão à cova,

e esta não se tratava de mera força de expressão, senão eram eles levados pela melancolia da rejeição,

e pelas correntes do rio, que muito se propiciavam a amantes abandonados,

seriam pelo marido degolados, mais por hábito do que por ciúme,

uma entretenga, em suma, para aquele casal, que incluía muito choro e discussão, para chegar mais prontamente o desejo da reconciliação,

muitos tinham em Séfora a última instância de apelo, por vezes intervinha, outras não, e punha aqueles olhos de terra seca, estéril e indiferente,

um dia foi o próprio noivo desviado que se lhe dirigiu em missiva para que interferisse junto de Palmyra, sabia bem que ela casara com outro, mas tinha de lhe explicar, e brandia a bandeira da misericórdia, que nunca abandonara a noiva no comboio, seria incapaz de cometer tal vilania, fora um equívoco, um trágico e lamentável desencontro, ela saíra da carruagem à sua procura por uma porta no exato momento,

a vida tem coincidências diabolicamente dissidentes,

em que ele entrara por outra, correndo todo o comboio a perguntar por ela, disseram-lhe que saíra chamando por um tal tenente, e ele de noite acordava, abrupto, julgando ouvir o seu chamado, palmilhou tudo, interrogou todos, expulso do regimento, que as tremuras do vinho não lhe permitiam segurar arma, quanto mais machado de descascar sobreiro, demandava como cão sem dono, a quem todos deitavam pedrada, oculto das irmãs por vergonha, elas que o aguardavam fazendo como sempre mil loucos planos para festejar o seu regresso, passando muita fome, contraindo muita dívida a remendar o telhado, não fosse o irmão retardar a volta por embaraço, o seu irmão já decerto tenente e casado,

luzinha dos nossos olhos,

e tinha, escrevia ainda na missiva, límpida a consciência, se a alma tivesse cheiro,

Séfora logo notaria, a primeira água que corre da nascente, jamais tocara em Palmyra, jamais seria capaz de abusar da sua inocência, de conspurcar a sua leveza com intenções primitivas de homem rústico, de erguer a sua sombra sobre ela para nunca lhe tapar o sol e agora sabê-la nesse antro de podridão, refém a sua pureza dos bandidos do quilombo, o sangue interrompeu-se-lhe nas veias como um fumo preto encravado, vadiou com ambas as mãos a proteger a cabeça, desorientado, que nem um cego em campo aberto de tiroteio, que triste sina vir à vida para interromper as alheias, deixar em suspenso as das irmãs,

a mais nova a trepar ao ramo mais crescido do sobreiro, a tentar avistar o seu vulto de retorno,

a vida de Palmyra, coitadinha, do conforto da sua centenária janela para um antro de malfeitorias, habitado por gatunos, galdérias e até poetas,

sentia-se um homem que morre

a meio

de uma frase,

antes tivesse morrido, as irmãs enviuvariam todas de uma só vez, Séfora, minha confidente, carrego a culpa de ter desviado a doce Palmyra de casa dos seus pais, de ter causado tamanho infortúnio na família, nunca supus que houvesse fardo tão carregado, nada que se comparasse com o baú intocado das roupas e dos haveres de Palmyra, transportara-o ao ombro, quando este ficou negro do hematoma, levou-o no outro, nas costas, no alto da cabeça com uma rodilha como as mulheres dos vasos de água, arrastou-o com ambas as mãos no final das suas forças, zelou por ele, a toda a hora, como não pôde zelar pela honra da noiva, Séfora lia-lhe em voz alta e nesta parte da carta Palmyra despertou, enfadada que estava de todo aquele muco sentimental, ela que se esquecera deste noivo transitório, poucas horas depois de desembarcada na estação, já nem lhe guardava raiva por aquilo que julgara um abandono cobarde, afinal um equívoco desastrado, grande coisa, que sujeito abobado, mas reaver o baú interessava-lhe, deixou que Séfora marcasse o encontro, sem dar conta de que a angústia do homem não a contemplava a ela, noiva inicial, Séfora também não acusou o desgosto, só uma atenção muito aguda que a tenenta não reservava a ninguém,

senão a ela mesma,

detectaria um músculo que lhe repuxou o canto do lábio, brevíssimo relance, logo se recompôs com a cara encoberta de sempre, como o pântano lodoso que as cercava, nunca se via o fundo, lá seguiu mensagem a marcar encontro com o homem, indicando com bastante ênfase que não esquecesse o baú, e ele lá estava do outro lado da margem, trémulas as mãos, rosto chupado, envelhecido, a acender cigarros uns nos outros, por não saber o que fazer às mãos, um homem tão diminuído a dar passos ao encontro de Séfora e Palmyra, todo o corpo dele pedia perdão, encurvado, suplicante, a conter o choro de a rever, avançando na barcaça, desfigurado, de boca aberta a hesitar na primeira palavra, tanto que a havia ensaiado, movia-se na borda do rio, como quem calca uma ponte suspensa,

o cordame sempre geme,

Palmyra, alheada daquela triste figura, mandou recolher o baú, e Séfora foi-se também na barcaça sem sequer pôr pé em terra, sem nada dizer, nem um olhar mudo, um cheiro a alfazema e a lavado desprendia-se do baú que a tenenta abria com deleite, o homem a ficar mais pequeno, mais insignificante, toldado pela névoa do rio, até que, com o cair da noite, apenas ponta do cigarro em brasa de tanto puxar, a andar encolhido na margem encharcada, certamente pensando que a sua travessia não iria acabar assim, sem uma palavra, sequer uma despedida,

beijar-lhe-ia os gestos sem ter de lhe tocar as mãos,

da janela de casa, Séfora avistava aquele pontinho brilhante da beata que não arredava do lado de lá do rio, nem quando caiu uma chuvada de três dias e três noites, buscava na bruma e lá encontrava o brilho do seu cigarro, o homem-lama definhava, ossos embrulhados, o fato inundado confundia-se com o lamaçal, nas suas andanças os homens do quilombo mal reparavam nele, pedintes que desembocavam naquele fim de estrada eram pasto, não se destacava entre os demais que aguardavam naquela margem autorização de passagem, os que nele atentavam davam-lhe da caridade cigarros, as mães mandavam as crianças entregar-lhe pão, o marido de Palmyra nunca suspeitou daquele homem-lama, nem que lhe devia o epíteto, o tenente, ó tenente, ó meu tenente, dois passos para trás e um para a frente, curiosas as voltas que os nomes dão, agarram-se ao hospedeiro que passa como carraças e não mais se despegam até encontrar um outro mais suculento,

a maneira mais eficaz e cruel de destruir alguém, ignorá-lo, ou substituí-lo,

aquele homem meio enterrado, cabelos e sobrancelhas enlameados, esperando humildemente que a lama o acolhesse como quem regressa, ou talvez pensasse que merecia aquele destino de não pertença, nem à terra nem ao rio, mas a qualquer coisa de intermédio, aceitava aquela justeza do destino, morte de morte merecida,

havia de apagar-se como o cigarro húmido que segurava até lhe queimar os dedos, havia de o seu derradeiro pensamento ir para a irmã mais nova empoleirada no ramo mais alto do sobreiro à espera do seu vulto de regresso, Séfora foi espreitar uma noite e já não reconheceu nenhum pontinho iluminado, provavelmente tragado pela própria lama de que fazia chão, monte de esterco,

soterrado como um certo passarinho azul, cujo último suspiro fez trepidar a terra do vaso,

na manhã seguinte tudo como dantes, Séfora começava por enxotar os sapinhos que sempre se intrometiam em casa durante a noite, acendia o lume, desencardia panelas, picava cebola, pelava batata, distribuía os restos da véspera pelas coelheiras e galinheiros, lambia a linha para alargar o cós às saias da Palmyra sempre de barriga a crescer, só então cuidava dos despertares dramáticos da tenenta, suas queixas, suas exigências, sua pele em chaga de tão martirizada pelas picadas durante o sono, seu cabelo sempre a requisitar resgate minucioso, os seus banhos prolongados em leite de ovelha que lhe apaziguavam a coceira, acompanhou a tenenta na grande operação de evacuação,

e o que é mais é nosso,

da aldeia de camponeses Lençol de Telhados, deu-lhe primazia na escolha,

tudo aqui é teu, inclusive eu,

mas Séfora para si só guardou um casal de pintassilgos, velhinhos e descoloridas as penas, dentro de uma gaiola, que ficara presa à parede de um pátio sombrio, todos haviam passado por eles apressados, na ânsia de carregarem valores ou utilidades, e eles piando, já seca a água, já esbulhada a alpista, logo os soltava, uns momentos antes do sol-pôr, e os deixava esvoaçar um pouco com uma pata presa num cordel, no alpendre, vigilante aos gatos dos telhados, e logo os recolhia ao anoitecer, sempre com muito jeitinho, na concha das mãos, numa tarde uma demanda mais insistente da tenenta, que estava grávida, e caprichosa,

são ordens os teus desejos,

fê-la baixar a guarda, quando chegou ao alpendre, ambos os pintassilgos tinham bicado as patas amarradas para voarem amputados, Séfora encontrou, desolada, dois aranhiços sangrantes presos ao cordel, com as unhas reviradas para dentro, pela dor, a partir daí Séfora jurou nunca mais se devotar a nenhuma criatura, assim foi, assistiu aos partos da tenenta, sempre logrados, sempre meninas, o útero não as segurava, nasciam débeis, perninhas de rã, sem sopro, ela própria as lançava ao rio, com colares de pedras ao pescoço, cinco meninas, em cinco anos seguidos, talvez só nestas ocasiões o rosto de Séfora se desembrulhasse ao ver aquelas carinhas submersas a descerem até ao fundo do rio, águas cor de azeite, tão pequeninas, tão indefesas, tão despojadas de culpa, não traziam o vinco entre o lábio e o nariz, o anjo não lhes havia segredado o mistério e marcado com o vinco do seu dedo em frente à boca a obrigação de se silenciarem quando transitassem para a vida, também esteve presente no parto convulso dos gémeos, Camilo e Constantino, e à alegria de enfim uma criança pujante de vida, a perplexidade da vinda de uma segunda, inesperada, indesejada, não convidada,

sétimo filho de sete irmãos,

não era bem-vinda, Palmyra desorientada de dores e de superstição, o pássaro preto que lhes entrou pela janela, um mau augúrio para aquele filho,

a somar a tantos prenúncios de azar, o marido não se deitou com ela na noite do casamento, nesse dia morreu gente, o

tenente veio ensanguentado para casa, dizem que o homem que ele esfaqueou tentava dizer qualquer coisa, mas a morte sobreveio e interrompeu-o
                              a meio
   da frase,
   tinha de agir depressa, aproveitar aquele momento de distração de Séfora, que tentava desviar o pássaro, ele embatia com fúria nas paredes, reagir, enquanto Séfora fazia daquela ave intrusa a sua prioridade e desviava os olhos dos lençóis manchados de sangue, duas crianças em pranto e uma só placenta, mas o pássaro atordoado conseguiu escapar, acertou o seu voo pela luz do dia que já raiava, e nesse momento Séfora retirou com violência a mão de Palmyra da boca da segunda criança, que teve de respirar, crescer e de se proteger de uma mãe que nunca o criou, Constantino, o gémeo intruso, esse mesmo já adulto, já autónomo, já sem patrocínio, mas ainda com temores,
   o homem que veio do mar matar saudades da terra, cambaleava com um torniquete no braço ferido, malditos cães, maldita serra, ainda bem que a deixava para trás, as duas mulheres aguardavam-no num acampamento improvisado, ambas se recusaram a ficar na aldeia fantasma de Lençol de Telhados, preferiam o relento ao assombro, já não estaria longe, mas vinha cansado, a exaustão esmagava-o, como num dia de nuvens baixas, não fora avisado subir à serra com tamanha carga, só então tomou consciência, ao ombro apenas o casaco dobrado, o arpéu dependurado, não trazia bagagem, tudo deixara junto às mulheres, e, ainda assim, vergava-se ao fardo, fraquejavam-lhe as pernas, nunca supôs que a vingança pudesse ser tão pesada.

CAPÍTULO VI
Mas o corpo está e está e está, sem ter outra saída.

O caminho que seguiu, sete anos atrás,
do quilombo para o arraial,
era o mesmo por onde regressava agora, mas tudo mudado, quer dizer, a mesma paisagem, mas tudo diferente, depende da orientação da tua cabeça, Constantino, se a levas voltada para o Sul ou para o Norte, dizia-lhe a mulher, e ele que sim, mas nada convencido, os olhos viam consoante o que ele trazia por dentro,
para lá levara a raiva, o desgosto, o desamparo, para cá trazia a raiva intacta, mas nenhuma tristeza, já nem solidão, certeza, sobretudo, de quem tem uma missão urgente,
para lá submersos os campos, todas as vozes acuadas, afogados os camponeses, esvaziados de feições, já esverdeados de vogar entre águas turvas, para cá ia largando pelo caminho as superstições de homem do mar, à medida que deixando a serra muito para trás, quando tapava os ouvidos ao som das ceifeiras cantando, julgando-se rodeado de funestas sereias, ou se uma ovelha perdida, magra e velha, se lhes barrava o caminho e se punha a fitá-los, cuidando ser talvez aquela poeira baça, que aos seus olhos chegava, o rebanho de que se tresmalhara,

Constantino desconfiado,
   uma ovelha ronhosa atrasa todo um rebanho,
achava que estava sendo reconhecido pelas criaturas da terra, por ele abandonadas, quando o moço que os conduzia via um coelho e o nomeava alto, extasiado de encantamento,
   ou de fome,
Constantino estremecia de fúria e dava-lhe cutucadas na cabeça, ou, quando a mulher se apeava, largava a pequena de colo, e vinha colher ramadas de flores e as trazia para dentro da carroça,
   as flores sorvem a nossa água doce, os coelhos roem os cascos carcomidos,
e proibia a mulher e o moço de acenarem de volta sempre que algum camponês os cumprimentava, a meio de uma ponte, enviados do demónio, se a gente lhes responde à saudação é morte próxima, explicava, e a mulher encolhia os ombros às crendices do marido, a bravura que ele tinha na terra ainda não a conhecia, era homem pouco respeitado no arraial, em sete anos aprendera as lides do mar, tinha afoiteza, destemido como nenhum, cravava o arpéu no peixe com a mesma sanha, alçava-o, esquartejava-o, esfregava com os nós dos dedos os olhos ardentes de sangue salgado,
   e o gesto que fazia para proteger a cabeça,
   mas voltava-lhe costas, ao mar, àquele grande olho de peixe moribundo, que tudo alagava, tudo recolhia e devolvia, não tanto por medo, também não seria repulsa, nem pânico, nem susto, tentava a mulher apurar, também não ódio, talvez antes um desapego de expatriado, ele não pertencia ali, levaram-no, contra sua vontade, todo o seu salário era paga de uma dívida do pai, ficou assim estabelecido por sete anos, pouco lhe sobrava, pouco lhe valia investir, era tempo parado, ele, sim, estagnado, como a água do pântano da sua

infância, chafurdado onde a terra acaba, náufrago a aguardar o resgate, toda aquela arável liquidez não o comovia e jamais o deslumbrou, não lhe dava para as contemplações, nem para ficar meditabundo como os camaradas do mar, que fixavam um ponto embalados, inebriados, apontavam o dedo encantados com as criaturas marinhas, dádivas do mar, ele não, queria raízes e só lhe davam sargaços, queria terra e não se livrava dos grãos de areia colados ao corpo, carne vermelha e só peixe às refeições quando tinham sorte, tudo naquela praia cercada de ria e salinas desvitalizadas lhe parecia seco, delambido, insalubre, as barracas decrépitas e corroídas, consertadas com tábuas que o mar largava em dias de tempestade no areal, de barcos naufragados, ainda com cracas e algas secas agarradas, cada qual de sua cor, o que dava ao povoado um aspecto de circo melancólico, com ferros corroídos encravados, restos, esqueletos sem carne nem nexo, cobertos por redes ensarilhadas, os pavilhões de tijolo da cozedura do atum, noite e dia a lenha a arder, o hálito abrasador dos vapores do peixe, almas mecânicas, exauridas e sonolentas, encerradas naquele caixote fétido e acanhado, de paredes verdes a escorrer visgo, o suor deles a misturar--se com o azeite, jamais voltaria a comer atuns, tinha-lhes um ódio inapelável,

e correspondido,

metia-lhe dó aquelas gentes mal cobertas de chita ordinária, a quem o mar e o patrão tudo levavam, esfalfados, até ao último sopro, a troco de meia dúzia de tostões, sempre mais devedores do que credores do dono da fábrica, escravos sem usarem este nome,

mas não se pergunta a um condenado a razão da sua condenação, nem a um escravo se gosta da escravidão, nem a um industrial se pretende ter mais ainda mais lucro, não deixou nenhuma das janelas da sua cabana aberta para o mar, continuava a nausear-se com a ondulação, com o fedor a peixe infiltrado em todos os pelos do corpo, a sacudir com fúria as escamas que se alojavam nos cabelos, que raio de homem ela havia de arranjar, este que tanto exaltara o cheiro da terra molhada, o vento a ondular nos trigais, a sombra fresca das árvores, o coaxar das rãs, a última braçada de sobreiro e a água doce, cor de azeite, do pântano, saudoso de colheitas e sementeiras, do perfume a hortelã, e agora, desde que partira, como uma emergência, largou tudo para trás,

por pouco também ficava ela e a menina e a outra desgraçada que sempre os seguia, que até eu, Deus me perdoe, me esqueceria dela de bom grado, mas não é do meu feitio, e, de tanto desejar a terra, Constantino, durante a viagem, só falava de navios afundados, olhos, aros exatos, de atum, estradas de esqueletos submersos, que homem estranho foi aquele que lhe calhou, embora isto fosse maneira de dizer, bem entendido, que no arraial todos os outros estavam tomados, ela já nem nova, nem bonita, ganhava a corcunda de amanhar o peixe anos a fio na fábrica conserveira, enquanto os homens na frota, a nuca dela entre os ombros alteados, sumiu-se-lhe o pescoço, encaracolaram-se as vértebras, o cheiro das vísceras, das espinhas, das cabeças amputadas, das peles esfoladas fazia parte dela, desde pequena sempre a mesma função, enterrar os dedos finos nas carcaças, nas partes intestinas, restos, ovas, tripas, sangue, largar tudo em grandes baldões que fermentavam ao sol e transportá-los para adubo, com um varapau a ameaçar o voo picado e cobiçoso das gaivotas, e nos meses da grande matança de atum direito, o que ia para a desova no Mediterrâneo e era emboscado pelos homens a meio caminho, gordas entranhas, faziam-se os despejos num tanque, as mulheres de saias arregaçadas, água vermelha pelos joelhos a lavar os baldões nas ondas da maré cheia, com as crianças pequenas, que chafurdavam, também elas na imundície, e, se se entupiam os canos, era Maria Albertina quem se agachava, submergia a cabeça até aos olhos, lançava a mão para baixo para agarrar fígados, corações, peles e barbatanas gelatinosas que se agregavam a atravancar os ralos, tinha sido a sua vida, o cheiro a açougue salgado, as moscas em vertiginosas travessias pelas suas pernas, festins de resíduos, sobras, alheias hemorragias, isso e tomar conta das crianças dos outros, pobrezinhos, quanta míngua naquelas praias, e logo lhes preparava raspas de figo seco com xerém, que para ela nenhum homem olhou, nem tocou, nem ela a isso aspirou, se calhar levara muito à letra as palavras do senhor padre,

Deus te perdoe, Maria Albertina,

do quê?,

as mulheres têm o pecado no corpo,

ora, o senhor sabe que eu não sou dessas,

que vinha dar missa uma vez por mês, a pedido do patrão,

que é tão bonzinho para a gente,

não queria aquelas almas perdidas ali naquele ermo, que as desvirtudes deles não ofendessem a Deus e lhes consumissem o negócio, o Senhor não gosta de ermos pecaminosos, a impureza moral avilta o templo de Deus, sabe lá o que isto é,

o sangue atrai o demónio,

e as moscas,

a rebaldaria que se arma naquelas cabanas, os homens suados de tronco nu, as mulheres de pernas e braços ao léu, vermelhos de sangue de atum, a amanhá-lo dia e noite, quem podia controlá-los,

é gente que não sente como a gente,

que ele e os vigilantes só zelavam pela pontualidade, para que a cadeia de produção nunca quebrasse, e para que não levassem lascas do peixe escondidas na roupa, capazes de tudo, são ratos humanos, as mais assanhadas gaivotas do arraial são estas de duas mãos e dois pés que trabalham para mim, à noite sonhos medonhos, as mulheres com dedos de garra a arrancarem-me as goelas, valha-me Deus, senhor padre, se me compreende, que uma até de noite o fígado mo puxou, ela escarranchada com os joelhos vermelhos em cima do meu peito, e na mão o meu fígado latejante, a pingar sangue nos lençóis, cruzes credo, com medo de que a esposa despertasse e assistisse a este despautério, se é que me compreende, é com cada aperto, gente daninha, senhor padre, infiltram aqueles dedos por debaixo da porta, por entre as tripas do atum, por entre as dobras do meu sono, à noite, senhor padre, não tenho amansado o coração, de lá para cá, de cá para lá, pior que mar, muitas graças lhe dou que venha até a esta orla de mundo passar umas extremas-unções, batizar estes pequenos selvagens que nascem como coelhos,

salvo seja, que é animal que nem o nome gostamos de mencionar,

roem os cascos dos barcos,

mas venha, senhor padre, na minha casa pernoitará, concedo-lhe os meus mais generosos contributos, que até uma capela construí por amor a Cristo, para confessar estas rudes e esquivas criaturas marinhas,

e abençoar o que não tem vergonha nem nunca terá,

e casar uns quantos, porque se amancebam, senhor padre, sem o divino sacramento, e, mal se dá por ela, as mulheres da fábrica de barrigas empinadas, pior que animais, salve Deus a sua nobre alma, senhor patrão, que é a caridade a mais cardeal das virtudes, e Maria Albertina, inundada de devoção, tal como no tanque dos desperdícios, seguia atenta às palestras ciciadas do padre, os mártires derramaram o seu sangue por Cristo, por isso alcançaram a recompensa eterna,

queria também ela alcançar a recompensa eterna, fazer o bem na vida, como cumpria na fábrica, não saltava um turno nem se atrevia a ficar doente, carcomia-se-lhe a coluna, penetravam-lhe espinhas debaixo das unhas, e ela firme, cativa da sua fé, não desperdiçava uma lasca ao patrão, e dormia de um sono só, a mais imunda das mulheres, a mais pura do arraial, a favorita do senhor padre, e enxugava os olhos congestionados de sal e comoção com as santas do altar tão pesarosas, a acolher em si todo o sofrimento do mundo, rezava muito, enterrava nas nádegas espinhos de ouriços, vergastava-se com cardos das dunas, contaminava-se no tanque dos fígados decompostos, erguia os olhos para o céu em arroubos místicos, que ela, pobre mulher, nem entendia, será suficiente?, duvidava, e pedia para si um pingo de martírio, que isso de ser pura e virgem parecia-lhe bem pouco na tabela dos suplícios, até o padre lhe confiava a chave da capela e lhe dava a honra de fazer as limpezas do altar, aspirava à expiação, reclamava por servidão, mais do que ser mãos de esventrar atuns na conserveira, nem deu conta de o tempo passar, mas o tempo, esse, deu por ela, marcou-a como a todos faz, mas a Maria Albertina com especial severidade, a pele encardida do sol, andar de velha, cabelos ralos, a barriga um fole seco de acordeão, davam-lhe mais dez do que os trinta e sete que tinha, depois não sabe como aconteceu, aquele moço forasteiro, de quem todos se apartavam, de maus modos, ou metido consigo nas suas batalhas interiores ou disposto a brigas em assuntos que não lhe diziam respeito, a pedir sarilhos, amargoso com tudo e todos, a amaldiçoar o mar, a ameaçar entredentes o patrão, a renunciar a Cristo, nem fazia o sinal da santa cruz, dava azar nas embarcações, e ela via Constantino junto ao mar, os gestos cheios de fúria, a combater as ondas, como as crianças, que julgam travar a maré com um pau, aproximou-se dele com instintos maternais, igual ao que fazia com os meninos desamparados do arraial, ou com os gatinhos enfezados que rondavam os barracos na esperança de uma cartilagem jogada fora, pôs-lhe a mão na cabeça muito devagarinho, acariciou-lhe os crespos cabelos cheios de sal, e o olhar dele, ao voltar-se, estancou-lhe o sorriso no rosto,

são coisas que já vão do destino de cada um,

ela era mais velha mas totalmente inexperiente,

ele era mais novo e tinha experiência para distribuir pelo arraial inteiro e ainda sobejava,

ele interpretou este carinho de mulher da única maneira que queria, apertou as suas mãos ásperas, seguiu o seu insuportável cheiro a peixe em decomposição,

e ela, são coisas que não se explicam,

senhor padre,

o que não tem sentido nem nunca terá,

Constantino ficou nessa noite na barraca de Maria Albertina e voltou todas as vezes, sem falhar,

bom, exceto em duas ocasiões,

no mês seguinte o patrão apontou ao padre aquele improvável casal com reprovação, Maria Albertina a despontar-lhe os primeiros cabelos brancos e Constantino a despontar-lhe os primeiros pelos da barba,

também tu, Maria Albertina?,

pegue a chave, senhor padre, cumprimentos e vá pela sombra, que o sol queima,

Maria Albertina sem dar troco, a desembaraçar-se da fé, com a mesma agilidade com que a abraçou, falou, está falado, não tem discussão, não,

dedicou-se àquele marido indomável com a mesma e fervorosa devoção que destinava às santas que nunca mais visitou, e às entranhas de atum, na fábrica, pois que continuava a frequentar, a vida tinha de se ir levando, mas, pelo sim pelo não, fazia tal qual as outras e trazia para casa às escondidas ovas e postas do peixe, são ratos humanos, as mais assanhadas gaivotas do arraial, Maria Albertina, uma mulher tão prática quanto adaptável, como os caranguejos da beira--mar, tanto se aviam na areia da maré baixa quanto debaixo de água, e moldam-se à primeira concha oca que apanham a jeito, acenam com tenazes exibicionistas ou fundem-se agachados e despigmentados,

o ser é o ser, a única verdade,

e porque os impossíveis existem para desafiar a realidade, ao fim de sete anos, um bebé, saudável e gordo, Maria Albertina inchada de orgulho e de retenção de líquidos, nem a outra, a mourinha, que sempre seguia o seu homem à distância, lhe dava particulares ralações, as coisas são como são, encolhia os ombros, enfiando ainda mais o seu sumido pescoço, que querem que vos diga?, Constantino, nos meses em que o atum não vinha e era cada um por si nas pescarias, meteu--se num barco de um mestre mais embriagado e aventureiro, partiram atrás dos cardumes, fisgando à linha, grinaldas de peixes pequenos enfiados no anzol pelos buracos dos olhos, e as correntes e as vontades, aí não sei dizer quais delas as mais puxantes, fizeram-nos chegar até à terra da outra banda, por lá ficaram muitas semanas, e as mulheres de cá cheias de aflição, cheias de gaiatos esfomeados presos às saias, até que um dia chegaram, o barco em mau estado, remendada a vela com farrapos das próprias camisas dos homens, sem grandes explicações, Constantino ainda menos, era de poucas palavras, mas deixou-lhe na barraca uma pulseira, Maria Albertina nenhum uso lhe deu, que aquilo era coisa pouco católica, na volta da segunda ausência por mar adentro, Constantino trouxe a mulher que a pulseira anunciava, que se há de fazer?, dizem que é jovem e bonita, e eu com isso?, nunca lhe vi a cara, coitadinha, ninguém a entende, anda os dias inteiros nos areais onde não há pegada, ninguém a nota, só se lembram da sua passagem pelo cheiro que larga, intenso, a caril das flores amarelas das dunas, que se abrem durante o dia, só para exalar aquele insólito perfume, à disputa das vespas, e contaminar os cabelos da mulher, que vivia de pequenos serviços, favores e também de Maria Albertina, tinha dó da rapariga, largada sozinha neste cais de areia, que os homens quando querem agarram que é brinquedo, naturalmente acham que sozinhos podem povoar o mundo de uma mulher, coisas lá deles, a gente nem liga, e como fazia aos gatinhos esquivos, fazia-lhe a ela, a mourinha ainda mais esquiva, e nas refeições punha de parte uma porção para deixar à porta da cabana da rapariga, e não me venham com vozearias e enredos, que eu não dou para esse peditório, cada um sabe da sua vida, cerra os dois punhos e andou, Maria Albertina adaptava-se às situações, como sempre, quando Constantino disse que tinha de partir, estava paga a sua dívida, cumprida a penitência, havia contas antigas a ajustar, também não se pôs com indagações, fez uma trouxa com o quase nada que possuía, embalou, e bem, a menina, assegurou-se de que transportava todos os pertences do marido, inclusive a outra moça, arranjou maneira de que esta se apercebesse da súbita partida, ao contrário de Constantino, que já levava a cabeça cheia de intenções, parecia-lhe a ela, bem pouco pacíficas, a mulher preocupava-se e ia espreitando para trás se o passo da outra acompanhava o carro de bois, a cada dobra da estrada, e fazia sinal para o carroceiro abrandar, se a moça estava prenha, a caminhada era longa até ao Alentejo, por várias vezes lhe deixou peixe seco, ou bolinhos de figo, na berma da estrada, para lhe indicar o caminho, pequenas pistas para que não se perdesse ainda mais neste mundo que não era o dela, nem nada que se lhe parecesse, em troca a outra deixava no seu assento raminhos secos de flores amarelas, e ao segundo dia Constantino, sempre a rumorejar pragas e indecências, sentiu o tal cheiro a caril, das flores amarelas das dunas, no fundo da carroça, junto às trouxas e às mercadorias, aninhava-se a mourinha, e seus olhos que não eram negros, antes pareciam, por tão debruados a densas pestanas, e ele um sobressalto, Maria Albertina não havia de apreciar tamanho atrevimento, tão perdido estava nos seus labirintos interiores, nem se lembrara se tinha ou não dado permissão, mas Maria Albertina continuava com aquele semblante de sempre, que tanto copiara das santas, de sereno sofrimento, de apaziguado padecimento, estancada ferida, e o homem sossegou,

as carroças mais pesadas fazem menos barulho,
era o que lhe faltava agora, nesse momento crucial da sua vida, em que regressava à terra passados sete anos, com tantos planos intrincados para desemaranhar, tanta prudência para destraçar, ter de gerir rivalidades femininas e questiúnculas domésticas, pois claro, mal sabia ele que o pacto mútuo e respeitoso entre as mulheres só as fortalecia a elas, e colocavam-no, pelo menos, em inferioridade numérica, ao embrenharem-se na serra esfriara, um vento seco e duro a que ambas não estavam acostumadas, Constantino a sonhar tempestades, e Maria Albertina a levantar-se, inquieta com a outra, e por breves olhares trocados se entenderam, a mourinha subiu para a carroça, e deixou-se ficar abraçada à barriga, cabeça encostada às sacas de farinha de figo seco, tão leve e

silenciosa que nem um fio de respiração se sentia, ainda menos os bois deram pelo peso extra, torceram os narizes àquele cheiro azedo que não conheciam, a caril de flores amarelas, e prosseguiram no seu passo triste e monótono, pobres dos homens que seguem a vida em sulcos de pó e pedra, cicatrizes áridas da paisagem, onde nem uma erva se atreve a despontar, que é logo esmagada pelo carro seguinte, não é bom calcorrear onde outros já calcorrearam, tantos passos desesperados, tantos andares finados, tanto sangue derramado naqueles sepulcrários de recordações de gente morta,

uma viagem é sempre deixar para trás,
que caminhou como eles agora para o dia mais infeliz das suas vidas, e os bois suspiravam, à vez, marcando o passo, expirando o ar elanguescente pelas narinas, quando o moço lhes dava com o pau no lombo, pobres dos homens, que não sabem pensar o que sentem, e teimam em chegar lá mais depressa, novo suspiro dos bois, novo desassossego de Constantino a congeminar apuros, novo pontapé doce e uterino na barriga da mourinha, novo soluço da menina que exigia mais leite, nova pancada no lombo, só porque o moço não sabia mais que fazer para ocupar os braços, Maria Albertina não tentava decifrar a agitação do seu homem, sabia o que bastava, e o que for será, sabia de uma ilha meio submergida em lodo e lama a que o marido chamava casa, sabia de uma mãe que se aperaltava a cada dia como se estivesse na corte, de um pai bandoleiro que reinava, roubava e matava sem emenda nem punição, e que ele e o seu bando haviam desalojado uma aldeia inteira, e de um irmão gémeo, Camilo, igualzinho a ele e que coxeava sem ser coxo, de uma governanta solteirona, que se desfeava sendo bonita, jamais sorria e reclamava modos, estudos, sapatos calçados, e acabava satisfazendo todos os caprichos da tenenta,

costurando-lhe todos os dias uma peruca feita de cabelos ruivos de uma moça órfã, sempre bem-disposta, queria com a barriga, apesar de rapada da nuca à testa periodicamente, acolhida e bem nutrida, especificamente para o fim da tosquia,

sabia de uma cigana de cigarro no canto da boca, dente lascado atrevido, que trocava a ordem das palavras e a quem o marido tomava como irmã, e era a mulher mais livre do mundo,

se lhe batiam nunca protegia a cabeça,

sabia de Sandoval, outro amigo irmão que era vidente cego, só que via, sobretudo de costas, e depois sabia de Maria Albinha, a menina que voou por cima do rio, e que se tornou o amor da vida do marido, era por ela que voltavam,

ontem mesmo hoje e sempre ainda agora,

Maria Albinha ali presente na cabeça de Constantino, levara-a embarcada, levara-a para dentro dos fornos de cozedura de atum, levara-a para a cabana de Maria Albertina, para a esteira da mourinha, trouxera-a de volta na carroça, e agora, enquanto descia a serra, em direção ao acampamento, queria lá saber do braço inchado, da mordedura, dos cães selvagens, queria lá saber das duas mulheres à espera, que parissem, que lhes doesse, que sangrassem rios e borbotassem enxurradas de coágulos como borras de café, que saíssem delas crianças com barbatanas e rabos de atum, pouco lhe importava, que se alojassem como bem entendessem, nas casas de Nadepiori que Simão Neto lhes destinara, não queria saber, Maria Albinha era um pensamento tão insistente, tão usurpador, que lhe colonizava todo o cérebro, não sobrava espaço para mais ninguém, nem para o pai que o atraiçoou, nem para o irmão que compactuou, nem para a mãe que sempre o atormentou, por isso dirigiram-se as suas pernas, não ele, mas todos os nervos das pernas mecanicamente a comandá-lo até ao atalho do ribeiro, aquele onde as mulheres de Nadepiori se ba-

nhavam e transacionavam débeis bebés com as mães aflitas do quilombo, andou um quilómetro, talvez dois, sem prestar atenção ao seu próprio movimento,
ambas as margens silenciadas, num entardecer lânguido e prolongado, já não árvores nem silvedos, apenas vultos e sombras, os pequenos ruídos noturnos que habitam o silêncio, roçagares de asas nas árvores, o estampido líquido de répteis que se jogavam na água à sua passagem, o segredar do vento nos galhos, o estrepitar hesitante dos grilos ainda a ensaiarem a sinfonia da noite, nada que lhe interrompesse as lembranças, com a nitidez de um punhal, talhavam a obscuridade, intrometiam-se no caminho, impunham a sua presença como se tivessem brilho, e som, e cheiro e corpo, o dia, a manhã, para ser mais preciso, em que Maria Albinha voltou a casa, tornou a atravessar o rio, já recomposta a sua saúde, já refeita da sua maleita, já gordinha, rosada e muito esperta, enlevavam-se os irmãos, Camilo e Constantino, pegavam-na à vez, admiravam-se de como ela tinha crescido, tu estás vendo a nossa pequena já nos chega e faziam um traço imaginário no peito, voltavam a tomar-lhe o peso, beijavam-na e exibiam-na com orgulho à amiga cigana, Lariça, ela como sempre com um irmãozito à ilharga, o que não a impedia de se escapulir e seguir os amigos para onde quisesse, linda está, um gosto que é crescer, todos a rodeá-la, a enchê-la de atenções, Maria Albinha, contagiada, gargalhava,

as suas gargalhadinhas em cascata,

só de se ver rodeada por tantas caras sorridentes, até Sandoval deixou por momentos o leme para a abraçar também, ele tornado barqueiro depois da aposentação, algo forçada, do anterior, mas são casos que não vêm ao

a

caso,

e todos riram quando a embarcação deu uma guinada, repuxada por uma corrente matreira, quase se empinou, o rio a colaborar nesta tumultuosa alegria, claro que Sandoval via o rio por debaixo da barcaça, podia conduzi-la de olhos fechados, provocou ele o sobressalto, queria prolongar o momento do reencontro, sabendo ele que o riso é das mais belas competências dos seres humanos, havia que desempenhá-la com insensatez e excesso, até lhes doerem os rins a todos, e, de ambas as margens, aquela gente magoada, a embalar o desconsolo, havia de estranhar este coro de limpa alacridade que se escutava do meio do rio, como se um pintor distraído tivesse mudado de tela e onde era só negrume e tormentos, pincelava por cima as cores vibrantes e luminosas de uma travessia breve, os gémeos trataram de fazer com que aquele momento de ebulição sublime se prolongasse para além do momento em que a menina pousasse o pé resvaladiço no lodaçal do quilombo, acomodaram-na na sua própria casa, sem a ninguém pedirem licença, jamais permitiam que a importunassem, e providenciaram para que nada lhe faltasse, nem vestidos, nem comida, nem educação, nem liberdade, que era algo que muito prezavam, todos se encantavam com ela, até Séfora acarinhou com arrebatamento a tarefa de cuidar de Maria Albinha, fazia-o com muito esmero, como em tudo, aliás, mas, no caso presente, com uma pontinha de emoção maldisfarçada, e a sós com ela, a mulher que jamais sorria, relaxava um pouco os músculos das feições, tanto era assim que Maria Albinha,

órfã, acolhida na casa dos carrascos do próprio pai, cercada pelo rio que engoliu a mãe, antro de gatunagem, com tragédias quotidianos, facadas, separações, traições a cada dia, vivia rodeada de caras risonhas, que a poupavam a tudo quanto era desagradável, até o tenente ocultava as armas atrás das costas, mascarava a camisa ensanguentada, arranjava uma trama costurada de benevolências e suavidades e todos faziam como ele, até se tornar um hábito, desmanchavam os rostos crispados, voltavam-lhe a face com sorrisos desajeitados e, em ela desaparecendo, cabriolando de satisfação, tornavam às ferocidades habituais, com vincos verticais na testa e rudeza no olhar,

cresceu numa ilha, dentro da ilha, onde Camilo e Constantino, com a cumplicidade de Lariça e Sandoval, faziam corrente de contenção, onde só entrava alegria, surpresas boas e ventura, convicta ela de que todos eram amáveis, todos boas pessoas, e a humanidade uma espécie macia e doce, os deuses haviam feito ali um belo serviço, não admira terem-se retirado, estando dado o trabalho por terminado, não havia privações, nem guerras, nem ameaças, nem doenças, nem invejas, nem cobiça, talvez nem morte, que os gémeos conseguiam sempre persuadir Maria Albinha de que aquele homem hirto estendido na lama estava apenas a jogar, numa brincadeira rapidamente reproduzida, eles e Maria Albinha perdidos de riso a rebolarem no lodaçal, as cabeças tombadas no ombro uns dos outros, para pasmo dos padecentes do defunto, a secarem-se-lhes as lágrimas e a solenidade do momento, compungidos com tais exibições de alegria perante a morte, ao menos um pouco de comedimento e de respeito para com o sublime desconhecido, esse buraco escuro e fundo fitando um céu noturno, diante do qual todos se consternavam e se quedavam circunspectos, e aqueles rapazes e a rapariga de gargalhadinhas d'água limpa, ao contrário, parecia que troçavam e faziam graça na ravina do eterno,

ela a ser entregue, depois, aos cuidados de Séfora, para amolecer todo o barro entrançado nos fios de cabelo, e, mesmo nas pequeníssimas tragédias do quotidiano num pântano, ciranda fervilhante de vida e de morte, a cada instante um ovo que eclode, a cada instante uma salamandra que engole o patinho penugento que se deixou atrasar e fica a digeri-lo ao sol, eles antecipavam-se à desolação daquela garça estraçalhada na boca do gato, que nada, estava dormindo, e logo Sandoval era encarregado de encontrar outra igual, e mandavam a menina fechar os olhos para fazer sair a ave viva do seu avental, a esvoaçar de alívio, espicaçada por se ter visto em apertadas mãos de onde jamais pensaria sair incólume, Maria Albinha batia palmas, acreditava

ou queria acreditar,

ia dar no mesmo,

devolvia a alegria na mesma e exata proporção em que a recebia, um pacto sem palavras tem sempre muito mais força do que uma negociação, muito mais autoridade do que uma obrigação, ela precisava deles tanto quanto eles dela, ela intocável, o seu agasalho de sagrado, a que eles nunca teriam acesso, naquele eremitério de brutidão e más inclinações, ela alimentava-lhes a alma, permitia-lhes venerar algo e, com alguma dignidade, aceder à qualidade de homens limpos, à exceção de Lariça, que sabia bem defender-se, e que eles consideravam uma deles, cúmplice para o bem e para o mal,

embora quase sempre o mal prevalecesse,

tratavam as mulheres com grosseria e indecência, sem respeito pela idade nem pelo estado civil, com marido, pretendente ou noivo, por perto ou distante, morto ou animoso, todas temiam os gracejos sem decoro dos gémeos, as suas aproximações animalescas, obscenas e violentas, sem se aperceberem ambos da precedência, a seguirem a conduta do pai, com quem mantinham uma relação distante, de conveniência negocial, se bem que já implicados nos contrabandos de mercadorias e nas emboscadas de homens, Maria Albinha fazia-os elevarem-se do lodaçal da galé para uma proa clara e arejada, nela encontravam a sua própria doçura, a sua própria macieza, que sem ela estariam irremediavelmente perdidas, fazia-os sentirem-se mais humanos, rodeados de instintos tão brutais, na verdade, Maria Albinha executava ali um trabalho de alta precisão, a filigranar simetrias, a costurar harmonias, a remendar prudências, a estancar apreensões, mantinha com a mesma rigorosa tensão o laço que a prendia a Camilo, o nó que a ligava a Constantino, não podia haver desequilíbrio, cada atenção equitativa e na dose certa, cada sorriso medido, cada carícia estudada, ser o sagrado de alguém é demasiado peso para uma menina tão nova, que cresce e, quase sem se dar conta, uma mulher, ser um vértice sem pêndulo ainda mais, bastava uma aragenzinha, uma poeira sobeja, uma perna de rã, um toco de barro, uma penugem de pato, uma lágrima de gato, um pingo de chuva, um espigão de abelha, um resto de anzol, uma lasca de cortiça, uma cintilação de sol hesitante, para o prumo se desalinhar, foi o que aconteceu, e pendeu mais para Constantino, são coisas que não se explicam,

isto vai com o destino de cada um,

nem se pode negar, ainda menos ocultar, que os olhos são órgãos traiçoeiros, denunciam o que vai por dentro, só quem não percebeu foi quem não quis acreditar, Maria Albinha a esmorecer, a olhar de soslaio quando falavam com ela, a forçar um riso de superfície, quando lá por baixo se revolvia o estilete da culpa e o da transgressão, íntimos rangidos sinistros como uma camada de gelo, inocente e fria, mas tão fina que deixava antever, translúcida, os monstros que se agitavam por baixo, a cada momento se arrancavam pedaços, cada um a querer degolar o outro, a arreganhar dentes lancinantes, a dilatar tendões, a inchar de raiva por não poderem respirar, e acabarem mortos, sufocados os dois, assim iam os interiores de Maria Albinha, que se recolhia, se entregava às lições de Séfora e suas sombras domésticas, nos vapores da cozinha, nas gélidas agulhas dos remendos, Sandoval, o único que se apercebeu, lia profundidades, o que ele previra estava acontecendo, para quê, cismava ele, este dom da adivinhação se nada conseguia evitar?, sofria por antecipação, arrastando também ele a sua amargura pela trela, que tratava e afagava com dedicação, Lariça nunca lhe pertenceria, nem ele a ela, mas a dor era aquilo que mais tinha de seu, continuava a segui-la com passos murchos, a farejar o ar quando a tinha a favor do vento, a rondar-lhe o acampamento, sempre que o rapaz de olhos indignados voltava das suas mercancias, e a cada ano a dor crescia como uma bola de limos que sempre agrega mais um e lhe pesava na embarcação, quanto aos amigos Camilo e Constantino, uma confiança o tranquilizava, a de que Maria Albinha se encontrava a meio do rio, como no dia em que voou sobre ele, e jamais escolheria uma das margens, mais depressa afundaria a sua dupla traição, porque ao eleger um em detrimento de outro atraiçoaria sempre os dois, quebrava o pacto, fendia o equilíbrio, azougava de vez aquela irmandade, não era justo, depois de tudo o que os irmãos haviam feito por ela, causar tamanho e irreversível estrago, uma deslealdade tão insigne e perversamente premeditada como se fosse ela também um dos monstros, disforme, sem cabeça, só dentes, que se abocanhavam raivosos do lado de baixo do gelo, mas Sandoval também se enganava,

só a ilusão tem passado e futuro,

e ele não previa nos interstícios da hesitação e da dúvida, nem conhecia o gelo para alcançar o que lá passava por baixo, via bem melhor nas águas turvas do que nas transparências, nem aquilo que estava à distância de um cílio de não acontecer, como é possível Maria Albinha, quanto carinho despeitado, quantos cuidados, quantos desvelos, e quando menos se esperava o seu coração conspirava desaventos, armadilhava a maior insídia, tem vergonha, Maria Albinha, cobre a tua cara, causar tamanho mal debaixo do próprio teto, tem ponderação, cuspir no prato que te alimentou, nunca, logo uma facada nas costas em quem sempre te cuidou e protegeu, e idolatrou, jamais, só porque fraquejaste e não dominaste o teu desejo, admitindo no íntimo a perdição de todos, só por causa de um, tanto egoísmo, tanta imprudência, meter-se dentro da capoeira aonde irás a matar,

bem ou mal, terás o que mereces,

e Maria Albinha cabisbaixa, ocultava-se na sombra de Séfora, que a apanhou a depenar uma galinha negra, como quem despetala flores, tirando uma aqui outra ali do corpo ainda quente sobre os seus joelhos, a cabeça entornada,

como um cristo negro,

a vibrar a cada puxão, ela observando com íntima atenção o impacto que as penugens escuras provocariam ao embater no lajedo da cozinha, Séfora viu logo neste estado abstrato de Maria Albinha maus prenúncios, se ainda mais sarilhos fossem precisos naquela casa, era o que mais nos faltava, não há dia nem noite de descanso nesta família, e tirou-lhe a galinha à força das mãos, ela sem dar conta de que estivera a ser observada, os olhos congestionados de perdição, noutro dia as duas costurando a peruca da tenenta, entrelaçando os cabelos da rapariga ruiva numa rede fina, e os dedos todos picados de Maria Albinha, levando-os à boca, chupados, que se distraía, se deixava levar por pensamentos, as polpas à mercê da agulha sem intento, tu queres ver, Maria Albinha?, tu não te desgraces, nem desgraces ainda mais esta casa, e ela oferecia-se para descascar cebola, que ao menos aí poderia soltar lágrimas sem que ninguém estranhasse a proveniência, Séfora sempre danada, uma menina com tanta compostura e educação, voou sobre um rio, mas não era capaz de manter um equilíbrio, que insensatez, onde já se viu, e cometia pequenas represálias, fazia-a dobar lã, os dois braços esticados até lhe tremerem os músculos, atava-lhe o peito com uma faixa tão apertada que ela trincava os lábios de dor, e nada sobressaía na camisa lisa como tábua, fazia-a beber infusões de gengibre, a ver se os pensamentos se continham, em vez de se extraviarem em maus recantos da casa, onde o bolor viscoso os retinha e incubava, Maria Albinha, metida consigo, parecia uma planta de vaso privada de água, esquecida sob o alpendre, vendo chover lá fora, sombrias as feições, entre a dor e a culpa, e a sensação, que lhe fazia arder as costas, de estar a ser vigiada, atenta e severamente, por Séfora, os pensamentos a voar em torno dela, como as melgas zumbentes sempre em volta da tenenta, à espera de a sugar, sem dar conta o piano ninho de cobras-d'água, os seus dedos fizeram ranger a tampa e percorreram o marfim macio, três notas roufenhas, uma quarta tecla já desprovida de martelinho, foi o suficiente, Séfora como uma sombra, a rapariga atingira-lhe o nervo sensível, e baixou-lhe a tampa do piano sobre ambas as mãos, o susto da transgressão a chegar primeiro do que a dor muda, olhos baixos sem recriminações, ficou-se a torcer as mãos, os dedos primeiro vermelhos, depois enegrecidos da pancada, ela a escondê-los dos dois irmãos, enfiando-os por dentro das mangas, enrolados no avental, Camilo a dar conta dos modos esquisitos da rapariga, que se recusava a lançar a mão para colher amoras frescas que os gémeos haviam subtraído a umas camponesas para lhe oferecer, e Constantino ordenou-lhe que mostrasse as mãos, são rosas, senhor, Maria Albinha exibiu-as de palmas para cima, e Camilo virou-as,

são rosas, senhor,

e viu-lhe os dedos negros, intumescidos do hematoma, exigiram logo ali saber como se tinha magoado de tal forma, como se dera esse caso de ter entalado todos os dedos de uma só vez, que mais pareciam mãos de mondadeira, quem lhe tinha praticado tal maldade tinha de se haver com eles, perante o silêncio da rapariga empalidecida, os irmãos armaram zaragata, interrogaram as criadas, acusaram a mãe, que sempre se entediava com os distúrbios dos seus rapazes e virava costas, e censuraram Séfora por não vigiar, que serventia tinha uma velha solteirona que nem dava conta das malfeitorias que por ali aconteciam debaixo do teto, estando eles por fora, Camilo ia de saída, que era chamado pelo bando, sempre aprontando os refugiados políticos, faziam barricada para evitar que um deles fosse entregue à polícia, como combinado pelas trapaças e traficâncias do tenente, ele, Camilo, correria mais depressa a acabar com a amotinação, teria de sair-lhes caro, nunca era em vão que se desobedecia às regras do quilombo, Constantino que acompanhasse Maria Albinha ao ribeiro onde passava a corrente mais fresca, debaixo do chorão, lhe mergulhasse as mãos, que isso a aliviaria, e o par saiu, Maria Albinha à frente como uma condenada, com terror de que os tais pensamentos a atraiçoassem, e ela e Séfora trocaram um olhar rápido, um relance que bastava para dizer o necessário, Constantino captou-o no ar mas não conseguiu interpretar, ficou alerta, intrigado, dando pequenos toques nas costas de Maria Albinha para esta se apressar no caminho, e ela sentia estes toques como brasas, a penugem dos braços e das pernas arrepiados, os pensamentos não me largam, minha mãe, que estás no fundo do rio, que maldade é esta em mim, mais forte que as correntes, as reprimendas de Séfora, os músculos de puxar de Sandoval, mais forte até que o medo, talvez não se chame maldade, minha filha, e se não podes combatê-la, emparceira-te com ela, funde-te como a farinha e a água, envolve-te, amassa-te, fermenta-te até não mais se poder chamar farinha e água, mas sim pão, e a rapariga adiante, os pensamentos agigantavam-se, iam ganhando clamor, como Constantino com a cabeça tão perto da sua não dava conta?, quase se poderiam escutar, ela já na dúvida se pensava, se falava em voz alta, as mãos dos dois, mergulhadas na água, os dedos revolviam-se, confundiam-se, lá no fundo já não fazendo caso se pertenciam a um ou a outro, a corrente fresca e a testa em brasa, a anca dela entre as pernas de Constantino que se dobrava sobre ela para lhe fazer chegar as mãos às águas mais profundas, e ele a disfarçar a perturbação, porque a não entendia, a tentar indagar da dor nos dedos, quem se atreveu, como foi possível, um acidente com os dez dedos de uma vez, repara Maria Albinha, que o sangue pisado começa a atingir-te as unhas, olha esta semilua negra, que belo serviço, onde se terão entalado com tanta bruteza?, mas a essa altura as palavras dele sem convicção, já ele nem sabia se as dizia, já ambos não querendo nem saber das mãos da rapariga que se envolviam, como a mãe lhe havia soprado, entre o corpo do rapaz, e toda ela se chegava a ele, enrolava-se nele, enrodilhado ele, pelas mãos, pelos dedos dos pés, pequeníssimas lianas verdes das videiras, voltas e voltas em espiral para não se desgrudarem as ramadas dos cachos, e também as pernas e os braços enlaçados, cobras febris e aquáticas, encharcadas as roupas, as pernas de ambos a debaterem-se no frio do riacho, a trazerem o lodo à superfície, inundados de barro, tão anfíbios quanto os restantes habitantes do pântano, também as línguas enroladas, como se se tivessem extinguido os pensamentos, sugados por ambas as bocas, até, enfim, exaustos, esvaziados, a luz encandeia-os, mas os amantes estão suspensos um no outro, na obscuridade carnal dos olhos cerrados, os ramos caídos do chorão foram arredados como reposteiros, mas não se pode exigir atenção a quem está a descobrir-se com tanta ânsia pela boca e pelo tato, nem cautela, nem suspeição de que tenham sido denunciados, e neste exato momento vigiados, se estão tão embrenhados em transpor as fronteiras do corpo do outro, não dão pela terceira respiração que é abafada pelas suas que ofegam, pelos passos na margem que são dissimulados pelo esparrinhar das águas, pelo intruso que espia porque entre eles não sobra espaço para alheios, todos os minutos, todos os sons, todos os cheiros lhes pertencem, nada lhes pode passar pela cabeça, senão um e o outro, tudo o resto se exclui com uma violenta indiferença, um raivoso desinteresse, Camilo a pôr ordem na amotinação dos refugiados, a reprovação muda de Séfora, os dedos mais negros que o ébano ainda há pouco alvos de tanto cuidado, nada importa, como se sobre eles se traçasse um círculo apertado, eliminando todas as pendências do mundo, sem sair, Constantino volta a crescer dentro dela, os ramos escorridos do chorão que oscilam à passagem do espião deixam antever um Sol intermitente, só uma mão violenta no ombro do rapaz estilhaça aquele momento, como uma ampola quente por agulha gélida,

em mil pedaços,

só o segundo soco foi dor, o primeiro apenas espanto, Constantino a despertar do assombro de se ver confrontado com o pai, e os capangas dele, a sorrirem escarninhos, Maria Albinha a tapar-se com a roupa molhada, sem dar acordo de onde enfiar os braços, as mangas do vestido do avesso, trapo enxovalhado no rio, o tenente precipitou-se para a rapariga,

e o intento não era auxiliá-la e livrá-la do embaraço, Constantino detectou-lhe lascívia de velho no olhar delongado, derrubou-o e golpeou-o na face com o que tinha à mão, neste caso uma pedra de rio, até a água ficar rubra, até os bandidos, que não suspeitavam de tal ímpeto na manobra, se jogarem a ele, manietando-o e colocando-o à mercê do tenente, olhos espremidos de azeitona, que sorria, com meia boca, apesar do sangue e da água que lhe escorriam pela cara, não lhe bateu, não ripostou, apenas deu duas voltas sobre a sua figura arquejante, andando e cogitando, como um lobo sem fome, e deu instruções para que o agrilhoassem na cave, procedimento a que Constantino muitas vezes assistira para aqueles que não tinham esperança de viver, aguardavam numa cave com água pela cintura, fétida do pântano e dos despejos, ele a espernear, a dificultar ao máximo a tarefa de três homens, enquanto gritava pelo nome de Maria Albinha, a última vez que a viu, com cara de cria espavorida por a retirarem à facada do ventre da mãe, minha mãe das águas profundas, que força há no meu pavor?, nenhuma, rende-te, sussurro de mãe suicida, e as costas imundas do velho que fechava sobre si a cortina, ramadas de chorão, fim de cena,
o resto Maria Albertina sabia contar por poucas palavras, as mesmas que Constantino lhe repetia, e a cada ano acrescentava um ponto, e a cada ano lhe crescia o rancor, a noite amarrado naquela cave, uma só lhe pareceram sete, acorrentado à parede, sem poder dar uma passada que fosse, sem se poder sentar, o suplício do eco dos pingos em toda a volta da cisterna abobadada, sem um fio de luz, o visgo nas paredes que nem a cabeça podia acomodar, os tímidos anfíbios, que ali ganhavam atrevimento, vinham explorar as suas roupas, dentar as suas carnes, coitado, pobre do Constantino, meu menino, e Maria Albertina passava-lhe a mão áspera pela testa a consolá-lo, e ele

a afastar-lhe a mão que lhe protegia a cabeça, impedia-o de se concentrar, procurava insípidos ruídos domésticos, uma voz, uma passada, o som do ferrolho no cimo das escadas de pedra, sem compreender porque não vinha o irmão resgatá-lo, ou talvez compreendesse, e isso mortificava-o mais, avaliava mil explicações para dar a Camilo, nenhuma o convencia sequer a ele, talvez estivesse condenado a permanecer ali, até ganhar escamas, e se tornar tão verde como os batráquios que ali nidificavam há mil gerações, o que se passara entre ele e Maria Albinha no benévolo recolhimento do chorão parecia-lhe ténue, desfocado, esmorecente, talvez nem tivesse acontecido, sabes, Maria Albertina?, sei, sim, meu Constantino, como as visões das santas, mas se essas visões são antes do sucedido, cala-te, meu Constantino, que não percebes nada de santidade, elas veem o que aconteceu quando ainda não aconteceu e martirizam-se muito para que o que não aconteceu não aconteça, complicadas, as tuas santas, não para quem pretende o acontecido por não acontecido, seja como for, na tarde seguinte, os olhos piscos mal aguentando a luz, ele à frente como um condenado, com uma arma a dar-lhe toques nas costas, tal como antes fizera a Maria Albinha, mas estes empurrões brutos, irreversíveis, foi assim que embarquei na jangada de Sandoval e deixei o quilombo, sem mais saber de Maria Albinha, sem avistar na despedida nem Camilo nem Séfora,

    ela nunca perdoava traições e separações de casais,
e com a ladainha aos gritos da minha mãe que tivera esta visão, mal eu nascera,

    como as santas,
o sétimo filho do sétimo filho de sete irmãos, o amaldiçoado, o que ela não se cansou de avisar, o mau presságio, mais cedo ou mais tarde acabaria por acontecer, renegado seja, para não mais voltar, se a tivessem deixado fazer que não acontecesse,

como as santas,
mas Séfora, a intrometida, o pássaro negro no quarto, o ar a entrar e a sair por aquela boquinha endemoniada, a sorvê-lo ávida de viver e assombrar esta casa com as maiores abominações, vai-te daqui, usurpador de útero, réplica indesejada, chegada a hora e estes seres contaminados são que nem cobras, dá-se-lhes de comer, dá-se-lhes proteção até se tornarem fortes e capazes de devorar o próprio pai, e sugar as tetas da velha mãe, que acorda enruguecida e de escalpe nu, que do pavor perdeu todos os cabelos numa só noite, e ao lado dos clamores da mãe, Constantino ainda distinguiu o brasileiro que pulava só levantando os calcanhares, mãos atrás das costas, apreciando o espetáculo, ele sempre presente nos maus momentos, como os urubus que sobrevoam a carcaça, e na travessia do rio o meu pobre marido, contava Maria Albertina, amaldiçoado, vejam só, por aquela que o gerou, aqueles gritos traziam-lhe dores de antigamente e massajava a perna, Sandoval de costas para ele, comunicando como só eles entendiam, pequenos toques, ruídos imperceptíveis, estalidos com a língua, parecia chuva caindo, naquela tarde ardente, depende de quem ouve, bem entendido, sabe a gente lá, cada cabeça seu alvitre, também podiam ser os aplausos para um ator que se retira, do matagal no quilombo um último silvo, a imitar um pássaro libertado, fez Constantino sorrir em pensamento, imaginando Lariça de pequeno à ilharga, sempre escapulida, sub-reptícia, que assim se despedia dele, o pai esperava-o do outro lado da margem, quem visse a cena, de longe, do quilombo, imaginaria que o tenente ao chegar a cabeça ao rapaz estaria a dar os últimos conselhos a um filho que parte, um beijo de despedida, ou uma bicada, ou a arrancar-lhe um pedaço da cara com os dentes carcomidos, na verdade fazia-lhe a mais sinistra ameaça, se voltares an-

tes de sete anos decorridos, Maria Albinha vai fazer companhia à sua mãe, presa a um pedregulho, no fundo do rio, e Constantino na carroça a caminho do arraial com impulsos de saltar a cada solavanco da estrada, a cada hesitação das mulas, a cada desvio do carroceiro, isto ele não me contou, mourinha, mas ouvi-lhe nos sonhos, que deu um empurrão ao condutor e ele mesmo fez questão de conduzir até ao Algarve, de olhos irados,

    menino não és boa rês,
e fustigou tanto os cavalinhos, que um deles caiu de exaustão pelo caminho, ele mesmo lhe cortou a carótida, e salpicava-lhe o sangue do chicote na cara, lenhos abertos no lombo, como se feitos por arpões afiados, e fazia gáudio em atropelar os animaizinhos, guinava a toda a velocidade para que as rodas os esmagassem, gatinhos, ouriços, pintos, cordeiros extraviados, se hesitavam ante a nuvem de pó que aí vinha desenfreada e não tinham forças nem instinto, lá ficavam esventrados na berma, irritando-se se algum lhe escapava, e quem pagava era o couro da mula sobrevida, olha mourinha, quem o quisesse encontrar era só seguir o rasto de sangue, mas não dês crença a tudo aquilo que contam, nem perguntes, porque podes não gostar da resposta, o grande mistério é não pensar nele, e mais não sei, senão o que te já contei, mourinha, sobre o pai da criança que tens na barriga,

que correu para o mar como um condenado com urgência em ir para o cadafalso, e regressou à terra com modos mansos, parecia que já lá tinha chegado há muito tempo, se é que me entendes, mourinha, bem sei que nem duas palavras em três perceberás, mas vais tirando pelo sentido, ele vem arrumar a vida, todos temos de repor a nossa ordem, somos o deus privativo da nossa própria existência, senão não vives os dias passados, duras apenas dentro deles, nada deves temer, en-

quanto comigo estás, exceto as curvas da estrada, imagina, mourinha, o pobre Constantino, com metade das suas forças, porque foi duplo, e ímpar se tornou, a solidão que se fez metade, um forasteiro coxo e mal-encarado, a enfrentar sozinho um povoado hostil e salgado, um mar que sempre lhe sussurrou desgraças e lhe recusou as graças, que se ensaiava em tempestades emissárias de fúrias obscuras e se dissipava em imponderáveis brumas, que se erguia sobre ele em pavores suspensos ou em calmarias de tédio, como o decurso de um parto que não finda jamais, ele a trabalhar para pagar as dívidas do pai e ainda as das avarias que provocou no caminho, com ar de quem está procurando o burro montado nele, assim estamos a gente as duas aqui largadas neste campo, à espera, e a noite que já vem caindo, dizem que a hora dos lobos, neste lusco-fusco, chega-te aqui para a minha beira, porque sempre morre e nasce mais gente a esta hora, mourinha, sempre trancada no teu silêncio, é muita virtude para as gentes do mar, sabes?, não falar inutilidades, eu, como sabes, não pratico nem sou crente desse valor, talvez também eu não seja pertença daquele lugar, nem deste, ando sempre procurando o sítio a que me convenho, aqui somos as duas estrangeiras, nem sabemos a linguagem dos lugares, até os pássaros têm uma fala diferente, e as mulheres daqui não se sentam no chão a desenredar linhas mas a debulhar o trigo, talvez os nossos gestos não sejam assim tão diferentes, carregam nas mãos foices afiadas, como as caudas dos peixes, e têm no olhar a amplidão da planície, como um mar sem água, também nós temos a paciência da terra semeada, o cio do chão, reza comigo, mourinha, esta prece antiga,
        deixa, Senhor, que se criem teias
        nos meus olhos
        e se desfaçam líquidas minhas dores,

se joguem as areias nos cabelos
estéreis
e se tornem pedras feridas os ossos.
se abram as veias,
como as janelas da casa,
num dia de cigarras estridulantes.

deixa, Senhor, ser a negação de todas as tuas desobediências,
estorvo de todas as tuas impaciências
e quando,
(só mesmo quando),
aquela lagartixa sem cauda,
(só mesmo aquela),
ausente do seu membro mutilado,
que ficou no caminho, em espasmos reflexos,
ante os seus predadores perplexos,
quando ela vier,
embaciar o seu ventre exausto,
nos meus escombros, raros interstícios,
aí, sim,
serei digna de Ti,

e a mourinha repetia titubeante, cada palavra, ou pelo menos a terminação delas, com a leve suspeita de não ser prece antiga alguma, mas frases ao acaso que Maria Albertina inventara no momento e que lhe terão parecido adequadas, estranha mulher aquela que conhecera melhor durante a caminhada do que no arraial, que da infância apenas se lembrava de um lugar escuro e apertado de que não conseguia sair, e nada mais, depois apenas se recordava de estar com a água vermelha dos atuns pelo peito, a fazer pequenos serviços na fábrica, sabia-lhe bem ter aquela mulher mais velha por perto, tanto mais que agora mais vulnerável, carregava sargaços, o dobro do seu tamanho às costas, mas nada nunca lhe pareceu tão pesado como este ventre que lhe forçava o passo lento, e lhe colocava as mãos nos rins com braços entre <aspas>, não podia senão fugir para o aconchego das palavras que não entendia de Maria Albertina, que discorria, sem lamúrias, sem temores, e do lado dela só recebia pausas, silêncios, e pestanas baixas, complacentes, enquanto a mulherada do arraial a rondava com os olhos e abria clareiras à sua passagem, por ela amar maridos alheios, Maria Albertina sacudia esses desdéns, de intrigas, pecados e desvirtudes tinha ela os bolsos cheios, se entrasse na água ia ao fundo, por isso, não se apoquentava com rumores de lana-caprina, as coisas são como são,

mas isto de ser ou não ser confunde,

e funde,

encontravam-se os dois corpos fecundados pelo mesmo homem, encostavam-se, protegiam as crianças como um fruto bolboso, com envolvências viscosas e aderências guardiãs da semente, não seria qualquer pássaro de bico fino que lhes chegava, e adormeciam com gratidão de não terem alterado a ordem natural do universo, eram apenas duas mulheres com seus rebentos a protegerem-se do frio e dos assombros escondidos no escuro que as envolvia como uma mão que aperta, enquanto Constantino não lhes aparecia, e errava pelas margens de um riacho procurando reconhecimentos, cheiros antigos, numa garimpagem miudinha, de quem anda à cata de recordações preciosas, tudo se lhe afigurava tão menos imponente, tão precário, a vegetação rala, o rio cansado, ridícula a bicharada, o velho carvalho na dobra do rio onde os irmãos tinham inscrito as suas iniciais,

C&C,

tateava-lhe o tronco, examinava a sua casca, como a cintura de mulher, e não encontrava a maceração esculpida a navalha, e eles que na ilusão da adolescência firmaram a união para sempre, traídos pelo velho carvalho que se atreveu a apagá-la, a insolência vegetal da natureza, mas estava lá, num relance oblíquo de lua, Constantino não viu, porque se desacertara dos tempos, a marca permanecia, mas cinco palmos acima da sua cabeça, os anos passam, os homens mudam, sucedem--se as gerações, mas as árvores estão e estão e estão, e elevam acima das suas cabeças as cicatrizes da infância, o problema nunca é Cristo mas a cruz onde o penduras, há algum tempo que Constantino caminha e só escuta os sons dos próprios passos, um mais determinado, o outro arrastado, má premonição esta, quando tudo o resto se silencia para nos dar passagem, neste momento ao peso da vingança Constantino soma o da solidão, a debandada dos mosquitos, o mutismo das cigarras, a transpiração das rãs, tudo conspirava para o fazer sentir-se mais só e abandonado, como uma irmandade tão sólida, que nem pela raiz poderiam arrancar, se fez em cacos, estilhaços de cólera e ressentimento, tantas vezes ele se fazia passar por Camilo quantas as que Camilo se fez passar por Constantino, alternavam de raparigas, trocavam as voltas a Séfora, desconfiada, com seus jeitos insolentes, ambos a coxear idênticos, sobretudo enganavam a mãe, encolerizada pela sua existência replicada, o silêncio é bom condutor de memórias, a lembrança de preferir passar outra vez pelos pingos de cera na língua, infligidos pela tenenta irada, era-lhe mais tolerável do que sequer imaginar o irmão a experimentar igual ardor, e apresentava-se Constantino no lugar de Camilo de língua estendida e escaldada, e no entanto a vida encarregou-se de provar o contrário, a sua relação não era inquebrantável, as juras desvaneceram-se, as marcas nas árvores desapareceram, Constantino entregue à sua sorte, mal julgado por um irmão que nunca o procurou, nunca quis supor a sua versão, nem tão-pouco ouvir desculpas, e ao fim de sete anos ainda continuava a estudar qual a absolvição que poderia esperar de Camilo, como pedir indulgência por algo de que não se arrependera, antes matá-lo, ele e Maria Albinha debaixo do chorão, talvez a coisa mais bela e intocável que lhe havia acontecido, mas vinha disposto a tudo, dar um pontapé na morte, sorrir-lhe com meia cara, e no caminho começa a chover, é curioso, tão absorto que nem notou que aquela chuva não provocava um picadinho no rio, nem lhe molhava a cabeça, nem tão-pouco escurecia a Lua, foice afiada, uma unha cortada rente, e no entanto o ruído era de chuva, de estalidos de língua de Sandoval, de aplausos com dois dedos para ator reformado que se retira do palco, a noite a rondá-lo com aquele silêncio quebrado a espaços, cada vez mais curtos, sentia-se inquieto, seria isto o medo que ele nunca havia experimentado?, postaram-se frente a ele rijos vagalhões exibicionistas, as embarcações a estalarem-lhe debaixo dos pés em dias de tormenta, esteve levado pelo repuxo do rio, com as águas a embaciarem-lhe os olhos, em risco de ser lançado contra as pedras, vencido como um animal, contrariado, mas jamais demonstrando medo em epilepsias de afogado, teve navalhas encostadas na garganta, teve brigas com homens com o dobro da força, preso numa cisterna, inundado até ao peito, esteve cercado por cães raivosos, sabe ele lá que mais, lenha que não conseguia arder, Constantino, incauto, precipitado e cruel, como todas as pessoas que não sabiam sentir medo, nem perceber a sensação, sequer essa fraqueza nos outros, seria este ardor no estômago, o arrepio na espinha, o coração em solavancos?, vinha-lhe este sentimento desconhecido na emboscada da noite que descia veladamente e também a ele o apertava como uma mão, esmagava-o, deixava-o sem sopro, a suar sem calor algum, logo agora que estava mais perto do que nunca de casa, dos seus cheiros, do seu chão, do seu rio, do seu irmão, de Maria Albinha, da sua vingança, sentindo-se como cego lançado para a primeira linha de fogo, talvez o silêncio opressor, a chuva que não molhava, se ao menos uma cigarra estridulasse, um pássaro,

    o fruto vivo das árvores, dizia o poeta,

o resgatassem de novo ao seu alento, acometido de uma velhice súbita, trémulas as mãos, vacilantes os passos, como se tivesse levado sete anos na viagem até casa, deslocado ossos no caminho, infiltrado todo o pó nos pulmões, esfiapado os músculos, Constantino, enfim, exausto, pensar sempre também cansa, sentado no chão, o único consolo de não ter espectadores da sua fragilidade, agora percebia, ter medo é o cansaço que ampara a renúncia, e se esquecesse tudo?, voltasse para trás, refizesse a sua vida, pegasse numa sachola, andasse ao ritmo das lavouras como Simão?, quem é que dissera que ele tinha talento para bandoleiro, ladrão, contrabandista, usurpador?, quem determinou que o seu destino era brandir navalhas em vez de alfaias?, quem disse alguma vez que ele se devia meter em brigas de cachorro grande em vez de vergar a cabeça, enfiar o boné preto, vestir camisa de estopa grossa, fundir-se entre os demais, caras sulcadas de esforço, e esfalfar-se até se lhe esmagarem as veias como grão de moinho na jorna do patrão, e à noite embebedar-se nas vendas, cantando grosso e dolente, como faziam todos os homens por ali, afinal quem era o dono de si próprio?,

    e se Deus é a melhor invenção de Deus,

porque não resignar-se a uma existência banal, esquecer tudo, a casa no pântano, o irmão gémeo, Maria Albinha, como se duas mulheres,

    que abraçadas dormem, enquanto o esperam,

não lhe bastassem,

adaptar-se como Maria Albertina, tanto se dava em maré cheia como em maré vaza,

soltar as amarras e atravessar um oceano, como a mourinha, cadela sem dono, trazida de trás do horizonte, onde o mar bate com o céu, num barco de homens aduncos e ferozes, rostos de pedra esculpida pelo vento, corroídos pela maresia,

ter algum respeito por esses tais homens aduncos, de nucas negras e encortiçadas de sol, olhar longínquo, dissimulando sempre um aceno para a morte, cumprimentavam-na, a ela, à morte,

todos os dias em que lavravam o mar, o mais temperamental dos elementos, e falavam um sotaque diferente, eles que quando querem sublinhar a veracidade do que dizem apontam para os olhos e dizem, com estes dois que o mar há de comer, e nunca que a terra há de comer, sem se deixarem quebrar pelas vagas traiçoeiras, e alguns sem sequer saberem nadar, vem-lhe à memória o velho Jô, sem família, já sem préstimo para a indústria do atum, continuava a ir ao mar, num botezinho que mal dava para esticar as pernas, um alguidar de barrela, parecia mais a Casimiro, plúmbeos céus, nuvens tão pesadas como ventres grávidos, prestes a vazar as águas, mas detinham o desabar engrossando, reboludas, informes, não aconselhavam saídas para o mar, mas o velho orgulhosamente imprevidente, era o que lhe restava, um solitário e precário barquito que avançava para o olho da tempestade, e ainda se apequenava mais diante das ondas que se agigantavam, mas o velho, imperturbável, tinha fome, havia de sair para a pesca como todos os dias, o barquinho que ele próprio construiu e a que chamou, com a altivez que a coluna já não lhe permitia, Jô, mas ali no mar mantinha-se à tona, de costas para as ondas, com desdém pela sua inclemência, dava aos remos como sempre fizera a vida inteira, sem se atemorizar, nem prestando fé nos rogos das mulheres que da praia lhe pediam que voltasse,

ele e os remos,

firme como um mastro,

a última vez que foi avistado, no cume de uma onda desproporcionada, nem os remos tocavam na água, não era caso para tanto, o barco esfrangalhar-se-ia apenas com uma corrente adversa, que esbanjamento de força, pensou Constantino, com um esgar de ironia que quase queria ser lágrima,

mas depois de despejadas as nuvens, as fúrias, revolteadas as águas, tumulto sempre renovado, alguém apontou um pontinho, que se distinguia e se invisibilizava a cada instante, podia ser um toco de madeira no meio da tempestade, podia ser Jô, ou a sua alma regressada numa aparição de espuma amarelada como baba batida em castelo, entre um emaranhado céu de chumbo, tornando a manhã penumbra, os homens amontoavam-se na praia, com gestos e gritos, levando as mãos à cabeça,

o gesto que fazemos para proteger a cabeça,

ainda que seja a alheia, Constantino lembra-se bem desse dia, da emoção plangorosa naquela praia, um clamor de fim do mundo, e ele que não conseguia sentir nada, já tinha dado o velho casmurro como desaparecido, um a menos, nesse imenso cemitério sem terra que é o mar, e nunca gostou de se despedir novamente de quem já tinha encomendado à morte, mas o velho lá estava passado uma noite a equilibrar o bote nas ondas, entre as cristas de espuma, sempre dando ao remo, e os homens imploraram ao patrão um barco de frota para o ir buscar, mas querem lá ver se eu punha um barco em mar desgovernado de cada vez que um velho louco se entregava ao delírio, o prejuízo que não seria?, é o que lhe digo, senhor padre, é gente que não sente como a gente, pior que bichos, pior que pedras, e, dia após dia, o velho lá se aguentava à vista de terra, a mover os braços mecânicos, a moer as vértebras com os solavancos, sabendo que quando se deixasse afrouxar seria o fim, tão encharcado que nem frio, tão exausto que nem cansaço, era que nem pequenas mordidas no corpo todo, como se muitos peixes de dentes afiados lhe estivessem dando mil mordidas, e lá da praia o clamor, gritos de incitamentos, ora preces ora pragas,

ah, mar! ah, mar dum cão! malvado,
mar terrible! Na pior matador
qu'ati, na há pior castigo qu'a
vida dum pescador

sabiam que o velho não podia embrulhar-se na zona de rebentação, mas se fosse puxado para a negrura do mar sem fundo jamais seria encontrado, teria de se conservar naquela faixa intermédia, sem autorizar a deriva, sempre dando aos remos, todos na esperança de que a manhã seguinte trouxesse a acalmia, mas foram sete dias e sete noites disto, o mar a rugir e a regurgitar entranhas, a trazer à tona sabe-se lá que mundos profundos, o velho ali a revoltear-se entre as ondas,

a mal, a morte não me leva,

regressou sem ajuda, numa manhã violácea, empurrado carinhosamente num esvaimento gentil de fêmea, ele próprio de pernas trôpegas puxou para a areia os despojos do bote Jô, cheio de farpas e tábuas arrancadas, eriçados os cabelos, totalmente encanecidos, também os olhos brancos de cego, bebeu inteiro uma vasilha de água depositada a seus pés, e depois dirigiu-se sem hesitar até à sua barraca, e com um pau sobre uma tábua pôs-se a esfregar até fazer fogo,

os paus fazem o fogo que os consomem, num delírio antropofágico, ainda agora eram criadores e logo passam a servidores, depois livrou-se o velho dos trapos molhados, enroscou-se, nus os seus ossos ocos e aquela pele encarquilhada, como um feto muito prematuro, e ali se quedou num sono de morto, ninguém se atreveu a acordá-lo, uns louvavam-no como a um ressuscitado, outros desdenhavam da sua obstinação, o mar não o quis, vomitou-o com uma cabeça de peixe podre, iam acender-lhe o lume, deixar-lhe comida, nunca o viam comer, mas notavam as malgas vazias, e voltavam a enchê-las, durou uma semana no mar, e uma semana fora dele, foram dar com Jô composto, com a roupa de domingo, lavado com água doce, cabelo alisado, tão distinto em morto como desalinhado em vida, preparou-se para a morte, afinal de contas já lá havia estado, apenas não quis dar esse gosto ao mar, de o sugar sem antes lhe dar algum trabalho, venci-te, ó Mar, parecia murmurar a sua boca emudecida, Constantino foi ocupar a barraca vaga, durante mais de um mês dava com restos de comida escondida entre trapos, acondicionada entre as reentrâncias das madeiras, farinha e biscoitos pendurados em redes nos cantos, ao abrigo das moscas, o velho fazia um aprovisionamento como as formigas para não mais voltar ao mar, talvez por Jô Constantino sentisse admiração, condescendia,

mas não lhe pedissem para ter um olhar miudinho, rasteiro, de reparar em coisas pequenas, térmitas, larvas, crias de abetarda, como Simão Neto, simpatizou com ele, a arrastar a carroça da azeitona com braços como asas, canhoto, coxo de um braço, não seremos assim tão diferentes, a sua curiosidade quase infantil, língua de perguntadeiro, papagaio de frases antigas, mas ver tanto defunto de morte matada, conhecer o brilho dos punhais e feridas abertas e sangrantes faz crescer demasiado depressa, nada lhe devolveria a inocência, não era homem de atentar no curso do voo das aves nem de se acocorar e encostar a cabeça na terra, sentindo suas palpitações, de ridículos seres e seus ínfimos afazeres, nisto as suas mãos a rasparem o chão húmido, em sete anos só pensara no regresso e na desforra, pedregulho monstruoso que carregava todos os dias, todas as horas, e, porém, o tempo parado, silenciado, como uma linha por escrever

_____,

a dar-lhe uma oportunidade para pensar tudo ao contrário, destraçar o destino, virar a vida do avesso, tirar do romance o sentido, vendo ou desvendo

morcegos a colher polénes de sol, borboletas vampiras, sugadoras de sangue,

pensar no rio como uma passadeira transparente, e nas margens como répteis hibernados,
ainda havia tempo, ninguém do quilombo dera pela sua chegada, não havia por ali nenhum Argos moribundo e quase cego que denunciasse a sua presença, partiria ao alvorecer, talvez se instalasse por uns tempos em Nadepiori, a assarapantar-se com os ventos, até as suas crianças terem idade suficiente e criarem carapinha, deixar-se purificar com as suas aragens, sacudir as poeiras funestas, até as memórias se fragmentarem, a serem levadas e dispersas como um cadáver cremado, e depois ter uma subsistência precária, partilhando misérias e trivialidades da vida de alentejano pobre, chamado também ele a contribuir para o espantoso sofrimento dos homens, lamento muito, Constantino, se calhar por teres um nome demasiado literário ou imperial te caísse bem viveres ao som do lamento das planuras, ou então ires tu qual Diógenes de lanterna acesa em pleno dia à procura do homem limpo, substancial e inteiro, e porque não?, acaso pensas que não tenho dignidade para isso?, não pode um homem que

fez da opressão o seu ofício e parasitou o sistema voltar-se agora contra esse sistema, juntando-se a tantos outros?, fazendo da força unidade, buscando um pouquinho mais de justiça e dignidade na vida?, talvez possa suceder, acontece que este não é esse tipo de romance, e tu não és esse género de personagem, não há lugar para redenção e para equidade neste livro?, não, não calcorreámos duzentas e oitenta e duas páginas, em que decorre este único dia, entre dois entardeceres, para que te quedes, em paralisias existenciais, de borco na terra húmida, enquanto duas mulheres e teus filhos te esperam, levanta-te, Constantino, segue o curso que projetei para ti, a tua vida é feita mais de exclamações do que de interrogações, o oposto de Simão, foi assim que te compus, Constantino, longe ainda de te colocar um ponto final, insinuas a minha incapacidade de me regenerar?, pois, bem sabes que sou mais do que narrador observador, Deus, neste caso, é mesmo o meu pseudónimo, vejo de longe a tua existência, imiscuo-me, movo-te com fios nos membros, vasculho-te os interiores, condiciono-te os pensamentos, intercepto-te a meio do caminho para comunicar que tudo vai ficar como dantes, e a vida não é como nos livros, não será por se revelar o final que perde o interesse, aliás, quem disse que os livros perdem o interesse se revelares o final?, é um lugar-comum, tanto quanto dizer que o que interessa é o caminho, por isso, Constantino, segue o teu até ao fim, como esteve desde o início determinado, ao ritmo cadenciado dos teus passos coxos já andados,

o homem que regressa a terra para matar saudades do mar,

olhando árvores de escamas, foices de rabos de atum, cetáceos roendo milho, peixes voadores abandonando os ninhos,

sempre na barreira de areia desfazendo-se lentamente, se existem aves marinhas, por onde andam os peixes terrestres?, volta a insuflar-te de raiva, asco e paixão, solta o teu uivo solar, sangrando sempre, subjuga-te ao peso descomunal da vingança, mata teu irmão, entrega-te à febre vertical do voo do falcão,

Maria Angelina,

curva-te, arqueia-te, vergasta-te com a mesma fúria com que trilhaste lanhos no lombo da mula, antecipando a matança do atum no arraial, quanta raiva, quanta crueldade, quanto despedaço, e se eu acometido deste momento de fraqueza me arrepender?, talvez seja tarde de mais para ti, é verdade que nenhum Argos te abanou a cauda, mas já alvoroçaste uma aldeia, já puseste destinos e missões num homem, já mataste um cão selvagem com um arpéu, já arrastaste até aqui duas mulheres e seus filhos,

um dentro, outro fora,

uma mulher, trouxeste-a de um arraial de atum, onde, a bem ou a mal, ganhava a vida, outra do outro lado do mar, de Marrocos, não te parecem rastos demasiado profundos que deixaste no caminho para agora os apagares, deitando-lhes poeira solta por cima?,

e não estão cobertas cidades inteiras, cadáveres, edifícios de poeiras que com o passar do tempo se fazem pedra?, isso é trabalho de arqueólogo, não de romancista, tu?, que apontas a minha crueldade, anulando a tua, que usas a minha angústia para tirar efeito e fazer uma pausa enfática, sim, Constantino, é verdade, tenho prerrogativas de autor,

se assim és, saberás que as personagens não são planas, têm contradições, hesitam, enojo-me do sofrimento que causei ao cavalinho, desde o princípio da literatura que os animais padecem as dores das guerras dos homens, quem disse que os símbolos não fazem doer?, não me recordo agora, Constantino, mas concedi-te esses momentos de suspensão, en-

viei-te esta chuva seca, a paciência do leitor é frágil como um osso lacrimal, o mais delicado e poético do nosso esqueleto, que esperavas tu?, ossos rudes, grossos, brutos como fémures, maxilares e parietais, mesmo tendo o cérebro em seu torno, a carapaça mais protetora, mais inviolável, quando nos atacam, é sempre o mesmo o gesto que fazemos para proteger a cabeça, o corpo não tem outra saída, nem tu, Constantino, já vai sendo tempo de prosseguires e te tornares aquilo que sempre foste, e atentares no vulto do lado de lá do rio, que estacou, fixando-te, sem dares por nada,
e esse aviso fez Constantino erguer a cabeça, levantar-se de um salto, Maria Albinha, não sabe se gritou, o que sabe é que do lado de lá do rio o vulto que o fixava, ou seja, a de imediato reconhecida Maria Albinha, de uma apavorante nitidez, largou a correr contrariando o curso da água que descia, esmagando a vegetação debaixo dos pés descalços, provocando o alvoroço, como o brusco encontro do fogo com o gelo, e gritava-lhe vai-te, Constantino, e este seguia-a com a sua perna manca, do lado de cá, mantendo a correria, a responder-lhe voltei por ti, e ambos num diálogo com o rio pelo meio, as frases entrecortadas, porque algumas palavras não chegavam, ficavam a pairar entre as duas margens, engolidas pelo vento, pelas correntes e pela respiração arquejante, é tarde de mais, o quê?, aqui ninguém te quer, o quê? vai-te, Constantino, vim por ti, Maria Albinha, agora que te vi não posso recuar, já não sou só eu, Constantino, o quê?, que dizes?, já não sou só eu, e Constantino afastava na pressa o canavial que se tornou mais denso, a visão também se tornava entrecortada e oclusa, perdia o vulto dela na corrida, encontrava-o mais adiante, espremia os olhos, tentava distingui-la entre as sombras e os lances de luar, sílabas, palavras inteiras que não entendia, nem lhe chegavam, ficavam retidas como se armadilhadas em rede transparente

que dividia o rio, queria dizer-lhe tantas coisas, queria poder olhá-la, queria imobilizá-la, cheirá-la, gritar-lhe para, quieta, como se diz a um cãozinho espancado, refreava a sua urgência com medo de que ela se assustasse ainda mais, queria ter-se lançado à água, enfrentar os fundões e remoinhos, queria tê-la rebocado para a margem de cá, ainda que à força, precisava de manter o seu rosto entre as duas mãos, espreitar-lhe os olhos, sentir-lhe o hálito, sacudir-lhe os cabelos com a sua respiração, ofegante, saciar-se nela ao fim de sete anos e explicar-lhe tudo com calma, a sua ausência, a sua saudade, o seu padecimento no arraial de atum, a longa viagem de regresso num carro de bois, mas algo o fez estacar, e ficou paralisado como uma cruz, não um cristo negro e de cabeça tombada, mas a própria cruz deserta, sem nada nela pendurada, e nada há de mais austero, solitário e inerte do que uma cruz abandonada, cravada na margem do rio que flui, e Maria Albinha que se fundia nas sombras negras, embrenhando-se na vegetação negra, junto com um grupo de mulheres, também elas vultos negros, e a noite caiu pesada e negra sobre aquele encontro, e todos os ruídos noturnos suspensos voltaram a cercar Constantino, novamente os grilos, novamente os sapos, novamente as corujas, novamente os restolhares de vida, e ele só, com aquela última imagem que lhe ficou na retina, Maria Albinha a fugir e a abraçar um rapazinho que a aguardava na margem, pegou nele como quem pega um filho, certamente fruto da união entre esta e seu irmão Camilo, fora demasiado tarde, Constantino com o chão a ondular debaixo de si, outra vez embarcado, outra vez nauseado, deixou cair os braços, longos como dois machados de cabo longo,
muito antes do amanhecer, Casimira viu sair Simão, saltou-lhe ao caminho, com a roupa rasgada nas mãos, remendada de véspera, Simão estremeceu, as mulheres de Nadepiori

parece que não dormem, sobressaltam-nos quando menos se espera, ele a espreitar a vila ainda adormecida por um greta da porta aberta, a confirmar o caminho livre, e logo aquela moça de saias com chumbos nas bainhas, e cabelos alterosos, desgovernados como chama soprada, vem ao seu encontro, têm olhos na nuca, ouvidos nas pontas dos dedos, percebem a trepidação do nosso acordar, é com cada susto que a gente nem está à espera, nunca me hei de habituar, elas sempre à coca, a gente mal espirra e já tem um lenço estendido, muito obrigado, amiga Casimira, pela costura das roupas, foram os cães lá na serra, está imaginando o arraial que aquilo não foi, não, só uns arranhões, o companheiro que lá encontrei era rijo, ajudou-me, sim, um coxo como eu, quer dizer, tem razão, eu sou coxo dos braços, o que interessa é que nem uma azeitona se perdeu, do mal o menos, pois é bem verdade, sim, senhora, então, se me dá licença, um bom dia para a menina, como?, não, é só uma avezinha perdida, como?, deixe lá, é um pássaro grande, pois, agora é pequeno porque ainda é novo, saiu há pouco tempo da casca, hã?, não era águia, era um falcão, sim, uma lástima, a minha Maria Angelina, não haverá outra como ela, vamos deixar isso por agora, que me dá desgosto falar, se não se importa, menina Casimira, a menina madruga, hein?, que nesta escuridão nem os galos se alevantaram, com sua licença, e passe bem a menina, cumprimentos à sua mãezinha, agradeço muito o serrote, tem muito préstimo para um canhoto como o seu falecido paizinho, que eu vou indo para a jorna, não, não é pressa, é o meu passo que vai antecipando o caminho, e Casimira desconfiada até às sobrancelhas, aquilo não era saída de quem vai trabalhar, Simão a sacudir-se de todas as indagações de Casimira, não tinha jeito para mentir, não tinha jeito para nada, a bem da verdade, agora que lhe tinham matado a sua verdadeira vocação,

Maria Angelina,
é daqueles golpes na existência de que a gente nunca se recompõe, andamos com eles, a embalá-los ao colo a vida toda, sem saber o que lhes fazer, vamos-lhes dando de comer e de beber, aplicamos-lhes palmadinhas nas costas garantindo a digestão, e eles, em vez de se encarquilharem como se espera dos mortos, vão tornando-se gordos, pesando, ocupando espaço, voando fora da nossa asa, perdidos naqueles andares por caminhos gastos, na teia de inserviências que era a sua vida na aldeia, o que lhe reservaria ainda essa grande aranha do tempo, por agora tecia-lhe esta incumbência inusitada, resgatar duas mulheres do mar para terra, náufragas na planície, que era para elas apavorante e misteriosa, haviam determinado enquanto ele e Constantino se livravam do sangue dos cães na pele e no corpo, a que estava prenhe ficaria em sua casa e a outra, a mais velha, em casa da vizinha Patrícia, porque tinha uma menina pequena e Maria Angelina poderia olhar a criança com olhos cobiçosos, se bem que agora não havia mais Maria Angelina, ainda assim, Simão manteria o combinado, seguiu-se mais pelo cheiro do que pelas indicações que Constantino lhe dera, elas pressentindo o frio da madrugada, aqueciam chicória na fogueira, embrulhadas uma na outra, cobertas de mantas, já nem se sabia a qual delas pertencia a criança e a barriga, a luz do amanhecer dava aos relances das suas feições adormecidas, azuladas as olheiras, uma nitidez de peixe luzidio, Simão quedou-se sem ter coragem de desfazer aquela composição, talvez um galho da oliveira milenar que as abrigava, talvez um pássaro impertinente, um miar de gato desagradado da caçada noturna, talvez um crepitar da fogueira, não queria ser ele a desmontar este quadro vivo que lhe parecia belo e inocente, logo ele, Simão tão desajeitado com as mulheres, com seus braços de ramos sem folhas, o homem sem vocações,

a maldição de ser não sendo,

talvez tivesse vocação para ser amigo,

não tendo amigo algum, morta Maria Angelina, desaparecido o homem ruivo que talvez lhe tenha ensinado o que era a amizade, desmascarado o ruim Isidro,

esta compulsão para ajudar sempre que lhe era solicitado, ainda que nada ganhasse com o trato, nem hesitou quando Constantino lhe indicou o que fazer, onde outros colocariam questões, indecisões, dúvidas, condições, e até compensações, Simão dispunha-se de imediato, delegando as dificuldades e os obstáculos para depois, não agia assim para agradar, nem por subserviência, apenas se interessava pelos outros e por resolver os problemas deles como seus, há pessoas assim,

mas são raras,

por isso estava ali a tentar rachar a sua timidez, como árvore pequena e torta estendendo de mansinho as suas raízes por entre as da grande oliveira e sugando a sua ração de água, a conter a respiração para não acordar as mulheres, que já estavam há muito acordadas, apenas imobilizadas a um shttt de Maria Albertina, com olhos semiabertos tentavam avaliar das boas ou más intenções daquele alentejano, Maria Albertina não era de se assustar, se era para lhes ter feito mal, já teria agido, em vez de naquela contemplação de quem está muito longe dali, e interrompeu-o, ergueu-se, um peito de dar de mamar de fora, botão da blusão aberta, ora o senhor faça favor de se servir, não se delongue em cerimónia, que nós também não as temos, e diga ao que vem, Simão, atabalhoado com o susto, deu um salto para trás, ainda agora tanto sossego, e logo esta mulher se lhe dirige de caneca na mão, e ele a disfarçar o acanhamento, pedindo desculpas, com gestos desastrados de caligrafia grande, que sim, senhora, aceitava a chicória, não fossem as mulheres do mar levar a mal, como acontecia nas tribos, havia que provar de tudo, senão constituía ofensa, e assim que serenou, as informou de que Constantino o havia enviado, que deviam segui-lo para a aldeia, Nadepiori, onde as aguardava alojamento, um pouco de acolhimento da terra para quem chegou do mar, Simão surpreendeu-se com a presteza das mulheres, logo se aprontaram, ainda ele não terminara de dar dois goles, elas já de pé, com uma trouxa, pouca coisa, de resto, atrás do ombro, as duas crianças à frente, uma dentro e outra fora, talvez elas, cansadas de tanto relento e de tanta viagem, ansiassem por uma casa, não esperem luxos, advertiu Simão, um teto apenas, e um pedaço de pão, a banir logo antecipadamente qualquer indício de desapontamento, já vinha avisando, como se a estas duas a pobreza impressionasse, à entrada da aldeia os lenços arrancados da cabeça, está ventando hoje, comentou Maria Albertina, um pouquinho, respondeu Simão, elas embaraçadas com os xailes e as saias a descobrirem-lhes as pernas, tu, Maria Albertina, ficarás nessa casa onde vive uma mulher louca e um filho muito ruim, e tu, mourinha, aqui na minha, onde vivia Maria Angelina, mas dela só encontrarás madeira raspada e bocados de animais mortos, deixo-vos, vou para a monda e até logo à tardinha, e foi-se cantando, entredentes, uma moda melancólica, cujas palavras se perdiam com o vento,

o tempo vai decorrendo,

os trigais crescendo estão,

ervas daninhas morrendo,

as mondadeiras lavrando,

na noite anterior, Constantino no escuro, depois do encontro com Maria Albinha, o afluente pelo meio, caminhava ainda, tinha a impressão de que não parara de andar desde a viagem do Algarve, que caminho tão comprido, pisava a eito o carreiro, falhava as curvas, derrubaria as árvores, tivesse ele a força da cauda de um roaz, arrasaria tudo à sua frente, o homem que veio do mar matar saudades da terra, ou matar simplesmente, o passo de corrida não se compadecia com o esforço, como se estivesse a subir degraus de barro derretido, muito altos, que não terminavam nunca, a vingança que carregava avolumava-se, o peso fazia-o enterrar os pés na lama, produzia pegadas profundas, a quem o quisesse seguir bastava procurar as covas na terra, seguidas de um sulco longo da perna arrastada, e as hastes partidas, os ramos esmurrados, os bichos rentes esmagados,

há pessoas assim, por onde passam causam dano, e não são raras, enfim avistou as luzes do quilombo, diluídas pela neblina, chegou-se ao cais, onde sete anos atrás o pai o condenara ao desterro com uma espécie de dentada, com seus dentes corroídos de lodo, cumprira-o com escrúpulo, ali estava na data definida, ninguém para o receber, apenas as árvores perfiladas, e o bailado sôfrego dos morcegos, a barcaça recolhida, sete anos é muito tempo, e a estrada interminável tem muitos perigos e tentações, provavelmente julgariam que ele se havia afogado por lá, enterrado naquelas dunas, enredado nos cabos, acorrentado ao apelo das sereias e outros monstros marinhos que nunca ninguém viu, e havia esquecido a direção de volta, como se enganaram, ele ali estava, regressado do fundo de um poço, cuspindo nevoeiros densos e cinzentos, tentando deslindar alguma alma viva do outro lado da margem, adivinhando qual a luz que pertenceria ao quarto de Maria Albinha, e ainda trazia presa na retina a silhueta dela recortada em fundo negro, fugidia, a resvalar pela margem oposta, quase a sair para fora dos seus olhos, já não era mágoa, mas a saudade como um pedregulho, se embarcasse no estado em que se encontrava ia ao fundo, como vira a mãe dela, num dia de tempestade, nas águas oscilantes, Maria Albinha,

tu mataste-me primeiro,
lançou um assobio que se desdobrou em ecos impossíveis, ensarilhou-se na neblina, embateu nuns quantos morcegos que são surdos e não interromperam o voo das suas articuladas asas, tragando a dose noturna de mosquitos, suspenso e trágico na noite um silvo muito fino, agudíssima nota, quase inaudível tecla da última oitava no piano de Séfora, talvez impressão, ou mesmo realidade, as chamas do petróleo tremeluziram no quilombo como se tocadas pelo seu sopro distante, e a certeza de que foi escutado chegou poucos instantes depois, primeiro o assobio dolente de Sandoval, e em seguida o timbre melodioso de Lariça, Constantino aliviado, aquelas estridências noturnas faziam-no sentir-se menos só, por outro lado, a certeza de que no quilombo todos sabiam que ele estava ali, até o seu irmão Camilo, que não lhe devolveu a cúmplice resposta, instalou-se novamente o silêncio lívido, a bruma sonâmbula, os passos arrastados a afastarem-se, deixando as estrias de sempre na lama, ele roxo de maus presságios, mas no escuro não se veem as cores, tudo se escuta com improvável nitidez, um andar longínquo e profundo, ou talvez fosse o palpitar das gentes do quilombo, todos ouviram o assobio de Constantino, e com o som a cor roxa de maus presságios,

mas no escuro as cores não se veem,
ninguém dormia na casa da tenenta, ela fazia que era uma noite banal, uma angústia latente farejava a família, e trepava-lhe pelas pernas, os capangas do tenente acariciavam as suas armas, remoendo blasfémias e impropérios, mas nada se dizia, aquela não era casa de orações suplicantes, a tenenta dava as ordens do costume a Séfora e à nora Maria Albi-

nha, enchia-as de pequenas e inúteis tarefas e chamava pelo neto e pelo filho, para a sua beira, só lhe apareceu o pequeno, Camilo havia saído, sem ninguém saber para onde, cada um precisa de encontrar o seu próprio céu, mais do que um chão, e ele sabendo do regresso do irmão, o peito bicado por mil pássaros sôfregos, talvez gaivotas, ave que jamais avistara, quantas vezes ele sentira o gosto a salgado ardente na boca, ele que também nunca avistara o mar, e escutava o fragor das ondas, sentia as dores de cordame a trilharem-lhe as linhas das mãos, de noite abrasavam-no chagas em carne viva, de manhã observava as palmas ilesas, pareciam-lhe as veias esfiapadas ao relento, dava por si a coxear, hábito que abandonara há sete anos, desde que soubera que Constantino havia violentado Maria Albinha, abismado com tamanha deslealdade, com tamanha crueldade, fora ele que trouxera o corpo nu tremente de Maria Albinha para casa, o velho esmurrado a lançar vitupérios medonhos, tão frágil, tão desprotegida, ainda uma criança, como é que Constantino,

o outro de mim,

podia cometer tal vilania?, escarrando no sagrado de ambos, arrastando-o pela lama, conspurcando para sempre a irmandade, decepando o equilíbrio, casca reles e imunda da única coisa que guardavam como cristal frágil e límpido, Maria Albinha desfeita em cacos e em lágrimas implorantes, implorava por ti, Constantino, era o nosso segredo gélido e cruel, ela chorava por ti, nas sete noites em que permanecemos fechados no quarto à espera do padre que nos vinha casar nunca lhe toquei, por amor a ti, dizia-me ela, nem nos sete anos da tua ausência por amor ao menino que me chama pai, dizia-me ela, e agora que chega esse teu assobio perdido no eco, coxeio novamente, e odeio-te cada vez mais, Constantino, roxo o meu rancor,

mas no escuro não há cores,
todos na casa tinham escutado lá longe o seu assobio, sabiam-no por perto, a rondar o quilombo, haviam recolhido a barcaça, impossível atravessar a nado, porém, um mal-estar, um desconforto mudo, deve ser assim que sentem as vacas que acabam de dar à luz o tenro vitelo que ainda não se tem de pé, e ao longe um uivo esfaimado,

o outro de mim,
todos se preparavam para a noite, mas uma inquietação arroxeada fazia adiar o momento da deita, sempre afazeres imaginários a impedi-los de se recolherem, até as crianças da casa, em alvoroço, captando as entrelinhas dos gestos tensos dos adultos, e nem sonhavam, ao contrário de Camilo, que Constantino podia estar, neste exato momento, muito mais perto, na ilha até, dentro de casa, estas passadas arrastadas entre o visgo e a água estagnada, Camilo surpreendido por apenas ele as ouvir, cada vez com maior nitidez, e a casa encheu-se de cheiro de excremento de morcego, as galerias subterrâneas, lá onde moravam os deuses sem braços, Séfora a aperceber-se de uma presença na casa, como era possível se todas as portadas trancadas por dentro?, um silêncio lívido, Camilo a detectar a aflição no seu olhar, não te lembras, Séfora, nunca percebeste?, quando a casa inundava por dentro, e os móveis saíam pelas janelas, nunca te interrogaste, Séfora?, que por mais de duas décadas devassaste todos os cantos desta flutuante residência, vascolejando-lhe os enigmas, que nunca adivinhaste as poças de água que irrompiam no chão, as manchas negras de humidade nas paredes que esfregavas vãmente, o ninho de cobras de rio dentro do teu piano?, claro que Séfora não respondia, pois se todas estas indagações se faziam sem palavras, só as pupilas desassossegadas movendo-se na horizontal, os passos encharcados já no corredor,

Constantino surgiu perante todos com uma auréola de luz negra, molhados os cabelos, as roupas verdes de lodo, traria sapos nas algibeiras e girinos nas dobras das calças, as crianças gritavam de pavor, o olhar de predador de Constantino, como quem puxa as redes, e inicia o cerco para dizimar os atuns,
    aros pretos e exatos,
Maria Albinha, agarrada ao seu menino, chamava por Camilo, não por ele, os olhos de Constantino,
    aros pretos e exatos,
a passearem-se à solta pela casa, insolentes, num reconhecimento de campo de batalha,
detiveram-se nas tiras de melaço suspensas no teto, onde zumbia a aflição das moscas, cativas em doce armadilha, o que lhes haveria de suceder?, há tanto mistério nas vidas pequenas e curtas, se eram elas que por natureza haviam de sugar o sustento e são agora grudadas por ele, é curioso, pensou por instantes Constantino, mais do que ver Maria Albinha e o irmão gémeo, ou as searas na planície, mais do que mergulhar a cabeça na água doce do rio, e sentir o cheiro a bafio daquela casa, o que mais o fez sentir regressado foram aquelas fitas oscilantes e pontilhadas de negro estrebuchante, talvez aquela a mais antiga visão de que se recorda, deitado no berço, o fascínio das tiras verticais que se moviam como línguas de invertebrado, os bracitos puxados para cima, os olhos fixos naquela trepidação que se tornava funestamente drástica sempre que um inseto teimava em libertar-se e sepultava ainda mais as asas na cilada do melaço, a primeira imagem vítrea de fundo do rio invertido no teto de casa, e seus juncais submersos a oscilar nas correntezas,
reparou no riso mordente do pai, e seus dentes de lodo, na forma oposta como Séfora e a mãe haviam envelhecido, uma mais magra e ossuda, a tenenta o dobro do que fora, preguea-

dos os seus lábios, grotesca a peruca de cabelos da moça ruiva, maçãs do rosto em forma de pera,

   a pele por engomar,

agredia-o com palavras desconexas, a sua voz obesa, cada grito como um arranque de vómito, pernas anquilosadas e torcidas de varizes, tão diferente da mulher que tanto o atemorizava e convocava tempestades, quando ele expulso do quilombo, agora apenas uma velha bizarra que mais depressa convocaria o riso que o susto,

todo ele em alerta, as retinas, as papilas sensitivas, as mucosas, os tímpanos,

nem deu conta de que Camilo vinha na sua direção, não lhe apontou o arpéu, que trazia já enrolado no punho, porque ele coxeava, como sempre fizera, desde criança, para não menorizar o irmão aleijado, desde que a mãe resolveu corrigir o destino e quebrar os ossos sãos, tão dolorosa e brutal lembrança, nunca esqueceria o ruído da tíbia a estilhaçar-se debaixo do ódio maternal,

   os ossos despedaçados com um espeto sobre aquela mesma mesa,

   onde os gémeos aprendiam a equilibrar forças em braços de ferro de exatas medidas e proporções,

o som do osso da perna a quebrar-se que aparecia-lhe estranhamente nítido, como se acontecesse nesse momento, a comoção aferrolhava-lhe a garganta com a vacilação solidária das pernas de Camilo, e bastaram três passos, este andar de embarcadiço em terra firme reatou-os, como se estivessem estado separados sete minutos em vez de sete anos, tudo igual a dantes, nada mudou, o gesto com que Camilo levou as mãos à cabeça e Constantino o imitou num entendimento tácito, todo um trato se estabeleceu entre ambos, um outro cerco se conjecturou, sem palavras, como os cães faziam na serra para emboscar imprudentes, eram uma só fúria com duas cabeças, o sentido vagaroso do pai a abrir as trancas da porta, a ir buscar reforços lá fora, mas lentidão num velho não é destemor, é fraqueza própria de articulações entorpecidas, Camilo segurou-o com um cotovelo a engravatar-lhe o pescoço, Constantino atingiu-o com o arpéu no peito, onde a carne era penetrável, numa mansidão imponderável, a destreza aprendida de vezes passadas, e traquejado em enterrar a farpa no atum, o corpo tombou sem alarde, a mancha de sangue a alastrar, óleo de lustrar o chão, as crianças abismadas, como se pode morrer com a placidez de um pingo de humidade que escorre?, sem um grito, sem uma palavra, sem levantar poeira, num minuto estava, noutro já não estava, Séfora e Maria Albinha alçaram o corpo para cima da mesa, onde aconteciam as refeições, os braços de ferro e as tragédias familiares, a tenenta chorou copiosamente o marido, amaldiçoou esplendidamente o sétimo filho, e temeu pujantemente a sua sorte, fez por se ajoelhar mas não tardou nem dois minutos a velar o defunto, tinha pouca vocação para viúva, e providências a tomar, havia que ser rápida a pensar, à porta de casa a populaça do quilombo, sucata humana, ajuntava-se, a morte do tenente soprou-se entre orelhas, ninguém questionava a liderança dos gémeos, novamente a sua força duplicada, Constantino saudado quando chegou à soleira da porta, as mandíbulas ainda doridas pela tensão, acenou a Sandoval, que narrava tudo o que sucedera no interior da casa a Lariça, ele ia adivinhando, como sempre fazia, através das paredes, ela de olhos mais pisados, de novo de criança à ilharga, agora filho seu e do marido ausente em traficâncias suspeitas, o seu sorriso de dente lascado atrevido e cigarro apagado ao canto da boca, distinguiu também entre os demais Bia, a moça ruiva, com um sorriso de promessa, provavelmente pensando no couro cabeludo liberado, desde criança tinha serventia de tosquia, quem sabe esta sina dos seus cabelos tão ambicionados tivesse chegado ao fim, todos queriam cumprimentar Camilo e Constantino, enaltecer o seu feito, o velho estava a pedi-las, era uma sobrevivência histórica, não soube acompanhar os novos tempos, a romper a multidão, uma mulherzinha, muito velha e andrajosa, abraçou o gémeo retornado, a cabeça no seu peito, murmurava como se tudo o que dissesse fosse um segredo, as trivialidades desordenadas de sempre, a mãe de Simão, de tanto falar,

num rumorejar de incessante cascata,

esgotou-se-lhe a voz, Constantino afastou-a brandamente, lembrou-se de Simão, de Nadepiori, das mulheres e dos filhos que haviam de se instalar, escolheria melhor ocasião para os ir buscar, por ora tinha de enterrar o pai, e o seu passado com Maria Albinha iria com o defunto, Camilo merecia-a, com os anos a paixão dela mudou de rumo como acontece às correntes do rio ou ao sentido do vento, amava o irmão, são coisas da vida, ninguém pode prever, não resistas, murmurou-lhe a mãe suicidada, razão tinha Séfora em contrariar seus ímpetos adolescentes, o tanto amor por Constantino sumiu-se como a voz da mãe de Simão, todos os olhares dela iam para Camilo, a quem o rapazinho chamava pai,

assim seria,

a tenenta, tonta como varejeira encurralada num copo virado, tomava mil diligências e todas deixava a meio, mandou mensagem ao brasileiro, que a viesse salvar, uma hora depois a resposta em duas frases, breves, não estou nem aí, sua tenenta que vive aprontado, ela teria de se virar sozinha, Camilo e Constantino contavam com Séfora para prosseguirem os negócios do pai, mas a tenenta não era bem-vinda ali, que se fosse,

e o que é mais é nosso,
Séfora não podia abandonar a sua maldição, ela disse, são coisas que se nos pegam à carne como pele, seguiria a tenenta para onde quer que ela fosse, o velho pai juiz morrera deixando tudo à mãe que de dentro da casa só tornou a sair num caixão, impecavelmente encerado, e no testamento apenas um nome, o de uma empregada mais velha, que fazia a vida negra às outras,

nunca peças a quem pediu, nunca sirvas a quem serviu, não tinham para onde ir, talvez para as ruínas de Lençol de Telhados, aldeia fantasma, restava-lhes viver da benevolência das mulheres de Nadepiori,

que não botassem muita fé nisso,

ou então catar as migalhas que elas lançam para o terreiro, como Patrícia, despojada de orgulho, desgrenhada, ou andar na beira da estrada em busca de viajantes caridosos, duas pobres velhas decrépitas, de mão estendida,

o teu desamparo também é a minha ordem,
e não foi só Simão que Casimira viu partir apressado antes do despertar dos galos, bem mais sonolentos do que se imagina, também Maria Alzira, nunca aquela aldeia tivera tanta agitação madrugadora, onde vai, tiazinha, com esses trajes, de alguidar à banda e de cabritinho de arreata?, e a mulher fugindo-lhe, diabo da gaiata, dá conta de tudo, não se pode ter privacidade nesta terra de vendavais e mulheres chocarreiras, até mais logo, Casimira, que agora não me dá tento falar, posso fazer-lhe companhia?, não, que isto é coisa dos meus assuntos, mas o quê, Maria Alzira?, vai por aí fora assim, sozinha?, não devíamos sempre andar aos trios?,

duas para se ajudarem e a terceira para dar o alarme,
e Maria Alzira a desembaraçar-se da rapariga, a gente depois conversa, e Casimira ficou-se a olhá-la, o vento num desvario,

                  como ousava a velha mulher desafiá-lo,
a tentar romper-lhe as costuras das roupas pomposas, mangas
rendadas, fitas de tafetá, toaletes que ela, ao longo dos anos,
havia comprado às mulheres, mães de empréstimo de Maria
Albinha, aquelas mesmas que os gémeos haviam surripia-
do ao armário da tenenta, só assim vestida, descombinando
cores, desacertando texturas, usando sapatos que lhe esfola-
vam os joanetes, Maria Alzira se sentia à altura para enfrentar os novos poderosos do quilombo, derrotando a déspota
tenenta, que tanto mal lhes fez, e exigir a liberdade das águas,
o derrube da represa e, quem sabe, resgatar a aldeia Lençol
de Telhados de novo, reconstruir a velha casa de onde uma
manhã se viu forçada a sair com um velho relógio de família
debaixo de um braço,

e o que é mais é nosso,
pobre mulher, mais descomposta ia com aquelas luxuosas
vestiduras a folgarem-lhe no corpo anguloso do que com os
sóbrios e densos vestidos com pesos nas bainhas que sempre
usavam em Nadepiori, pelos menos esses davam-lhes a dignidade do assombro, já as sandálias de salto empecilhavam-
-se nas ervas do carreiro, a saia travava-lhe o passo, a blusa
mal composta dava-lhe um ar de marioneta manobrada por
mão com tremuras crónicas, Casimira a assistir à velha em
tons garridos, assarapantada pelo vento, a desequilibrar-se
pelos puxões do cabritinho vivaço que não se tinha quieto,
pela novidade de sair do curral, aos pinotes, a experimentar
todas as ervas rasteiras que lhe pareciam suculentas, Maria
Alzira demorou-se a escolher entre a criação, este tinha nas-
cido dois dias atrás, pelo de veludo, mas fraquinho, mal se
mantinha em pé, temia que não resistisse, nessa noite levou-
-o para a própria cama, entre ela e o marido, que estranhou
mais o compasso do relógio reacordado do que o bicho entre

os seus lençóis, para que não fosse molestado pelas ventanias, explicou-lhe a mulher, e este voltou-se para o lado, tinha o pelo malhado e uma lua quarto crescente na cabeça, ela não se cansava de o afagar, o cabritinho de pernas amarradas, regalado, a beber leite reforçado de uma mamadeira, pôs-se viçoso nessa manhã, a bizarra dupla chegou-se à beira do rio, muito mais tarde do que Maria Alzira pretendia, as roupas e o diabo do cabrito fizeram-na tombar várias vezes, quase que rachava o alguidar, vinha de cotovelos esfolados, e dores na anca, retirou as sandálias, massajou os pés macerados, aliviou-os na água, a distância duplicou-se com tantos transtornos, a idade não ajudava, satisfazia-se com o cabritito, era um belo bichinho, não restavam dúvidas, tão gracioso, tão saudável se tinha posto, a saltitar entre as pedras da correnteza, Maria Alzira puxou-o pela corda, agarrou-lhe a cabecinha entre as duas mãos, contemplando-lhe os olhos tenros, o pelo brilhante com a lua quarto crescente na cabeça, que encanto de criaturinha, e ele já acostumado àquela presença humana com quem partilhara o leito, deixava-se estar, balindo porque não sabia como mais expressar-se, e Maria Alzira, num momento ameno, a acariciá-lo com uma mão e com a outra passou carinhosamente com a machadinha afiada pela carótida do animal, tudo tão preciso, os seus movimentos, tão determinados, não cabia ali nenhuma hesitação, agarrou no alguidar de barro e para lá escorreu o sangue do cabritinho, trinchou-o afectuosamente, esfolou-o com muita brandura, para não rasgar aquela linda pelagem, passou-o por água, retirou-lhe as manchas sanguinolentas, com muito cuidado ajeitou as carnes retalhadas, ponderou se havia de juntar ou não a cabecita a embelezar a apresentação, com a lua quarto crescente no meio dos corninhos por despontar, e os olhos esvaziados, que linda era, optou por atirá-la ao rio, a corrente arrastou-a, boiando por breves instantes antes de naufragar, e os nacos a marinar no sangue, com raminhos de alecrim, Maria Alzira cobriu o alguidar com a pele, junto a ela um padre observava com desinteresse a cena, vinha a encomendar um defunto e Maria Alzira não descansou enquanto ele não lhe disse quem era, o tenente finado, iluminou-se-lhe a cara, novos tempos, uma nova era, fazia cálculos, traçava sonhos, conjecturava futuros, o padre que sempre se desconfortava de ir ao quilombo, encolheu os ombros e murmurou pobre mulher, se aquilo é tudo grão da mesma mó, aguardaram que a balsa que se despegava da outra margem lhes chegasse, já não era Sandoval como de costume que a conduzia, ele e Lariça ainda estavam de volta dos papéis da tenenta e ajudavam os gémeos a recompor os negócios, sobretudo Constantino, já desfasado das contas-correntes,

e dos assuntos pendentes, os contrabandistas que se haviam unido e reclamavam mais autonomia,

a fronteira é de todos,

e maior percentagem dos lucros, os clandestinos políticos cada vez mais audazes, arrebatavam audiências com ideias de progresso e não submissão,

querem lá ver isto, qualquer dia a terra é de quem a trabalha, não?,

ficava o mundo do avesso,

os encantadores de serpentes que se viram em insanada briga com as leitoras de sina, protegidas da mãe,

Camilo ia passando testemunho de bom grado, força duplicada, trabalho subtraído, as noites suadas com Maria Albinha começaram assim que a casa amainou e o cadáver esfriou,

sete anos é muito tempo, vivendo na mesma casa, sentindo o cheiro um do outro, cruzando as vozes, roçando as peles,

mais esperara se não fora para tão longo amor,

na barcaça avistada por Maria Alzira vinha a tenenta e Séfora, as duas em desarrumo de quem saiu com o que tinha no corpo e olhos congestionados de desterro, Maria Alzira reconheceu-as, a tenenta, um trejeito súbito de estranheza, sobretudo ao ver uma camponesa de vestes de modelo de revista, ainda por cima tão familiares lhe pareciam, e mal que lhe caíam, valha-nos Deus, este mundo está perdido, e a mulherzinha cheia de nódoas de sangue fresco, e um alguidar à cabeça, Maria Alzira não a desfitava nem baixava o olhar, altiva, este mundo está de pernas para o ar, Séfora, a paciência é uma semente, respondeu-lhe, teria de se habituar, haveria de ser sempre assim daqui para diante,
Maria Alzira nunca pisara a margem do quilombo naquele estado de espírito, vinha sempre rasteira de pedir, geralmente de socas a arrastar na lama, vestidos pingados de lodo, ou crispada de reivindicações, ou humilhada de súplicas, que lhes devolvessem a terra, que lhes libertassem mais água da represa, que lhes aumentassem as quotas das colheitas, e agora de sandálias de senhora, meio saltinho, roupas finas, resolutas intenções, desta vez vinha em paz, a sua contenda era com os pais, com a descendência iria encetar negociações limpas e livres de todos os vilipêndios do passado, começar de novo, inaugurar um tempo primordial, com cheiro a roupas a corar ao sol, falar de igual para igual, como prova de boa vontade, oferecia-lhes um cabrito já trinchado, o melhor da sua criação, estava disposta até a lavar pés alheios e fá-lo-ia com a humildeza de um Cristo, calculando, tal como ele, a complacência negociada, Maria Alzira posta na fila dos que solicitavam audiência, os outros cautelosos, sabendo que não se deve cutucar fera com curta vara, Sandoval ordenava prioridades das demandas, empurrava uns para diante, acotovelava outros mais para trás, Maria Alzira tornada mulher invisível,

    o mais cruel dos superpoderes,
deixada para último, o seu caso tinha uma urgência de duas décadas, em Nadepiori não havia condições, ventos sonâmbulos esfarrapavam-lhes as almas, a água chegava-lhes em caudal de gosma de caracol, receava a peste do desalento, a enfermidade de ver a vida de longe, vinte anos é condenação longa para quem se limitava a existir, ela já esmorecida, as suas costas de telhas inclinadas, diante daqueles dois jovens diabolicamente iguais, ambos coxos e imperturbáveis, que nem se deixavam afectar pela sua idade, nem impressionar com a suposta compostura das suas vestes,

    julgando ela que, não trajando de camponesa por fora, deixaria de ser camponesa por dentro,
tão-pouco atentavam nos seus modos bem-falantes da alfabetização, insensíveis a qualquer lisonja ou oferenda, procurou-lhes nos rostos algum sinal de bondade, de indulgência, bastava-lhe um trejeito, uma ruga benigna, e as caras de ambos dunas de desertos, só que num Maria Alzira lia deserto de mar, noutro lia deserto de terra, em ambos nos podemos perder, em ambos morremos de sede, em ambos se armam tempestades e vamos ao fundo, e a mulher a sentir-se embarcada em canoa furada, que ainda assim vogava, proclamou, perante o enfado e a indiferença, as suas razões, temos o direito às nossas terras, mas não foi no tom e na temperatura certas, errou no timbre, falhou na entoação, claudicou na firmeza, de tanto pensar e desejar este momento, duas décadas de espera, Maria Alzira não colocou a voz, desafinou, tocou nas teclas rombas do piano de Séfora,

    se o dizes alto é uma canção de roda,
    se o dizes baixo é uma oração para acolher o sono,
no intermédio estava a demanda sólida do que é justo, assim mais não fez que provocar o bocejo e o esquecimento, o final

da sua frase não tinha exclamação nem ponto final, apenas três irrisórios e renitentes pontinhos,

...,

em aberto, em suspenso, fica tudo o que digo,
pelo que Sandoval a encaminhou para a porta de saída, ela e o coração a escorrer líquido de desabrigo, voltar para casa tão derrotada, desiludir todo o povoado, tanto pacientou, tanto planeou, tanto pregou, tanto alvitrou, e tudo se desfez como areia solta naqueles rostos inóspitos de deserto, ia a cruzar a ombreira quando uma voz a chama, de novo o peito lhe autorizou o otimismo, Constantino acenou-lhe que se abeirasse, outra vez a humidade espessa e o bafio de roupas suadas, arrumadas em gavetas sem serem antes lavadas, vai-te, mas deixa o alguidar da pele de cabrito,

e o que é mais é nosso,

Maria Albinha saltitou de satisfação, tomando-lhe o alguidar das mãos, preparando-se para ir alimentar a família, de novo reposto o equilíbrio, ao reencontro de gargalhadas antigas,

e o que é mais é nosso,

ora de pé ora de rojo, Maria Alzira a deslaçar-se na lama em direção à barcaça, todo o chão se lhe tornava esponjoso debaixo das solas, o som da sucção da água que esguichava, relutante em deixá-la avançar, todos os que a rodeavam, homens e mulheres sem rosto, pouco lhe importavam, uma mulherzita tão velha quanto ela aproximou-se-lhe, fazia-lhe festas como quem consola uma criança, e zunia incongruências, Maria Alzira pegou-lhe na cara entre as mãos, tal como fazia com os seus animais sacrificados, mirou-a de perto, tentou encontrar no fundo dos seus olhos a moça bonita que fora,

cara de anjo, dedos de harpista, miolos de periquito,

a mãe de Simão, já sem voz e sem viço, ela ainda existia por baixo do massacre que a idade deflagrou no seu corpo, cheio de ossos e depressões, concluiu, pareceu-lhe ter ouvido aquele fiozinho de sopro, mas não está segura, tudo lhe rumorejava a sonho coado,

leva-me contigo para o pé dos meus meninos,
afastou-a brandamente, de certeza não entendera a frase, a pobrezinha só conseguia decifrar o presente, nunca projetar o futuro, nem Maria Alzira teria forças para reações enérgicas, vinha sufocada de falhanço, o seu povo para sempre tornado refugiado, a viver numa aldeia emprestada, com a boca a saber a pó, não se lembra da travessia, apenas das plantas aquáticas do rio, que oscilavam candidamente, doce armadilha, fitas de melaço, fundo de rio invertido, cobertas de moscas no teto daquela casa infame,
foi Simão quem no regresso a casa a encontrou, num daqueles fins de tarde abrasadores, em que o sol se retira, mas deixa na terra a sua comemoração ardente, luz cansada de haver brilhado tão impunemente, festim de purgatório, que trazem a moleza aos músculos e empurram as pálpebras como janelas de guilhotina, chamou por ela várias vezes mas as cigarras estridulavam sem dó, faziam parte do espetáculo e não abdicavam da sua função de coro da penitência, para tornar tudo mais custoso, ou atordoante, a mulher deveria ter andado às voltas no campo o dia inteiro, numa desorientação voluntária, fiapos de roupa rasgada em seu redor, torrões de terra vermelha, ela em altercações gritadas consigo mesma, os botões da camisa arrancados deixavam um peito à mostra, uma prega flácida de pele, apenas uma sandália ensanguentada, a outra perdera-se pelo caminho, levava as mãos à cabeça em desespero, Maria Alzira, tenha calma, sou eu, o Simão, ora olhe para mim, então anda aqui perdida, a falar sozinha?, não falo sozinha, falo com as vozes que tenho na minha cabeça, você precisa de descansar, tire essa chinela que

só lhe está a massacrar o pé e venha comigo, levo-a a casa, e que mal tem se venho escutando vozes na minha cabeça se elas me dizem coisas acertadas?, o que lhe dizem essas vozes, tiazinha?, a gente vai falando e caminhando, deixe-me amparar-lhe o braço que é num pulinho que lá chegamos, onde?, como onde?, à nossa aldeia, Nadepiori, a aldeia do vento, essa não é a minha aldeia, Simão, nem a tua, é isso que as vozes lhe estão dizendo?, as vozes não dizem, gritam no interior da minha cabeça, ganem xingarias, reclamam que somos fracos, ripostam que somos muitos, as vozes protestam que a terra que é nossa, temos de a conquistar com esforço, custe o que custar, são muito sensatas as suas vozes, Maria Alzira, e o que lhe dizem mais?, que temos a força da razão e a fraqueza do medo, Simão, quando nos livraremos desta tibieza?, se nos subjugamos ao patrão e ao ladrão, de que massa somos feitos?, que nem honramos a bravura que diz que tem o camponês alentejano,

mas, Maria Alzira, se essa bravura nos vem de viver à míngua e continuar seguindo debaixo de pauladas, não é isso uma epopeia?, faz um dia que não paro de caminhar e arrastar carroças e mulheres, não, não é uma epopeia, Simão, porque andamos muito devagarzinho, se estivesse cá o meu amigo estrangeiro, diria que faltam versos, heróis e grandes gestos de exaltação, e tudo o que mais fazemos é levar as mãos à cabeça, e deixar tudo como dantes,

o silêncio da cobardia é melhor do que o ruído da opressão, isso são as vozes que estão dizendo ou é a Maria Alzira falando?, somos os dois, somos todos, se largo uma mão, caímos desamparados, Simão, que bom moço te tornaste, deixa-me aqui na planície, prefiro fazer companhia aos sobreiros do que enfrentar a minha própria vergonha, se a Maria Alzira fica, ficarei também consigo a tornar-me adubo para as ár-

vores, mas não te parece, Simão, que elas tão majestosas na planura, indiferentes à nossa dor, como se nos convidassem a subir para um ramo e a saltar dele de corda ao pescoço?, não, Maria Alzira, os sobreiros são árvore que gosta da solidão, sabe respeitar o espaço um do outro, quer dizer que os sobreiros não guerreiam?, guerreiam, pois, e muito, mas numa discrição muda e subterrânea, não gostam de dar espetáculo, sabe, Maria Alzira, são demasiado solenes para isso, então dia e noite, a todas as horas, todos os minutos, debaixo dos nossos pés, a raízes a infiltrarem-se, a estenderem as suas insidiosas malhas para captar qualquer veiozinho de humidade que escorra da superfície, a gente nem imagina o que vai lá por baixo de disputa, bulha e porfia, enquanto as árvores acenam imponentes os seus ramos, convidam os nossos pescoços a seus distintos troncos, entornam suas sombras majestáticas, como quem dá esmola aos pobres, e lá no fundo desesperam, esfolam-se, esmifram-se por uma gotinha de água, Simão, não voltarei a olhar para um sobreiro da mesma maneira, se me dizes que eles têm essas garrinhas ávidas de formiga, que se estendem por quilómetros, se bem que, Maria Alzira, a formiga é um bicharoco de andamento, não para, é capaz de dar voltas ao mundo, e assim vai desde o princípio dos tempos, encarrilhadas umas nas outras, sem parar, como as linhas de um livro, bem sei, Simão, peço-te desculpa por não termos cuidado da tua avezinha,
    Maria Angelina,
isso são partituras de outra sinfonia, eu sei quem a deitou no poço, e não foram as mulheres que tiveram a culpa,
    cristo negro de cabeça tombada,
pois sim, Simão, mas nós não gostávamos dela, nem da tua mão direita sem serventia,
ora, Maria Alzira, o que lá vai lá vai,

peço-te desculpa pelo que fizemos à tua avó, à tua mãe, ao
teu amigo ruivo, era pelo bem de todos,
Simão pronunciou um silêncio suspenso, pausa de mil compassos
....,
havia tanta coisa que se esclarecia agora debaixo das afirma-
ções alucinadas de Maria Alzira, seguia com ela presa entre
os dedos por uma ponta da saia rota, resgatada de uma treva
onde ela própria se embrenhou, pobre velha, os fundos dos
poços podem ter a profundidade de dois centímetros e não
conseguimos de lá sair, ela a perder o juízo, como duas décadas atrás a sua mãe fora levada, dócil, ao sacrifício, ela continuava num rol de malfeitorias e más inclinações, fazendo
de Simão seu confessor,
   in nomine Patris, et Filii, et Spiritus Sancti,
eu não vos absolvo,
puxou por ela, esperou quando os seus passos se atrasavam,
mas qual Orfeu obediente jamais lhe tornou a espreitar o
rosto, contornando sempre as suas palavras como obstáculos, chegados a Nadepiori, logo se levantaram mil mãos para acudir e silenciar Maria Alzira, que continuava fora de si,
demasiado dentro dos enigmas privados daquela aldeia, segredos sepultados que ela desenterrava em incessante ladainha de inconveniências verdadeiras, Simão voltou para casa,
a cabeça cheia de conclusões, esquecido de que lá habitava
desde a manhã a mourinha, por respeito esta deixara tudo
intocado, nem as pregas da cama esticadas, nem o borralho
varrido, nem os cadáveres de mamíferos secos, despojos de
Maria Angelina, deitados ao lume, sem uma palavra apre-
sentou-lhe um jantar, uma avezinha tão magra, tão pequena
ainda, pouco mais do que um pardal, menos carne do que
uma ratazana, a abetarda, veio-lhe à cabeça, a mulher cozi-
nhara-lhe a avezinha que ele trouxera no bolso da serra, que

sobreviveu a um ataque de cães, de morrer de susto ou esmagada, agora torriscada no fundo de uma caçarola, a mourinha apercebeu-se do ar desolado de Simão, Simão percebeu o ar desolado da mourinha, não quis perturbar a visita, enterrou os dentes como pôde naquele cozinhado, fingiu-se satisfeito, triturou os ossos esmagados, lambeu os beiços, riu-se batendo no estômago, tal a exuberância que as pestanas da mourinha se entreabriram com a simulação, talvez tivesse exagerado um pouco no apreço por aquela refeição, distraído, olhou a casa vizinha, o menino no alpendre lavado secava no próprio corpo as únicas roupas que tinha, a mãe de cabelo cortado rente, habituada a desembaraçar redes de pesca, Maria Albertina tinha-a dado como um caso perdido, ao contrário da mourinha, habituara-se bem ao sítio, as rajadas de vento ecoavam-lhe a rugido do mar, e as galinhas com seus pintos presos por cordéis a atravessar as ruas aos
SSSSSSSSSSSSSSSSSSSSSSSSSSSSSSSSSSSSSSSSSSSSSSSS
lembravam-lhe os cardumes, e ainda não era meio-dia já ela costurava chumbinhos nas bainhas das saias, e soltava o cabelo grisalho, entregando-o ao despenteio imprevisto do vento, também apreciou as conversas das mulheres no depósito de água, seus regulamentos por elas mesmas determinados, seus preceitos e costumes, pareceu-lhe que tudo ali se adequava ao sentido prático da vida, quando Constantino viesse por elas, que levasse a mourinha e o seu filho parido, ela não se autorizava a ir para uma ilha cheia de pestes e malandros, pondo a menina em risco, ainda por cima na viagem, duas coisas aconteceram que lhe mudaram a cabeça por dentro, já a entrar no Alentejo, despertou uma noite à escuta de um arfar diferente, não era ronco de homem nem fôlego de boi, entre as abertas do luar, um gato enorme estático olhava-a estarrecido, provavelmente a bizarra espécie humana acam-

para na sua passagem, ela nunca vira gato tão grande com pelagens a formar uma pequena juba e outras pelagens mais desgraciosas a saírem-lhe das orelhas em forma de vela de barco pobre, lançou-lhe um pouco de peixe seco, e o bicho fez uma careta de repugnância e em dois saltos desapareceu, ela que só conhecia os bichanos tinhosos e anémicos do arraial, e não tão majestosos e emproados, nem imaginava que houvesse algum que desdenhasse peixe, que grande é este mundo, pensou,

há tantas coisas bonitas que eu não sei,
pela primeira vez atravessou-se-lhe um comboio à vista, Maria Albertina com o coração a palpitar de tamanho espavento, monstro de aço, infernal estardalhaço, levava tudo à frente, fosse homem, cavalo ou mosquito, e os deixou cobertos de poeira e fuligem, afinal havia algo poderoso como o mar, e não tinha sido construído por Deus, mas pelo homem,

há tantas coisas bonitas que eu não sei,
e, para duplicar o seu assombro, a súbita visão de uma menina à janela, de vestidinho branco e chapéu na cabeça, e a criaturinha fez-lhes adeus, a eles, caminhantes do pó, com dois bois de olhos marejados de moscas, e ela com as luvas rendadas, nunca Maria Albertina havia visto tamanha candura e beleza, emoldurada pela janela de um vagão,

há tantas coisas bonitas que eu não sei,
e cismou que a sua filha haveria de vestir um vestidinho assim, e que lhe calçaria luvas de renda para acenar aos desventurados do caminho, um dia embarcariam num comboio para ir conhecer a cidade,

há tantas coisas bonitas que eu não sei,
não era nada de se carpir, nem de se compadecer com suas próprias desgraças, Maria Albertina tomou logo ali a decisão, e também não era do seu feitio olhar para trás, tal como não

fizera com as santinhas, ou com o arraial de atum, deixava para longe, e naquela máquina poderosa chamada comboio o passado largava-se de forma mais rápida e eficiente, quando ouviu as lamúrias de Patrícia quase não lhes deu importância, achava que o abandono de um marido não era caso para tanto, nem para o desleixo no seu corpo, nos seus cabelos, na sua casa, no seu filho,

 levantar, bater a poeira e seguir em frente,
mas cada um é como cada qual, quem era ela para julgar, agradava-lhe a casa suja, uma lástima, havia uma infinidade de coisas para limpar e consertar, Maria Albertina era uma pessoa de caos, porque era uma mulher virada para o futuro,
uma parte dos lamentos daquela mulher caída e desgovernada interessou-lhe particularmente, e se fossem, alvitrou Maria Albertina, as duas atrás do teu marido fugitivo, o Tereso, para a cidade, estivesse ou não amancebado com a cunhada cega costureira, Filomena, depois logo se resolvia esses assuntos matrimoniais, que isso ainda tem arranjo, a gente as duas damos com ele, se é amolador e sopra no pífaro, é só seguir o som, e a outra desconcertada com tanto desembaraço, eu tenho dedos fortes para desfazer nós, sobretudo os da vida, que os do teu cabelo não têm solução, repara nas minhas unhas de arrancar tripas e esquartejar cabeças, e o teu menino raquítico, Isidro, a gente dá-lhe um jeito, e mergulhou-o na selha de água suposta para uma semana,
Maria Albertina não era esbanjadora, antes otimista, e tinha tanto para viver para a frente e tanta urgência de o fazer que não lhe sobejava o tempo para preocupações, amanhã logo se vê, tudo se amanha, o garoto a espernear, mas aos poucos a sentir o afago da água fresca a deslizar-lhe nas costas, a suavidade do sabão, os dedos de Maria Albertina a vasculharem-lhe esconderijos de sujidade, nunca o havia tocado assim,

como quem indaga um filho por baixo dos lençóis,
e ele nunca se tinha sentido filho, nessa noite escapuliu-se para a berma da enxerga de Maria Albertina e sonhou que os carinhos e os sugares da sua filha naquele peito murcho eram seus, e Maria Albertina puxou-lhe a dobra do lençol, o único aconchego que tivera de mãe, ele a noite toda acordado velando Maria Albertina, e olhando cobiçoso o lume a fazer borbulhar a panela de ferro, ela sonhando a sono solto, já embarcada num comboio que assarapantava os pássaros e isso divertia a sua filhinha de vestido branco e luvas de renda, mas por agora era preciso que ela crescesse sã, longe de perigos e pestilências,
Casimira a fazer frente a Simão, e ele a fingir-se recobrar do susto, ó Casimira, que me estás matando do coração, apareces sempre da sombra, mal o sol espreita ou mal o sol assenta, que não me dás descanso, quero saber, onde vais com esse alforge?, e quem é a mulher prenha que dorme em tua casa?, são válidas tuas perguntas, Casimira, quanto à mulher, nem eu sei, apenas que é a pior cozinheira que jamais conheci, que tem pestanas tão cerradas que lhe enegrecem os olhos, que as suas vestes têm um cheiro estranho a caril,

a flores amarelas das dunas,

quanto a mim, cumpro o que me destinou este livro, continuo andarilho, vou de abalada, batendo sola, acompanhando o carreiro das formigas que dão voltas ao mundo, ensinou-me o meu amigo guerrilheiro que um alvo parado é um alvo morto, talvez tenha sido esse o seu erro quando aqui se acoitou, não previu a traição das mulheres de Nadepiori, isso são histórias antigas, Constantino, para quem se diz caminhante, tens ainda muito viradas as vistas para trás, e quem muito olha o passado pode ficar preso dentro dele, mas aí está, se é o passado que me empurra para a frente, e eu? e tu, Casimira, estarás ao lado da mourinha na hora do parto, que será hoje, talvez amanhã, tu sabes o que fazer, nisso as mulheres de Nadepiori não se deixam desamparadas, tens razão, mas deixas-me a mim?, Casimira, eu não posso parar, nem ficar nesta aldeia que me foi ingrata, no meio desta gente que foi traidora, nem neste país em forma de caixão, prossigo o meu degredo, sigo para norte à procura de um falcão que se afeiçoe a mim,

    Maria Angelina,
talvez na terra onde as pessoas têm cabelos cor de espiga e a água gela nos poços, e como pensas encontrar essa terra distante?, hei de lá chegar, e o acaso é o melhor companheiro de viagem, tens a certeza, Simão, a certeza absoluta?, a única certeza absoluta que tenho é a de que não a tenho, e voltas?, quem sabe, um dia, quando as vozes de dentro da cabeça de Maria Alzira se tornarem unas e sonoras, mas e a afeição que eu sinto por ti, que lhe faço, Simão?, não conta nada na tua decisão?, sim, conta, deixo-te o meu suspiro,
e com cara de quem se eu soubesse não me metia nisto fez-se à estrada a cantar, fiapos de sílabas comidas pelo vento,

    camponês alentejano
    camponês agricultor
    tu trabalhas todo o ano
    dás produto ao lavrador
    dás produto ao lavrador
    tua vida é um engano
    ninguém dá o seu valor
    camponês alentejano,

Casimira ficou-se a olhar por algum tempo o vulto de Simão a afastar-se, que faria ela sozinha com um suspiro de homem?, devia ter dado ouvidos às outras, aquele homem demasiado sonhador não lhe servia, já a mãe se queixava do mesmo em relação ao seu pai canhoto, que Deus tem, mas a esse as vértebras quebradas deixaram-no imóvel como uma árvore, viajava com os olhos no caminho, de trás para diante, invejando as pernas de quem passava, havia de gostar de saber que Simão se pusera a andar sem parança, escutou uma respiração ofegante que vinha de dentro da casa, depois um gemido cavado, a subterrânea dor, ainda esperou a ver se o seu olhar picava as costas do caminheiro como mil pássaros ansiosos a debicarem-lhe a consciência, e se Simão voltava a cabeça na sua direção, dois braços abertos no escuro, nada, prosseguia num passo acelerado, já era quase um pontinho alvo da camisa enfunada no anoitecer, Casimira levou as mãos à cabeça, os cabelos a soltarem-se por entre os dedos, deixou-as escorregar para os olhos enxutos de lágrimas, que o vento secava logo ao brotarem, sempre muito pouco sentimental, e menos se compadecia com desgostos de amor, que faço eu com o suspiro de um homem?, lamentou-se Casimira, razão tinha Maria Alzira, há pessoas assim, partem sempre antes de as coisas importantes acontecerem, menos mal, menos um a atrapalhar, o gemido ganhava profundidade de gruta, Casimira pegou na bacia de água e levou-a para dentro, sabia o que fazer, a porta a bater mercê da ventania a um ritmo cardíaco, acelerado, a urgência de nascer, crateras nas raízes das árvores arrancadas,

à força.

(...)
Nada mudou.
Talvez apenas as maneiras, as cerimónias, as danças.
O gesto das mãos para proteger a cabeça
continua a ser o mesmo.
O corpo contorce-se, debate-se, tenta escapar
cai redondamente, encolhe os joelhos,
torna-se roxo, incha, saliva e sangra.

Nada mudou.
Exceto o curso dos rios,
a linha das florestas, dos desertos e glaciares.
É nestas paragens que vagueia a alma,
parte, volta, vai e vem,
alheia a si mesma, intangível,
ora certa, ora incerta da sua existência.
Mas o corpo está e está e está,
sem ter outra saída.

Wisława Szymborska
Tortura, em Gente na ponte

Agradecimentos

A Francisco Vale, um editor raro, que sabe e gosta de livros e de escritores. À revisora Anabela Prates Carvalho. E a toda a amável, competente e paciente equipa da Relógio D'Água.

À iniciativa parlamentar que repôs as bolsas de criação literária. E aos jurados que ma atribuíram. Sem ela, este romance poderia não ter acontecido.

A três livros: *A de açor*, de Helen Macdonald, que me ensinou o fascínio e a repulsa que os homens sentem pelo falcão; *Nos mares do fim do mundo*, de Bernardo Santareno, que me ensinou o fascínio e a repulsa que os homens sentem pelo mar; e *Tarass Bulba, o Cossaco*, de Nikolai Gogol, que me ensinou o fascínio e a repulsa que os homens sentem pela guerra.

Copyright © 2019 Ana Margarida de Carvalho

Revisado segundo o Novo Acordo Ortográfico da Língua Portuguesa.
Nos casos de dupla grafia, foi mantida a original.

CONSELHO EDITORIAL
Eduardo Krause, Gustavo Faraon, Nicolle Garcia Ortiz, Rodrigo Rosp e Samla Borges

PREPARAÇÃO E REVISÃO
Evelyn Sartori, Rodrigo Rosp e Samla Borges

CAPA
Kalany Ballardin

PROJETO GRÁFICO
Luísa Zardo

FOTO DA AUTORA
Adriana Morais

DADOS INTERNACIONAIS DE CATALOGAÇÃO NA PUBLICAÇÃO (CIP)

C331g Carvalho, Ana Margarida de.
O gesto que fazemos para proteger a cabeça / Ana Margarida de Carvalho.
— Porto Alegre : Dublinense, 2024.
320 p. ; 19 cm.

ISBN: 978-65-5553-133-6

1. Literatura Portuguesa. 2. Romance Português. I. Título.

CDD 869.39 • CDU 869.0-31

Catalogação na fonte:
Eunice Passos Flores Schwaste (CRB 10/2276)

Todos os direitos desta edição
reservados à Editora Dublinense Ltda.
Porto Alegre • RS
contato@dublinense.com.br

Descubra a sua próxima
leitura em nossa loja online

dublinense .COM.BR

Composto em MINION PRO e impresso na ELYON,
em PÓLEN NATURAL 70g/m², no INVERNO de 2024.